Dieses Buch gehört

Enid Blyton, 1897 in London geboren, begann im Alter von 14 Jahren, Gedichte zu schreiben. Bis zu ihrem Tod im Jahre 1968 verfasste sie über 700 Bücher und mehr als 10 000 Kurzgeschichten. Bis heute gehört Enid Blyton zu den meistgelesenen Kinderbuchautoren der Welt. Ihre Bücher wurden in über 40 Sprachen übersetzt.

Von Enid Blyton ist bei cbj folgende Serie erschienen:

»Fünf Freunde« (70 Bände)

Enid Blyton™

Fünf Freunde

3 Abenteuer in einem Band

Illustriert von
Bernhard Förth

cbj

MIX
Papier aus verantwortungsvollen Quellen
FSC® C014496
FSC www.fsc.org

Verlagsgruppe Random House FSC® N001967

3. Auflage

Als Einzelbände erstmals erschienen 2012 unter den Titeln:
»Fünf Freunde und das Geisterschiff«,
»Fünf Freunde jagen den Vampir« und
»Fünf Freunde und der Fluch der Wikinger«.
Die Geschichten wurden von Sarah Bosse geschrieben.

Lektorat: Andreas Rode
Illustrationen: Bernhard Förth
Umschlaggestaltung: Atelier Langenfass, Ismaning
jk · Herstellung: AJ
Satz: Uhl + Massopust, Aalen
Druck: GGP Media GmbH, Pößneck
ISBN 978-3-570-17184-4
Printed in Germany

www.cbj-verlag.de

Inhalt

Fünf Freunde
und das Geisterschiff

Tante Fanny kriegt Besuch

Tante Fanny machte ein gequältes Gesicht und rang sich ein Lächeln ab. »Ich sehe doch, dass ihr raus wollt. Geht nur.«

»Ist das wirklich okay?«, fragte Richard unsicher. »Du hast doch gesagt, dass du Migräne hast, und du hast doch bestimmt einiges vorzubereiten, wenn du nachher Besuch bekommst.«

Tante Fanny winkte ab. »Das ist lieb von dir, Richard, dass du dir Gedanken machst, aber es kommen doch nur zwei Nachbarinnen zum Tee. Da betreibe ich keinen großen Aufwand.«

Julius grinste. »Willst du uns damit auf freundliche Art sagen, dass wir doch nur im Weg sind?«

Jetzt lachte Tante Fanny, fasste sich aber gleichzeitig an die Schläfe. »Nein, Julius, so war das nicht gemeint. Ihr seid mir nie im Weg. Im Gegenteil, ich freue mich immer sehr, wenn ihr uns in der Felsenbucht besuchen kommt.«

»Sind deine Kopfschmerzen denn immer noch so schlimm, Mutter?«, fragte Georg. »Vielleicht solltest du deinem Besuch lieber absagen?«

Tante Fanny schüttelte mit einer vorsichtigen Bewegung den Kopf. »Ich werde mir das Kuchenbacken sparen und mich noch ein wenig hinlegen. Die Damen werden es verschmerzen, wenn sie zum Tee nur Shortbread bekommen. Das habe ich noch fertig in der Dose.«

»Ich kann doch einen Kuchen backen!«, rief Anne spontan. Sie warf einen kurzen Blick aus dem Fenster und rümpfte die Nase. »Bei dem Wetter habe ich sowieso keine große Lust, an den Strand zu gehen. Ich bleibe gern hier.«

Anne ist eine richtige kleine Hausfrau, ging es Georg durch den Kopf. Sie selbst konnte kein Wetter der Welt davon abhalten, hinauszugehen, hinaus an ihren geliebten Strand. Zum Glück war ihr Hund Tim dabei immer ein treuer Begleiter. Und nun waren auch noch ihre Cousins Julius und Richard mit von der Partie. Sie verbrachten zusammen mit ihrer Schwester Anne einmal mehr die Ferien bei ihrer Tante Fanny und ihrem Onkel Quentin in der Felsenbucht.

»Ich weiß gar nicht, was Anne hat«, sagte Georg, als sie zusammen mit Tim und den Jungen auf dem Weg zum Meer war. »Da haben wir doch nun wirklich schon schlimmeres Wetter erlebt.« Sie zog sich die Kapuze über den Kopf.

Julius nickte und nahm seine Mütze aus der Jackentasche, während er in den feinen Nieselregen blinzelte. »Stimmt. Sogar richtig schwere Stürme haben wir hier an der Felsenküste schon gehabt.«

Nur Richard fröstelte ein wenig und zog die Schultern hoch, als sie über den Uferweg liefen. »Aber grau in grau ist es schon.«

Jetzt lachte Georg. »Der Trick ist, dass man jedes Wetter so nehmen muss, wie es ist, denn man kann ja sowieso nichts dran ändern. Und man muss bei jedem Wetter raus und Sauerstoff tanken. Denn auch wenn man's nicht glauben mag: Die Sonne scheint trotzdem!«

»Aber die Wolken dürften ihre Strahlen heute ruhig hin und wieder hindurchlassen«, entgegnete Richard, der sich ärgerte, dass er keinen dickeren Pullover angezogen hatte. Doch zum Glück war es heute ja nicht windig. Als sie den Wassersaum erreicht hatten, sahen sie, wie ruhig das Meer war. Nur kleine Wellen leckten rhythmisch und leise an den Felsen.

Georg stellte sich in den groben Kies, gerade so nahe an der Wasserlinie, dass die Wellen ihre Füße nicht erreichen konnten, und breitete die Arme aus. »Ist das nicht herrlich?«, rief sie und atmete tief durch die Nase ein. »Das ist doch allemal besser als die stickige Luft im Internat.«

Tim begann derweil, das Meer zu verbellen. Das machte er oft so. Es war wie ein Begrüßungsritual.

Julius fand, dass Georg ein wenig übertrieb. Auch während der Schulzeit, die sie im Internat verbrachten, waren sie viel an der frischen Luft. Sport und Bewegung wurde nicht nur an der Schule der Jungen großgeschrieben, sondern auch bei den Mädchen. Das wusste Julius. Und außerdem wohnte ja Tim bei Georg im Internat und der musste dreimal am Tag seinen Spaziergang haben.

Dennoch. Er wusste, was Georg meinte. Hier am Meer in der Felsenbucht, da ergriff sie alle immer wieder das Gefühl von Weite und Freiheit. Und sie genossen viel Freiheit, wenn sie in den Ferien hier waren, das musste er zugeben.

Die Weite jedoch war heute nur zu erahnen.

Wie Richard bereits richtig festgestellt hatte, war der Himmel grau in grau. Dichter Dunst entzog den Horizont ihren Blicken.

Wie immer begann Georg, kaum dass sie am Strand war, nach allem zu suchen, was nur irgendwie interessant sein könnte. Schon bald hatte sie eine Angelschnur gefunden, die sich zwischen den dickeren Steinen gefangen hatte, und begann eifrig, diese zu entwirren. Doch dann kam sie an einen Knoten, den sie einfach nicht auseinanderbekam. Kopfschüttelnd knubbelte sie die Schnur zusammen und steckte sie in die Anoraktasche.

»Warum nimmst du die Schnur denn mit, wenn du sie nicht entwirren kannst?«, wollte Richard wissen. »Die ist doch zu nichts mehr zu gebrauchen.«

Georg fixierte ihren Cousin mit ernstem Blick. »Es ist eine ganz schlimme Unsitte, Angelschnüre als Müll zurückzulassen. Seevögel können sich darin verfangen und elend zugrunde gehen. Ich werde die Schnur nachher in den Abfalleimer werfen.«

Damit ließ sie Richard stehen, um sich weiter der Suche nach interessantem Strandgut zu widmen.

Typisch Georg, dass sie so weitsichtig ist, dachte Richard und schaute ihr nach.

Julius interessierte sich mehr für Steine und Fossilien. Er hatte am Kiesstrand schon so manchen Schatz gefunden. Sein schönstes Exemplar war ein Bernstein, groß wie ein Toffee-Bonbon, den er unter den staunenden Blicken der Mitschüler stolz im Erdkundeunterricht präsentiert hatte.

Neugierig bückte er sich, um die Steine von Nahem zu betrachten. Verbarg sich im Kies auch heute wieder ein besonders schönes Exemplar? Ein Stein, in den das Salzwasser in Jahrtausenden ein Loch hineingefressen hatte? Einer, den das Meer kugelrund geschliffen hatte? Einer mit funkelnden Glitzerkristallen? Julius spähte so intensiv nach den Steinen, dass ihm beinahe schwindelig wurde.

Richard hatte sich inzwischen etwas weiter weg zwischen die größeren Felsen gehockt. Dort tummelten sich jede Menge kleiner Krebse. Es machte ihm Spaß, ihnen zuzuschauen, wie sie versuchten, an den glatten Steinen emporzuklettern. Außerdem kam es ihm hier wärmer vor.

Manche Krebse hatten sich halb in den Sand gegraben, der sich zwischen den Felsen angesammelt hatte, und lagen regungslos da. Erst als Richard mit der Fingerspitze nach ihnen langte, krabbelten sie weiter, noch ehe sein Finger sie berührt hatte.

In Gedanken fing Richard an, ihnen Namen zu geben. Der hartnäckige August versuchte unermüdlich, an einem Stein hochzuklettern, rutschte aber immer wieder ab. Der träge Oskar bewegte sich nur sehr langsam von der Stelle, während der kampflustige Wilbur seine Scheren in die Höhe reckte, sobald Richard seine Fingerspitze ins Wasser tauchte.

Als der kleine blassrosa Krebs sich ein Stück zur Seite bewegte, entdeckte Richard plötzlich einen Belemniten, den die Wellen zwischen die Steine getragen hatten. Schnell tauchte er seine Hand ins Wasser und fischte ihn heraus. Wenn nur der Krebs ihn nicht zwickte! Julius würde neidisch sein!

»He, Julius!«, rief er zu seinem Bruder hinüber.

»Schau mal, was ich gefunden habe! Einen Belemnit! Und was für ein Riesenteil! Da staunst du, was?«

Richard richtete sich auf, weil er neugierig auf Julius' Reaktion war. Er hatte gar nicht bemerkt, dass inzwischen dichter Nebel aufgezogen war. Von seinem Standpunkt aus konnte er seinen Bruder, der am Wassersaum im Kies kauerte, kaum mehr ausmachen. Nur schemenhaft erkannte er Julius' Silhouette. Von Georg war nichts zu sehen. Schnell kletterte er über die Felsen zum Strand und lief zu seinem Bruder.

»Meine Güte, was für ein Nebel!«, sagte Julius. »Er muss in null Komma nichts aufgezogen sein, ich habe es gar nicht bemerkt. Gespenstisch ist das.«

»Allerdings«, bestätigte Richard. Plötzlich klangen alle Geräusche viel dumpfer. Es war, als wären sie in eine dicke Wattehülle gepackt worden. »Wo steckt eigentlich Georg?«

Julius streckte den Arm aus. »Ich hab sie zuletzt irgendwo dort hinten rumlaufen sehen. Aber das heißt gar nichts.«

Im selben Moment ertönte aus der Ferne ein

Nebelhorn. Ein Schiff schickte den tiefen Ton von weither durch den Nebel zu ihnen. Dann verhallte der Ton langsam, bevor ein zweiter folgte.

Richard spürte eine Gänsehaut den Rücken heraufkriechen. Eine Anspannung ergriff ihn, die ihn alle Sinne schärfen ließ. Im diffusen Licht des Nebels hielt er nach Georg Ausschau.

Julius hielt sich die Hände wie einen Trichter vor den Mund und rief nach seiner Cousine.

Gleich darauf hörten sie Schritte im Kies und eine Gestalt löste sich aus dem Nebel. Georgs roter Anorak war jetzt deutlich zu erkennen und auch Tims wedelnder Schwanz. »Schon gut, hier bin ich doch!«, rief sie lachend. »Eine feine Waschküche haben wir hier, was?«

Richard rieb sich fröstelnd die Arme. »Sollten wir nicht lieber zum Felsenhaus zurückgehen?«

»Auf keinen Fall!«, protestierte Georg.

»Also, ich finde es ziemlich gruselig«, erklärte Richard.

»Aber das ist es doch gerade!«, rief Georg händereibend. »Das ist doch an sich schon ein feines Abenteuer.« Dann zeigte sie auf Richards Faust. »Hast du was gefunden?«

Richard hielt ihr die flache Hand hin. Georg nahm den Belemniten zwischen Daumen und Zeigefinger und staunte. »Wow, das ist aber ein ganz besonders schönes Exemplar! Wusstest du übrigens, dass diese Versteinerungen auch ›Donnerkeil‹ genannt werden? So einen großen habe ich jedenfalls noch nie gefunden. Behalte ihn. Donnerkeile bringen Glück, aber nur …«

»… wenn man sie selbst findet«, ergänzte Richard grinsend den Satz. »Das hast du mir schon ein paar Mal erzählt.«

»Und?«, hakte Georg nach. »Hatte ich recht?«

Richard überlegte einen kurzen Moment. »Wenn ich ehrlich bin, hatte ich schon eine Menge Glück in meinem Leben.«

»Siehst du«, sagte Georg und nickte.

In diesem Moment hörten sie ein Geräusch vom Wassersaum her. Ein rhythmisches Plätschern wie von einem kleinen Ruderboot.

Sofort drehten sich alle drei um, doch der Nebel gab die Sicht nicht frei. Zögernd wagten sie sich ein bisschen näher ans Wasser. Ungeduldig warteten sie. Wann würden sie endlich erkennen können, wo dieses Geräusch herkam?

Doch ihre Geduld wurde auf eine harte Probe gestellt. Richard meinte schon, es nicht mehr aushalten zu können, als sich plötzlich zwei weiße Umrisse aus dem Nebel lösten. Die Freunde lächelten, als sie die beiden majestätischen Schwäne erkannten, die da im Gleichschlag nebeneinander schwammen.

»Was für schöne Tiere!«, flüsterte Georg begeistert. »Wusstet ihr, dass Schwanenpaare für immer zusammenbleiben?«

Sie hielt Tim vorsichtshalber am Halsband zurück, aber der kam nicht einmal auf den Gedanken, die Schwäne zu verbellen.

Richard staunte: »Ist das wirklich so?«

Auf einmal machte Georg ein trauriges Gesicht. »Vor einigen Jahren war der Winter so hart und schneereich, dass hinterher lauter tote Schwäne am Strand lagen. Sie hatten sich in den Schnee geduckt, um sich zu schützen, und sind erfroren, verhungert oder erstickt.«

»Die Natur kann wirklich grausam sein«, meinte Julius. Er betrachtete die beiden weißen Vögel nachdenklich. Plötzlich fiel ihm etwas auf: Die Schwäne wurden von stärkeren Wellen auf und nieder getragen. Er spähte in den Nebel, konnte aber nicht sehen, wer oder was diese Wellen verursachte. Doch er hörte ein Geräusch, das die Schwimmbewegungen der Schwäne überlagerte, und spürte wie sich die kleinen Haare auf seinen Armen aufstellten.

»Hört ihr das auch?«, fragte er die anderen.

Auch Tim hatte die Ohren gespitzt und witterte aufs Wasser hinaus.

»Da ist doch was!«, zischte Julius. »Fällt euch denn nichts auf?«

»Du hast recht, das Wasserplätschern hört sich anders an«, stellte Georg fest. »Kommt da ein Boot? Da ist noch ein Geräusch, es hört sich an wie … wie …«

»Wie das Knarren von Schiffsplanken, wenn ihr mich fragt«, flüsterte Richard. »Habt ihr aus der Richtung ein Nebelhorn gehört? Ich nicht.«

Georg zuckte die Schultern. »Bei solch einem Nebel ist es manchmal schwer, die Richtung auszumachen, aus der die Geräusche kommen.«

Doch das Knarren wurde jetzt immer deutlicher.

Georg spürte, wie Richard ihr die Finger in den Arm grub, als er gebannt in den Nebel hinaus starrte, aus dem sich jetzt der Schatten eines Einmasters löste.

Schnatternd nahmen die beiden Schwäne Reißaus. Tim fiepte und zitterte am ganzen Körper.

»Da ist tatsächlich ein Schiff!« Georg zeigte aufs Wasser hinaus.

Richards Klammergriff wurde fester. »Es sieht sonderbar aus, findet ihr nicht?«

Im selben Moment wurden sie von einem

kühlen Lufthauch erfasst, der vom Meer hereinwehte. Sie hörten das Segel schlagen.

Georg kniff die Augen zu Schlitzen zusammen. Was war das da oben am Mast? Eine zerfetzte Fahne?

»Ja, sehr sonderbar«, bestätigte Julius. »Und keine Menschenseele an Bord. Oder seht ihr jemanden?«

Doch als Richard nach Matrosen Ausschau halten wollte, war das Schiff auch schon wieder verschwunden, als hätte der Nebel es verschluckt.

Tim hatte sich inzwischen in den Kies geduckt und fiepte noch lauter.

Georg beugte sich zu ihm hinunter und streichelte ihm beruhigend über den Kopf. »Schon gut, mein Freund, das war nur ein Schiff.« Doch wenn sie ehrlich war, musste sie zugeben, dass sie selbst eine Gänsehaut bekommen hatte. Denn das war nicht irgendein Schiff gewesen. Dieses Schiff hatte etwas Unheimliches an sich gehabt, und das lag nicht nur am Nebel.

Das Geisterschiff

»Ach, du lieber Himmel!« Anne hielt Georg, Tim und den Jungen die Tür sperrangelweit auf. »Ihr seht ja aus, als wäre der Teufel persönlich hinter euch her.«

Damit liegst du gar nicht so falsch, dachte Richard, der in der Tat Angst gehabt hatte, als sie zum Felsenhaus zurückgelaufen waren. Hinter jedem Baum, hinter jedem Busch, der sich am Wegesrand aus dem Nebel gelöst hatte, hatte er eine Gestalt vermutet, und jeder Lufthauch, der seinen Hals entlanggestrichen war, war ein Griff einer eisigen Geisterhand. Womöglich würden sie sich gar im Nebel verlaufen?

Erst als das Felsenhaus in Sicht kam, hatte er aufatmen können.

Anne packte ihn am Arm und zog ihn ins Wohnzimmer, wo in dem alten Ofen ein heimeliges Feuer hinter der Glasscheibe prasselte. »Wärm dich erst mal auf, du siehst ja vollkommen durchgefroren aus«, sagte Anne in mütterlichem Ton. Dann zeigte sie auf die munter tanzenden Flammen im Ofen. »Hab ich angemacht, weil Tante Fanny mich drum gebeten hat, und es hat gleich beim ersten Versuch geklappt«, verkündete sie stolz.

Julius hob den Daumen. »Bravo. Aber du hattest ja auch gute Lehrmeister.«

»Falls du darauf anspielst, dass es manchmal doch praktisch ist, ältere Brüder zu haben, dann muss ich dir ausnahmsweise mal zustimmen«, antwortete Anne schnippisch.

Georg blickte sich suchend um, während sie den Anorak auszog. »Hat meine Mutter nicht Besuch erwartet?«

Anne zuckte die Schultern. »Die Damen haben wegen des Nebels abgesagt. Sie haben gesagt, dass sie sich nicht aus dem Haus trauen. Ich glaube, Tante Fanny war nicht böse drum. Ihre Kopfschmerzen sind immer noch so schlimm. Sie hat sich hingelegt.« Dann wandte sie sich an Richard. »Du hast Glück. Tante Fanny hat gesagt, wir dürfen uns über den Kuchen hermachen.«

Richard setzte eine Unschuldsmiene auf, während er spürte, dass die wohlige Wärme, die das prasselnde Holzfeuer ausstrahlte, endlich durch seinen Köper kroch. »Wieso guckst du *mich* dabei so an?« Er rieb sich die Hände. »Was haltet ihr davon, wenn wir es uns hier vor dem Ofen gemütlich machen?«

Damit waren natürlich alle einverstanden. Tim ließ sich behaglich brummend neben dem Ofen nieder und legte seine Schnauze auf die Vorderpfoten.

Georg schleppte rasch ein Beistelltischchen herbei, und Anne sorgte für Kuchenteller und Gabeln, während Julius den Kuchen aus der Küche holte.

Als endlich jeder sein Stück auf dem Teller hatte, wollte Anne es schließlich wissen. »Aber jetzt erzählt mir doch endlich, warum ihr vorhin wie vom Teufel gejagt hier hereingestürmt seid. Ist irgendetwas passiert oder habt ihr nur ein Wettrennen gemacht?«

Julius schluckte sein Kuchenstückchen hinunter. »Wir hatten eine sonderbare Begegnung. Nicht, dass wir Angst gehabt hätten, aber es war unheimlich.«

»Wenn ihr beide es nicht auch gesehen hättet, dann würde ich mich jetzt fragen, ob ich es tatsächlich gesehen habe oder ob das alles nur Einbildung war«, sagte Georg nachdenklich.

»Was gesehen? Nun erzählt doch schon!«, rief Anne ungeduldig.

Julius beugte sich vor und vergewisserte sich, dass Tante Fanny nicht hereinkam. »Ein Schiff, Anne. Es kam aus dem Nebel.«

»Du willst mich wohl vergackeiern, mein lieber Bruder. Es ist wohl nichts Besonderes daran, am Strand ein Schiff zu sehen. Und wenn es nebelig ist, dann muss es zwangsweise aus dem Nebel kommen.« Sie lehnte sich mit verschränkten Armen zurück und schob schmollend die Unterlippe vor.

Jetzt meldete sich Richard zu Wort. »Wir wollen dich nicht veräppeln, Anne. Du kannst dir das nicht vorstellen. Dieses Schiff war... es war... ich weiß nicht, wie ich es ausdrücken soll. Es wirkte wie ein Geisterschiff. Kein Mensch an Bord, und die Fahne am Mast war total zerfetzt, als sei sie schon uralt.«

»Ja«, schaltete sich Georg ein. »Da hat Richard recht. Wie ein Geisterschiff war das. Auch Tim hatte Angst. Das Schiff sah aus, als käme es aus einer vergangenen Zeit. Sehr altmodisch. Und das Knarren der Planken, das klang irgendwie gruselig.«

Anne schwieg. Sie hatte die anderen noch immer im Verdacht, dass sie sie auf den Arm nehmen wollten. Erst als Georg erklärte, sie habe von ihrem Vater einmal ein Buch über alte Schiffe geschenkt bekommen, das sie nun herunterholen wolle, war ihr klar, dass an der Geschichte etwas dran sein musste. »Aber pass auf, dass du deine Mutter nicht weckst«, mahnte sie und hielt sich den Zeigefinger vor die Lippen.

Es dauerte eine Weile, bis Georg das Buch gefunden hatte – sie war nicht unbedingt für ihren Ordnungssinn bekannt. Als sie zum Ofen zurückkehrte, war Richard bereits bei seinem zweiten Stück Kuchen.

Anne neigte den Kopf zur Seite, um den Titel des Buches zu lesen, das Georg sich nun auf den Schoß legte. *Vom Floß zum Luxusliner* stand darauf.

Ohne einen Ton zu sagen, begann Georg in dem Buch zu blättern. Der Kuchen war ihr jetzt vollkommen egal. Die anderen aßen schweigend weiter und warteten darauf, dass sie etwas fand. Nur Tim hatte sich aufgerichtet und wartete geduldig, dass vielleicht ein kleines Häppchen für ihn abfiel.

Als Georg das Buch von vorne bis hinten durchgeblättert hatte, schlug sie es mit einem Knall zu. Sie zögerte einige Sekunden und begann dann noch einmal von vorne.

»Konntest du nichts finden?«, erkundigte sich Anne.

»Ich bin nicht sicher«, murmelte Georg, ohne aufzublicken. Schließlich schlug sie eine Doppelseite auf und reichte das Buch Richard und Julius.

Georg tippte auf ein Bild. »Was meint ihr? Könnte es solch ein Schiff gewesen sein?«

Julius zog die Stirn kraus und überlegte. Er blätterte ein wenig hin und her und sah sich genau alle Zeichnungen und Bilder an, die auf den Seiten abgebildet waren.

Richard schaute ihm über die Schulter. Dann schloss er für einen kurzen Moment die Augen und versuchte, sich an das Schiff aus dem Nebel zu erinnern. »Irgendwie sah es so aus, ja. Es hatte nur ein großes Segel, und wenn ich mich recht entsinne, dann hatte das Segel genau diese rechteckige Form – wie bei dem Schiff auf dem Bild hier.« Er sah sich die kleine Zeichnung noch einmal an. »Rundschiff des 13. Jahrhunderts«, las er vor. »13. Jahrhundert, das ist verdammt lange her.«

»Tatsächlich!« Julius hielt sich das Buch dichter vor die Augen. »Du hast recht, Richard. Dieses Schiff von vorhin sieht so ähnlich aus wie das hier. Aber auch nur so ähnlich, irgendwas war anders.« Sein Blick huschte ein weiteres Mal über die kleinen Abbildungen. Schließlich legte er sich das Buch auf die Knie. »So wie das hier!«, sagte er und zeigte auf eine der Illustrationen.

Georg beugte sich vor, um das kleine Bild genauer zu betrachten, das ihr vorher nicht aufgefallen war. »Stimmt. Diese Aufbauten an Bug und Heck, die hatte das Schiff auch. Eine Kogge!«

»Handelskogge des 14. Jahrhunderts«, las diesmal Julius vor. »Die Kogge war das beliebteste Schiff der Handelsflotten im Norden Europas.«

»Unsere Geisterkogge ist also ein Handelsschiff aus alten Zeiten«, wiederholte Richard nachdenklich. »So was findet man heute doch eigentlich nur noch im Museum.«

»Apropos Museum.« Georg klappte den hinteren Buchdeckel auf und fischte ein Faltblatt heraus, das hinter der letzten Seite gelegen hatte. »Mein Vater hat mir dieses Buch im Schifffahrtsmuseum gekauft. Wir waren dort, als ich noch ein ganz kleines Kind gewesen bin. Ich kann mich kaum dran erinnern. Hier, das ist ein Prospekt davon. Das Museum ist in Wilsburg. Gar nicht so weit weg von hier.«

Julius warf einen Blick auf die alte Standuhr, deren Pendel sich hinter der Glasscheibe majestätisch hin- und herbewegte. »Heute können wir nicht mehr hinfahren, es ist schon zu spät. Was haltet ihr davon, wenn wir uns für morgen mal einen Ausflug ins Schifffahrtsmuseum vornehmen? Vielleicht ist es dann ja auch nicht mehr so neblig.«

Anne verzog die Mundwinkel, denn sie interessierte sich nicht sonderlich für die Schifffahrt. »Wir müssten erst einmal herausfinden, wie wir dorthin kommen. Mit welchem Bus wir fahren müssen, meine ich …«

»Das ist kein Problem«, beruhigte Georg ihre Cousine. Sie sprang auf und holte einen Busfahrplan aus der Kommodenschublade. Sie brauchte nicht lange zu blättern, dann zeigte sie mit dem Finger auf die entsprechende Seite. »Wir brauchen nur den Bus bis in die Kreisstadt zu nehmen und steigen am Busbahnhof in die Linie 11 um.«

Richard wedelte mit dem Faltblatt des Museums. »Hier steht es auch. Die Linie 11 hält an der Küstenstraße und von dort ist es noch ein Fußweg von zehn Minuten.«

Anne seufzte. Sie wusste, dass es wenig Sinn hatte, Widerstand zu leisten. Wenn die anderen sich etwas in den Kopf gesetzt hatten, dann führten sie es auch durch. Vor allem, wenn sie ein neues Abenteuer witterten.

Damit war es beschlossene Sache, dass sie am nächsten Morgen den Bus um kurz nach neun nehmen würden.

Voller Tatendrang stürmten die Jungen am nächsten Morgen die Treppe hinunter, wo Georg und Anne bereits mit Tante Fanny und Onkel

Quentin am Frühstückstisch saßen. Die Sonne hatte den Nebel vertrieben und strahlte nun von einem blitzblauen Himmel.

Georg bemerkte, dass Richard einen fröhlichen Blick aus dem Fenster warf. »Freu dich nicht zu früh«, sagte sie. »Die Sonne lockt zwar, aber es weht ein kalter Wind. Ich war eben mit Tim draußen.«

Onkel Quentin räusperte sich. »Georgina hat mir gerade erzählt, dass ihr das Schifffahrtsmuseum besuchen wollt. Das höre ich gern. Die haben wirklich ein paar sehr eindrucksvolle und seltene Exponate dort.«

Tante Fanny schenkte den Jungen Tee ein. »Und ihr habt Glück. Quentin hat etwas in der Kreisstadt zu erledigen und kann euch bis zum Busbahnhof mitnehmen. Aber jetzt langt erst einmal kräftig zu, damit ihr für euren Ausflug gestärkt seid.«

Anne staunte über das Angebot ihres Onkels. Er musste sich schon sehr darüber freuen, dass sie in dieses Museum wollten. Normalerweise hatte er es nämlich nicht so gern, wenn Tim mit in seinem Auto mitfuhr.

»Kannst du dich noch an unseren Besuch im Schifffahrtsmuseum erinnern? An diese beeindruckenden Werkzeuge zum Beispiel, die bis in die Neuzeit von den Schiffszimmerleuten benutzt wurden?«, fragte Onkel Quentin seine Tochter.

Georg lachte. »Aber Vater! Ich war doch noch ein ganz kleines Mädchen, als wir dort waren – das ist schon ewig her! Außerdem hat sich dort im Laufe der Jahre sicher so einiges geändert.«

Als sie am Museum ankamen, wurde dieses gerade geöffnet. An der Kasse saß ein freundlicher, etwas dicklicher Mann, der ihnen neben den Eintrittskarten auch ein Faltblatt in die Hand drückte, auf dem ein Plan des Freilichtmuseums und der Ausstellungsräume abgebildet war. Er zeigte auf ein Schild mit einem roten Pfeil. »Dort beginnt der Rundweg durch das Museum, wenn ihr euch an den haltet, dann seht ihr automatisch die wichtigsten Exponate.« Dann lehnte er sich ein wenig aus dem kleinen Häuschen. »Den Hund müsst ihr aber an der Leine führen.«

Georg legte sich die Hand an die Schläfe wie

ein Matrose, wenn der Kapitän etwas befiehlt. »Aye, aye, Sir! Geht klar.« Dann warf sie staunend einen Blick auf das Faltblatt. »Wenn ich mich auch an fast nichts mehr erinnere, aber eins weiß ich sicher. So groß ist das Museum damals nie im Leben gewesen. Also, los, Leute, schauen wir, was die Welt der Schifffahrt uns zu bieten hat.«

Der Rundweg begann in den großen Ausstellungshallen und führte dann nach draußen, wo ein künstliches Hafenbecken geschaffen worden war, in dem einige Schiffe vor Anker lagen.

Überraschenderweise war es ausgerechnet Anne, die von der Ausstellung am meisten fasziniert war. So wenig Lust sie zunächst auf diesen Ausflug gehabt hatte – jetzt fesselte sie das, was sie hier zu sehen bekam, umso mehr.

Die Ausstellung in den Hallen führte die Freunde durch die Geschichte der Schifffahrt. Von den ersten Flechtbooten und ägyptischen Booten aus Zedernholz über die Schiffe der Wikinger und des Christoph Kolumbus bis hin zu den großen Ozeandampfern und Passagierschiffen wurde dort alles erklärt. Auch den Militärschiffen war eine Abteilung gewidmet. Alles war mit Bildtafeln und Zeichnungen genau illustriert. Fundstücke und Schiffsmodelle machten die Ausstellung erst so richtig interessant.

Da gab es zum Beispiel ein Stück eines konservierten Wikingerbootes, eines Langschiffes, auf dem einst Krieger und Händler im Nordwesten Europas über die Meere gefahren waren. Sogar ein Stück des Segels hatte man erhalten können. Nun lag es in einem Schaukasten unter einer Glasscheibe.

Auch Goldschmuck und Münzen, die man im Wrack eines mittelalterlichen Handelsschiffes gefunden hatte, waren zu sehen, ebenso wie der abgebrochene Mast eines Kriegsschiffes aus dem 18. Jahrhundert, in den das Meer seine Spuren genagt hatte.

Richard stellte sich staunend neben einen verrosteten Anker, der dreimal so hoch war wie er selbst. Von welch einem riesigen Schiff musste der stammen!

Ein Museumsmitarbeiter mahnte ihn freundlich nickend, der Lichtschranke nicht zu nahe zu kommen, um die Alarmanlage nicht auszulösen.

Fasziniert sah Anne sich alles genau an und merkte gar nicht, wie die Zeit verging. All diese alten Gegenstände schienen spannende Geschichten zu erzählen, Geschichten eines florierenden Handels, Geschichten von Abenteuern auf hoher See, schöne Geschichten, aber auch traurige von Schiffsunglücken und Untergängen und vielen ertrunkenen Matrosen. Gedankenversunken betrachtete sie den Querschnitt der *Titanic*. Der riesige Passagierdampfer hatte als unsinkbar gegolten. Doch das hatte sich als Irrtum herausgestellt. Nach einem Zusammenstoß mit einem Eisberg war die *Titanic* innerhalb kürzester Zeit gesunken. Über tausend Menschen hatten dabei den Tod gefunden, weil nicht genügend Rettungsboote für alle Passagiere vorhanden gewesen waren. Anne war so gefesselt von diesem schicksalhaften Szenario, dass sie vollkommen vergaß, weshalb sie überhaupt hier waren.

Die anderen hatten sich derweil vor dem etwa ein Meter hohen, maßstabgetreuen Nachbau einer Handelskogge versammelt und diskutierten.

»Ich sage euch, genauso sah das Schiff im Nebel aus!«, zischte Richard. »Ein großes, rechteckiges Segel, diese Aufbauten … ja, ich bin mir sicher.«

Georg kratzte sich an der Stirn. »Kann schon sein. Aber du hast jetzt das Bild aus dem Buch in Erinnerung und starrst außerdem bereits eine Weile auf dieses Modell hier. Bestimmt hat sich das schon eingeprägt.«

Doch Julius winkte ab. »Ist doch egal, ob es exakt so ausgesehen hat oder nur so ähnlich. Auf jeden Fall kommt es dem Schiff aus dem Nebel sehr nahe.«

»Interessiert ihr euch für die Kogge?«, fragte plötzlich jemand hinter ihnen.

Sie hatten gar nicht gemerkt, dass der Mann aus dem Kassenhäuschen sich ihnen genähert hatte.

»Für die Kogge?« Erschrocken fuhr Georg herum. »Ja. Schon. Das ist wirklich eine tolle Nachbildung!« Sie fühlte sich irgendwie ertappt.

Der Mann verschränkte die Arme und betrachtete das Modell stolz. »Ja, in der Tat. Wir sind auch sehr stolz darauf, dieses Exemplar hier ausstellen zu dürfen.« Er ging um das Schiff herum und blickte in die interessierten Gesichter der Freunde.

Offenbar freute er sich, ihnen etwas erzählen zu dürfen. »Solche Schiffe benutzte man im 14. und 15. Jahrhundert im Norden Europas, um Handel zu betreiben. Diese Koggen wurden vor allem in den Küstengewässern eingesetzt, denn sie waren wendig und hatten relativ wenig Tiefgang.«

Er drehte sich um und wies auf ein Ölgemälde an der Wand. »Später nutzte man vor allem für größere Fahrten, auch über die See, solche Karracken, wie ihr eine auf dem Bild dort seht. Den Unterschied erkennt ihr schnell, oder?«

Wir sind hier doch nicht in der Schule, dachte Georg griesgrämig. Richard jedoch antwortete brav: »Na, klar, die Takelage. Die Kogge hier hat nur ein Segel, das Schiff auf dem Bild ist größer und hat auch noch am Fockmast und am Besanmast Segel.«

Der Museumswärter lächelte zufrieden. »Stimmt. Also, wenn ihr sonst noch Fragen habt, dann wendet euch gern an mich. Meine Mitarbeiterin sitzt jetzt an der Kasse, mich findet ihr hier oder in den Außenanlagen.«

»Ja, ich hätte da eine Frage«, meldete Julius sich zu Wort. »Wenn diese Koggen so praktisch waren, werden sie dann heute noch eingesetzt? Ich meine, gibt es noch Exemplare?«

Der Wärter sah mit einem Mal aus, als wollte er sich vor Lachen auf die Schenkel klatschen, aber er riss sich zusammen und beantwortete Julius' Frage freundlich lächelnd. »Aber nein, junger Mann. Der technische Fortschritt ist auch an der Schifffahrt nicht vorbeigegangen. Heutzutage, im Zeitalter des LKW, werden die meisten Güter auf der Straße transportiert. Und die Segelschiffe, die an der Küste noch für den Transport eingesetzt wurden, sind schon lange durch Motorboote ersetzt worden. Ihr findet eine Abteilung dort drüben, in der die hier üblichen Barkassen beschrieben sind. Sie werden auch als Passagierboote eingesetzt.«

»Ich weiß«, sagte Richard. »Wenn man zum Beispiel zu den Inseln hinauswill, fährt man auf so einer Barkasse.«

»Ja, aber die Kogge …« Georg wollte zum Thema zurückkehren. Wegen einer Kogge waren sie schließlich hier!

Der Wärter blickte an Georg vorbei, als wollte er einen Punkt in der Ferne fixieren, und begann zu schwärmen. »Ja, die Kogge. Das waren noch Zeiten! Solch ein Schiff hat schon was Romantisches an sich.« Dann räusperte er sich. »Aber seien wir ehrlich, das war Knochenarbeit damals auf solch einem Schiff. Heute ist das alles viel leichter. Vor allem das Navigieren. Mit all dem technischen Schnickschnack.« Er deutete Richtung Außenanlage. »Ein Exemplar hatten wir vor vielen Jahren hier, aber … Na, seht selbst.«

Jetzt kam auch Anne herbei, die nicht allein drinnen zurückbleiben wollte.

Als der Mann die Tür aufschob, wurden sie von der grellen Sonne geblendet. Gleichzeitig fegte ihnen ein kalter Wind um die Ohren.

Die Freunde blinzelten, und als sich ihre Augen an das helle Licht gewöhnt hatten, staunten sie nicht schlecht. Vor ihnen dümpelte ein echtes U-Boot im Wasser.

Auf dem Fischmarkt

Richard hielt sich mit leidender Miene die Stirn und schwieg. Er fühlte, wie sich unter seiner Hand bereits eine Beule bildete. Zu dumm!

Sie waren auf dem Rückweg und näherten sich der Kreisstadt. Der Bus ruckelte unsanft über die Landstraße, in deren Belag der Winterfrost große Löcher gefressen hatte. Bei jeder Erschütterung biss Richard die Zähne zusammen.

Julius und Georg mussten sich das Grinsen verkneifen, denn Richard war übereifrig wie immer als Erster in das U-Boot gestürmt, das man im Museumshafen besichtigen konnte. Dabei war er just in dem Moment, als sie alle drei ihn mahnten, den Kopf einzuziehen, gegen den oberen Rand der Einstiegsluke gestoßen.

Anne hingegen legte ihrem Bruder tröstend die Hand auf den Unterarm. »Es wird sicher nur eine Beule. Du kannst von Glück reden, dass du keine Platzwunde davongetragen hast – oder gar eine Gehirnerschütterung.«

Richard war sich da nicht so sicher, denn sein

Schädel brummte ordentlich. Aber er wollte tapfer sein.

»Schade, dass die alte Kogge nicht mehr da war«, seufzte Anne. »Ich fand es im U-Boot schon sehr spannend, all die winzigen Kajüten und Kabinen und wie man das alles so nennt. Man sah förmlich die Matrosen durch die Gänge flitzen.«

Georg verdrehte die Augen. »Stell dir das bloß nicht romantisch vor. Das Leben auf solch einem U-Boot war sicher einfach nur hart und entbehrungsreich – selbst wenn kein Krieg war. Die mussten sich sogar mit mehreren Leuten eine Schlafkoje teilen. Wenn der eine schlief, hat der andere seinen Dienst geschoben.«

»Ich stelle mir das doch gar nicht romantisch vor!«, rief Anne, die sich gründlich missverstanden fühlte. »Schon allein diese Enge. Ich würde sofort Platzangst kriegen! Aber auf die Kogge wäre ich gern gegangen.«

Alle vier schwiegen einen Moment, als sie sich an das Schild erinnerten, das die Gangway versperrt hatte, die einst zu dem alten Schiff geführt hatte, das man vor vielen Jahren hatte abwracken müssen. *Betreten verboten. Lebensgefahr!* hatte darauf gestanden. Daneben war nur noch eine Infotafel mit einem Foto des alten Schiffes zu sehen.

Dann hob Anne beide Hände. »Also, ich hätte mich da ohnehin nicht rauf getraut. Habt ihr gesehen, wie baufällig das Schiff auf dem Foto aussah? Gerade so wie ein …«

»Ein Gespensterschiff!«, rief Georg und lachte. »Das nenn ich abgewrackt!«

Anne runzelte nachdenklich die Stirn. »Ich habe das nicht ganz verstanden. Warum wurde das Schiff nicht genauso restauriert wie das U-Boot?«

Julius, der sich darüber mit dem Museumswärter länger unterhalten hatte, erklärte es ihr. »Ihnen ist das Geld ausgegangen. Zuschüsse wurden gestrichen. So einfach ist das. Und um es einfach dort liegen zu lassen, war es zu gefährlich. Also musste es abgewrackt werden.«

»Und was war das für eine Geschichte mit diesem Käpt'n?«, fragte Richard und beugte sich gespannt vor. Dabei zuckte er zusammen. Sein Kopf schmerzte immer noch ganz schön!

Julius lächelte spöttisch. »Die Kogge war angeblich sein Schiff. Er soll seinerzeit hier an der Küste sein Unwesen getrieben und die Leute in Angst und Schrecken versetzt haben. Vor allem die reichen Kaufleute.« Julius winkte ab. »Wenn du mich fragst, dann ist das eine von diesen Storys, mit denen sie die Besucher unterhalten wollen.«

»Eine Touristenattraktion also«, ergänzte Georg.

Anne schüttelte verständnislos den Kopf. »Das wäre doch ein Grund mehr gewesen, das Schiff zu restaurieren.«

»Lass mal«, meinte Georg. »Das soll ja kein Freizeitpark sein, sondern ein seriöses Museum.«

Endlich hatten sie die Kreisstadt erreicht. Schnaufend kämpfte sich der Bus eine kleine Steigung hinauf und bog dann in die Straße ein, die zum Busbahnhof führte. Die Bremsen quietschten schauderhaft, als er zum Stehen kam. Mit einem Zischen öffneten sich die Türen.

»Dieser Bus macht Geräusche wie ein Drache aus einem Märchen«, rief Anne.

Fröhlich hüpften Julius, Georg und Anne aus

dem Bus, und Tim flog in einem Satz mit flatternden Ohren an ihnen vorbei. Nur Richard stieg vorsichtig aus und hielt sich noch immer den Schädel.

»Wenn wir im Felsenhaus angekommen sind, legst du dich am besten gleich hin, und ich mache dir eine kalte Kompresse«, bestimmte Anne.

Richard rang sich ein Grinsen ab. »Jawohl, Frau Krankenschwester. Aber vielleicht hilft auch inneres Kühlen. Was haltet ihr von einem Eis?«

»Richard, du denkst wirklich immer nur ans Essen!«, rief Julius lachend. »Aber zu einem Eis sage ich auch nicht nein.«

Also brachen die Freunde in Richtung Marktplatz auf. Dort gab es ein gemütliches Café mit Außenplätzen.

»Oh, wir haben Glück!«, rief Anne begeistert. »Heute ist Markttag. Da können wir wieder prima die Leute beobachten. Und da ist ein guter Platz frei, windgeschützt und sonnig.«

Doch kaum hatten die Freunde ihre bunten Eisbecher vor sich stehen, da wurde ihnen klar, dass ihre Plätze doch nicht ideal waren. Leider saßen sie nämlich in der Nähe der Fischstände und schon bald zog ein intensiver Fischgeruch in ihre Nasen.

»Puh, das ist aber keine angenehme Kombination«, stellte Julius naserümpfend fest. »Vanilleeis mit Fischaroma.«

Georg hielt grinsend den Löffel in die Luft. »Welche Sorte habt ihr denn? Ich glaube, meins ist Tintenfisch.«

»Tintenfisch, ja!«, rief Anne lachend. »Deshalb ist deine Zunge auch so blau wie Tinte.«

Georg streckte ihrer Cousine die Zunge raus, die von Heidelbeeren dunkel gefärbt war.

»Und ich habe Thunfischeis«, stieg Richard in das Spiel mit ein. Seine Beule schien er inzwischen vergessen zu haben.

Tim wartete wie immer geduldig darauf, dass auch für ihn etwas abfiel. Und schon hatte er ein Stück Eiswaffel verputzt, das Georg ihm unter dem Tisch vor die Nase hielt.

Plötzlich gab es auf dem Markt einen kleinen Tumult. Neugierig reckten die Freunde die Köpfe, um zu sehen, was da vor sich ging. Dort, wo die ortsansässigen Fischer ihre Verkaufsstände aufgebaut hatten, wurde aufgeregtes Geschimpfe laut.

»Was ist denn da los?«, fragte Anne, die als Kleinste am wenigsten erkennen konnte. »Gibt es da eine Schlägerei?«

Julius schüttelte den Kopf. »Nein, nein, sie prügeln sich nicht. Aber da streiten sich welche oder zumindest diskutieren sie lauthals. Den einen Fischer kenne ich, er wohnt neben Alf und seinem Großvater. Aber den anderen habe ich noch nie gesehen.«

»Kannst du verstehen, worum es geht?« Am liebsten wäre Anne auf ihren Stuhl geklettert, um besser sehen zu können. Aber das tat sie natürlich nicht. Sie wollte schließlich nicht den Unmut der Bedienung auf sich ziehen.

Nur Richard löffelte ungerührt sein Eis weiter. »Na ja, die beiden werden sich schon wieder beruhigen. Esst lieber euer Eis auf, bevor es schmilzt.«

Doch die Gemüter schienen nicht abzukühlen. Während die Freunde weiteraßen, hörten sie unentwegt die aufgeregten Stimmen.

Georg schüttelte den Kopf. »Mensch, dabei

kann man ja nicht in Ruhe essen. Los, Leute, seht zu, dass eure Eisbecher leer werden, dann schauen wir uns die Sache mal von Nahem an.«

Eilig löffelten sie das letzte Eis aus ihren Bechern und ließen dann die Münzen auf den Tisch klimpern, um sich möglichst schnell in das Markttreiben zu stürzen. Es war überhaupt nicht schwierig, sich den beiden Streithähnen unauffällig zu nähern. Nur Tim hatte es schwer, die Gerüche nach frischem Fisch waren zu verlockend und ließen ihm das Wasser im Maul zusammenlaufen.

Jetzt erkannten auch die anderen den Nachbarn von ihrem Freund Alf. Der Fischer hatte sonnengegerbte Haut mit tiefen Falten. Er war ein älterer Mann, der ziemlich zurückgezogen lebte. Normalerweise war er sehr freundlich und kam mit allen Menschen gut aus. Dass er sich mit jemandem stritt, war ungewöhnlich. Was also war passiert?

Drohend hob der alte Fischer die Faust in Richtung des anderen, der seinen Stand ihm gegenüber aufgebaut hatte. »Ich habe meinen Verstand nicht verloren!«, knurrte er wütend. »Und

wer so was behauptet, sollte selbst beim nächsten Nebel da rausfahren.«

Beim Stichwort Nebel wurden die Freunde hellhörig. Was war dem alten Mann denn dort im Nebel widerfahren?

Anne kam als Erste auf die Idee, jemanden zu fragen. »Was hat er denn?«, wandte sie sich an eine Händlerin am nächsten Stand.

Die dicke Frau mit dem Kopftuch wischte sich die Hände an ihrer karierten Schürze ab und machte eine wegwerfende Handbewegung.

»Ach, der! Der sieht Gespenster. Unentwegt faselt er von irgendeinem alten Kapitän, der angeblich aus dem Totenreich zurückgekehrt sein soll. Dummes Zeug halt.«

Anne runzelte die Stirn. Nun hörte sie bereits zum zweiten Mal so eine seltsame Nebelgeschichte. Aber sie wollte nicht zu neugierig wirken. »Aus dem Totenreich? Wer glaubt denn so was?«, fragte sie spottend. »Ist ihm etwa ein Gespenst über den Weg gelaufen?«

Die Fischersfrau grinste breit. »Im Nebel kann man schon mal Gespenster sehen! Besonders, wenn man ordentlich einen gekippt hat, bevor man mit seinem Kutter rausfährt.«

Das kam Anne jetzt wirklich seltsam vor. Sie hatte den alten Mann noch nie betrunken gesehen. »So, so«, sagte sie. »Das Gespenst ist ihm also beim Fischen begegnet? War es vielleicht Neptun persönlich?«

Jetzt lachte die Frau laut. »So mit langem Bart und Dreizack, meinst du? Ach, hör doch auf! Nein, nein, nur so ein sonderbares Geisterschiff will er gesehen haben. Kein Mann sei an Bord gewesen. So ein Quatsch.«

Anne zuckte die Schultern und tat unschuldig. »Er hat eben viel Fantasie, der alte Mann. Lassen Sie ihm doch seine Schauermärchen.«

Jetzt lächelte die Frau milde. »Recht hast du, Mädchen. Lassen wir ihm seine Geschichten.«

Anne zwinkerte den anderen zu und machte ihnen ein Zeichen, mit ihr zu kommen, damit sie ihnen berichten konnte, was sie erfahren hatte.

Mittlerweile hatten sich die beiden Fischer auch beruhigt. Der alte Mann ließ sich knurrend auf einem Hocker nieder und rückte die Kisten zurecht, in denen die Reste seines Fangs lagen. Noch hatte er ein paar Fische zu verkaufen. Vielleicht hatte er eingesehen, dass er nur die Kunden vertrieb, wenn er mit seinem Kollegen stritt. Also beschränkte er sich darauf, ihn mit Nichtachtung zu strafen. Er würdigte ihn jetzt keines Blickes mehr.

Anne zog die andern hinter einen Stand mit einer rot-weiß gestreiften Markise. »Hört zu, der alte Mann hat eure Geisterkogge auch gesehen. Aber keiner glaubt ihm. Die halten ihn alle für verrückt!«

Julius kratzte sich nachdenklich an der Stirn.

»Vielleicht sollten wir zu ihm gehen und ihm sagen, dass uns das Schiff auch begegnet ist.«

Aber Georg schüttelte energisch den Kopf. »Keine gute Idee. Jedenfalls nicht jetzt und hier. Er wird glauben, wir wollen ihn auf den Arm nehmen. Ich denke, es ist Zeit, dass wir unserem Freund Alf einmal wieder einen Besuch abstatten.«

»Ja, aber nicht mehr heute«, entschied Anne. »Tante Fanny wird sich sonst noch wundern, wo wir bleiben. Apropos: Wo ist denn Richard?«

Julius und die Mädchen trauten ihren Augen kaum, als sie Richard entdeckten, wie er sich an einer Bude ein Fischbrötchen kaufte.

Anne stemmte sich die Hände in die Seiten. »Das darf doch wohl nicht wahr sein. Haben wir nicht gerade noch ein großes Eis verputzt?«

Georg verzog das Gesicht. »Wir kennen doch Richards Appetit. Aber ich finde die Kombination nicht sehr appetitlich, erst ein Eis und dann ein Fischbrötchen. Puh, ich kriege eine Gänsehaut.«

Richard musste sich mit dem Essen beeilen, denn der Bus zur Felsenbucht fuhr schon bald, und das Fischbrötchen durfte er nicht mit hineinnehmen. Kein Wunder, dass ihm im Bus ein wenig schlecht wurde, auch wenn die Fahrt nicht lange dauerte.

»Du weißt doch, dass es ungesund ist, so schnell zu essen«, tadelte ihn Anne.

Doch als sie am Felsenhaus ankamen, hatte Richard die Übelkeit schon wieder vergessen, denn Tante Fanny bot den Kindern Kuchen an.

Heute waren die beiden Damen zu Besuch da gewesen, die am Tag zuvor wegen des Nebels abgesagt hatten. Und es war noch reichlich Kuchen übrig geblieben.

»Kommt, setzt euch!«, rief Tante Fanny fröhlich. Offenbar ging es ihr heute wieder richtig gut.

Anne hielt sich den Bauch. »Ich schaffe sicher nur ein kleines Stückchen. Wir haben vorhin in der Kreisstadt schon ein Eis gegessen.«

»Na, dann eben nur ein kleines«, sagte Tante Fanny und schnitt ein Stück Kuchen ab. »Hier wird keiner zum Essen gezwungen. Ich hatte mich schon gewundert, dass ihr so lange fort geblieben seid. War es denn schön im Museum?«

Abwechselnd berichteten die Freunde, was sie im Museum alles gesehen und erfahren hatten. Die Kogge erwähnten sie dabei allerdings nur am Rande. Richard blickte verlegen zu Boden, als Anne von seinem Malheur mit der Luke erzählte, und als Tante Fanny sich seine Beule ansehen wollte, war ihm das sichtlich unangenehm.

»Es ist nicht so schlimm«, versicherte er.

»Zeig her«, sagte Tante Fanny und fasste ihren Neffen unter dem Kinn. »Mit einer Gehirnerschütterung ist nicht zu spaßen.«

»Es ist wirklich nur eine Beule«, sagte Richard ungeduldig. »Ich habe auch keine Kopfschmerzen mehr.«

Tante Fanny runzelte die Stirn. »Nicht mehr? Hattest du denn vorhin Kopfschmerzen?«

»Ja, hatte er!«, rief Anne, bevor Richard etwas erwidern konnte, und fing sich damit zornige Blicke von ihrem Bruder ein. »Er würde das zwar nicht zugeben, aber du hast ja gesagt, dass mit einer Gehirnerschütterung nicht zu spaßen ist.«

Tante Fanny seufzte. »Hör zu, Richard. Ich möchte, dass du heute vorsichtshalber früh schlafen gehst, ja? Und keine großen Aktionen mehr heute. Schone dich bitte.«

Richard lehnte sich zurück. »Schon okay. Jetzt esse ich erst einmal ganz gemütlich Kuchen. Das ist nicht anstrengend.« Und um das Thema zu wechseln, erkundigte er sich höflich bei seiner Tante, wie es ihr denn so ergangen sei.

»Große Aufregung, sag ich euch!« Georgs Mutter schmunzelte. »Frau Lilienquist musste ihre Zugehfrau heute nach Hause schicken, weil die einem Nervenzusammenbruch nahe war.«

Interessiert rückte Anne auf die Stuhlkante vor. »Was war denn mit ihr?«

»Nun«, begann Tante Fanny. »Frau Lilienquists Zugehfrau verdient sich neben ihren Putzstellen auch noch Geld als Bernsteinsammlerin. Jede freie Minute sucht sie den Strand nach besonders schönen Exemplaren ab.«

Georg dachte nach. »Ich glaube, ich kenn die alte Bernsteinsammlerin. Sie heißt Frau Andersson, oder?«

Tante Fanny nickte. »Sehr richtig. Heute Morgen also, kam diese zwar pünktlich, um zu putzen, aber Frau Lilienquist fiel sofort auf, dass mit der Guten etwas nicht stimmte. Und als sie sie darauf ansprach, wurde Frau Andersson kreidebleich und fing an zu weinen. Sie sagte, Käpt'n Green sei zurückgekehrt, um seine Drohung wahrzumachen.« Tante Fanny nahm einen Schluck Tee und fügte dann hinzu: »Lauter wirres Zeug hat sie geredet, auf das sich keiner einen Reim machen kann. Sie ist wohl ein wenig überarbeitet. Deshalb hat Frau Lilienquist sie ja auch heimgeschickt, damit sie sich ausruhen kann.«

Georg warf verstohlene Blicke in die Runde. Konnte sich wirklich niemand einen Reim darauf machen? Diese Frau Andersson war schließlich schon die Zweite, die von diesem Käpt'n sprach. Nun hatten sie also auch den Namen dieses seltsamen Kapitäns erfahren: Käpt'n Green.

Die Sage von Käpt'n Green

»Was für ein herrliches Wetter!«, rief Anne, als sich die Freunde am nächsten Tag auf den Weg machten, um ihren Freund Alf zu besuchen. Die Sonne schien von einem blank geputzten Himmel, an dem nur hier und da ein paar kleine Wölkchen schwebten. Der eisige Wind hatte nachgelassen, und nur eine leichte Brise wehte vom Meer her über den Küstenstreifen und strich über das Seegras.

Richard hatte geschlafen wie ein Murmeltier und war wieder putzmunter. Die Kopfschmerzen waren fort, und nachdem er versprochen hatte, sich nicht zu sehr anzustrengen, erlaubte Tante Fanny ihm, die anderen auf ihrem kleinen Ausflug zu begleiten. Nur seine Beule begann nun, in allen Farben des Regenbogens aufzublühen. Das war ihm ein bisschen unangenehm, und er versuchte, seinen Pony über den bunten Fleck zu streichen. Doch die Strähne sprang immer wieder zurück.

»Versuch es mal mit Spucke«, neckte Georg

ihn. »Die andere Alternative wäre die Flucht nach vorn. Du könntest erzählen, du hättest dir die Beule beim Kampf mit einem wilden Tier zugezogen, zum Beispiel einem … einem …«

»Einem Wildschwein!«, rief Julius und wurde von einem Lachanfall geschüttelt.

Doch Richard hatte nur ein müdes Grinsen für diesen Witz übrig. »Ja, ja, wer den Schaden hat, braucht für den Spott nicht zu sorgen.«

»Das stelle ich mir aber witzig vor, wie du mit einem Wildschein zusammenkrachst«, kicherte Anne.

Jetzt hatte Richard seinen Humor wiedergefunden. »Du müsstest erst mal sehen, wie das Wildschwein nach der Karambolage aussieht!«

Georg war plötzlich mit ihren Gedanken ganz woanders. Sie ließ ihren Blick über das Meer schweifen, das nun glitzernd vor ihnen lag. Nicht zu vergleichen mit der gespenstischen Nebelstimmung ein paar Tage zuvor! »Ich möchte ja zu gern wissen, was es mit der Sage um diesen Käpt'n Green auf sich hat. Sehr viel wissen wir ja bisher nicht.«

»Na ja, immerhin wissen wir, dass es ein paar

Leute gibt, die glauben, dieser mysteriöse Kapitän sei zurückgekehrt, um irgendeine Drohung wahr zu machen«, erinnerte Julius. »Der alte Fischer hat so eine Andeutung gemacht und Frau Andersson hat es sogar ausdrücklich gesagt.«

»Zurückgekehrt aus dem Totenreich, wohlgemerkt«, ergänzte Anne. »Dabei weiß doch jedes Kind, dass es keine Geister gibt.«

Du warst ja auch nicht dabei, als das Schiff aus dem Nebel kam, dachte Richard. Aber er sagte nichts, weil er nicht als Angsthase vor seiner kleinen Schwester dastehen wollte.

»Und es ist von einer Drohung die Rede gewesen.« Georg schlug sich mit der Faust in die hohle Hand und ließ ihren Blick in den Himmel wandern. »Das klingt wirklich spannend. Käpt'n Green kehrt aus dem Reich der Toten zurück, um seine Drohung wahr zu machen. Er versetzt die Menschen in Angst und Schrecken.«

»Vielleicht weiß Alfs Großvater ja etwas darüber«, meinte Richard. »Vielleicht kann er uns sagen, was das für eine Drohung sein soll. Oder noch besser: Wir klopfen direkt beim Nachbarn an. Bei dem Fischer vom Markt.«

»Wir müssen aber behutsam vorgehen, sonst meint er nachher, wir wollten ihn auf den Arm nehmen«, sagte Julius. »Ihr wisst ja, was für Sturköpfe die Fischer sein können.«

Plötzlich begann Tim laut zu kläffen und stürmte vorweg. Er hatte Alf entdeckt, bei dem er eine Zeit lang gelebt hatte, als Georgs Eltern noch nicht erlaubt hatten, dass Tim im Felsenhaus blieb. Noch immer waren Tim und Alf dicke Freunde.

Aus der Ferne beobachteten die Freunde, wie der Hund dem Fischerjungen, der ihnen auf dem Küstenpfad entgegenkam, an den Beinen hochsprang und sich von ihm kraulen ließ. Alf winkte.

Anne musste daran denken, wie der Junge lebte, allein mit seinem alten Großvater in der kleinen Hütte. Er musste viel Verantwortung tragen, doch er schien ein glückliches Leben zu führen. Auch wenn sie bescheiden lebten und über manchen Komfort nicht verfügten, der im Felsenhaus selbstverständlich war, zum Beispiel über ein Telefon, so hatten sie doch ihr Auskommen. Und wenn der alte Fischer und sein Enkel abends vor der Hütte saßen und kleine Holzfiguren schnitzten, mit denen sie sich ein Zubrot verdienten, dann schien die Idylle perfekt. Doch das änderte nichts daran, dass das Leben eines Fischers auch entbehrungsreich sein konnte. Zum Beispiel dann, wenn der Fang so mager ausfiel, dass er kaum die Kosten decken konnte.

»Hallo, ihr vier!«, rief Alf fröhlich. »Wie schön, dass ihr mich mal wieder besucht! Wir haben uns lange nicht gesehen.«

»Guten Tag, Alf!« Julius klatschte ihm kameradschaftlich mit der Hand auf die Schulter. »Wie geht's dir?«

Alf lächelte dünn. »Eigentlich geht es mir ganz gut.«

»Eigentlich?« Georg stutzte. »Was heißt ›eigentlich‹? Bist du krank? Oder dein Großvater?«

»Nein … Es ist nur …« Alf scharrte mit der Fußspitze im Kies.

Anne erkannte sofort, dass ihm diese Frage unangenehm war, und wechselte daher das Thema. »Wie sieht's aus? Hast du Lust, mit uns an den Strand zu gehen?«

Jetzt wurde Alf ganz blass. »Nein, genau das

darf ich nicht!« Er verstummte und hielt sich erschrocken die Hand vor den Mund, als hätte er ein Geheimnis ausgeplaudert.

Georg ahnte bereits, was hinter diesem Verbot steckte, aber Richard, der den Braten noch nicht roch, fragte augenzwinkernd: »Aber warum denn nicht? Hast du etwa was ausgefressen?«

»Nein, ganz und gar nicht«, antwortete Alf mit leiser Stimme und wich Richards Blick aus.

Bevor Richard etwas erwidern konnte, schlug Georg einfach vor, sie könnten Alf genauso gut zum Fischerhaus begleiten. »Dann können wir auch deinem Großvater Guten Tag sagen.«

Alf verzog seinen Mund zu einem schiefen Grinsen. »Ach der, der sitzt beim Nachbarn drüben, beim Fischer Raik. Sie halten Krisenrat.« Schon wieder zuckte er zusammen, als hätte er sich verplappert. Er lief rot an.

»Krisenrat?«, hakte Georg sofort nach. »Geht es etwa um die Rückkehr des Käpt'n Green?«

Jetzt riss Alf die Augen auf. »Ihr wisst davon?«

Julius nickte. »Ja, und ob du es glaubst oder nicht: Wir sind ihm sogar schon begegnet.«

»Na ja«, schränkte Georg ein. »Zumindest seinem Schiff.«

Da war Alf platt. Die Verwirrung stand ihm ins Gesicht geschrieben. Als müsste er erst einmal seine Gedanken sammeln, hockte er sich ins Dünengras und stützte die Ellenbogen auf die Knie. »Irgendwie habe ich das Gefühl, ihr wollt mich alle auf den Arm nehmen. Habt ihr euch etwa mit meinem Großvater verbündet, dass ihr mir jetzt plötzlich alle solche Schauermärchen erzählt?«

»Natürlich nicht!« Georg, die Alf von den Freunden am längsten kannte, setzte sich neben ihm ins Gras und legte ihm den Arm um die Schultern. »Wir stehen ja genauso vor einem Rätsel. Die Sache ist die …«

Und dann erzählte sie ihm in aller Ausführlichkeit, was sie im Nebel erlebt hatten. »Ehrlich gesagt hatten wir uns erhofft, dass dein Großvater uns etwas mehr dazu sagen kann«, schloss sie.

Alf schaute nachdenklich aufs Meer hinaus. Schließlich sagte er: »Dann scheint an der Sache wirklich etwas dran zu sein. Es stimmt mit dem überein, was mein Großvater gesagt hat. Der Nachbar ist diesem Schiff bei seiner letzten Ausfahrt auf dem Meer begegnet, irgendwo in Küstennähe. Er wusste sofort, welches Schiff das ist und was sein Auftauchen bedeutet.«

Georg hob die Hände zu einer hilflosen Geste. »Aber woher wusste er das? Steht irgendwo geschrieben, wie das Schiff des Käpt'n Green aussieht?«

»Genau«, fiel nun Julius mit ein. »Und diese rätselhafte Drohung! Woher wussten der Fischer und die Bernsteinsammlerin davon? Und worum geht es dabei? Hast du eine Ahnung, Alf?«

Aber Alf schüttelte betreten den Kopf. »Nein. Großvater hat nur gesagt, ich solle mich in der nächsten Zeit vom Strand fernhalten, und es sei besser, wenn ich nicht zu viel wüsste.«

Georg rümpfte die Nase. Sie hasste es, wenn die Erwachsenen sie wie kleine Kinder behandelten. »Okay. Aber in einem sind wir uns wohl einig: Gespenster gibt es nicht.« Sie hielt Alf die Hand hin. »Tun wir also deinem Großvater gegenüber erst einmal so, als wüssten wir von nichts. Vielleicht kriegen wir ja trotzdem etwas heraus.«

Alf schlug ein.

Die beiden alten Männer saßen im Schatten des tief heruntergezogenen Daches der Nachbarhütte, die der von Alf und seinem Großvater sehr ähnlich sah. Auch diese Fischerhütte war leicht windschief und hatte ein mit Reet gedecktes Dach.

Sie hielten jeder einen Humpen Malzkaffee in der Faust und machten ernste Mienen. Als sie

die Kinder kommen sahen, hielten sie mitten in ihrem Gespräch inne.

»Nanu, das sind ja die Kinder vom Felsenhaus!« Alfs Großvater klang aufgesetzt fröhlich. Das war verwunderlich, denn sonst erlebten die Freunde ihn als einen einsilbigen Gesellen, der nur selten zu Späßen aufgelegt war.

Der Nachbar hob die Hand zum Gruß.

»Das ist aber schön, dass ihr Alf mal wieder besucht. Ihr seid bestimmt die Hauptstraße entlanggegangen, nicht wahr? Das ist doch der kürzeste Weg, wenn ich mich nicht irre.«

Die Freunde hatten in der Tat das erste Stück an der Hauptstraße zurückgelegt und waren erst dann auf den Uferweg eingebogen, der direkt zu Fischerhütte führte. Doch sie ahnten, was hinter dieser sonderbaren Frage steckte.

Deshalb antwortete Georg: »Oh nein, wir sind am Strand entlanggelaufen. Das Wetter ist so schön und der Weg ist doch viel interessanter.«

Die beiden Männer tauschten kurze Blicke. Fischer Raik beugte sich vor und fixierte Georg mit ernstem Blick. »Kinder, haltet euch lieber eine Weile vom Strand fern. Es ist besser so.«

Georg tat ganz unwissend. »Aber warum denn? Ist etwa ein Unwetter angekündigt?« Sie leckte am Finger und hielt diesen in die Luft. »Es weht ja kaum Wind.«

»Es drohen ganz andere Gefahren, mein liebes Kind«, erwiderte Raik und lehnte sich zurück. Es sah nicht aus, als wollte er weitere Erklärungen abgeben.

Georg wunderte sich. Hatte der Fischer nicht gestern noch lauthals seine Geschichte erzählt und sich sogar mit anderen deswegen gestritten? Und nun wollte er nicht weiter darüber reden? Lag das wirklich nur daran, dass sie Kinder waren? Und wenn ja, warum?

»Hört einfach auf die mahnenden Worte zweier erfahrener Fischer«, sagte Alfs Großvater. »Es ist eine Unsitte, die sich unter den jungen Leuten breitmacht, dass sie immer alles hinterfragen müssen, was die Alten sagen«, knurrte er. »Bleibt halt einfach vom Strand weg. Besonders bei Nebel.«

Georg biss sich auf die Lippen. Die Worte des Alten ärgerten sie sehr, doch sie schluckte ihren Zorn hinunter, denn sie wollte Alf nicht unnötig in Schwierigkeiten bringen. Für den Moment kamen sie hier einfach nicht weiter.

Die Freunde überlegten einen Moment, was sie nun unternehmen wollten. Zwar hatten sie nichts Neues in Erfahrung gebracht, aber jetzt wollten sie nicht einfach wieder von dannen ziehen und Alf zurücklassen. Denn der durfte ja nicht mit zum Strand.

Eine Weile vertrieben sie sich die Zeit mit Federballspielen. Doch der Wind frischte ein klein wenig auf und trug den leichten Ball immer wieder aus der Flugbahn, sodass sie bald den Spaß an dem Spiel verloren.

»Hm«, machte Georg plötzlich. »Dass du nicht mit zum Strand darfst, bedeutet ja nicht, dass du gar nicht wegdarfst, oder?«

Der Fischerjunge zuckte die Schultern. »Nein, eigentlich heißt es das nicht.«

Georg klatschte in die Hände. »Also, worauf warten wir noch? Lasst uns durch die Dünen stromern! Oder wir gehen hinauf zu den Felsen oder schauen mal, was im Dorf so los ist.«

Alf überlegte einen Moment, und die Freunde hatten schon Sorge, dass er sich auch dazu nicht überreden lassen würde, aber dann nickte er. »In Ordnung. Auf geht's!«

Anne stimmte einen Kanon an, und schon hüpften alle fünf fröhlich ihres Weges, während Tim ihnen kläffend um die Beine sprang.

Einer nach dem anderen setzte mit seinem Gesang ein, bis Georg an die Reihe kam.

»He, Georg, Einsatz verpasst!«, rief Anne tadelnd und drehte sich lachend nach ihrer Cousine um. Zu ihrem Erstaunen war diese ein Stück zurückgefallen und stehen geblieben. Offenbar hatte sie etwas entdeckt, denn sie zeigte in Richtung der Felsen, die sich ein kleines Stück weiter im Landesinnern erhoben. »Was haltet ihr davon, wenn wir der alten Seefahrerkapelle mal einen Besuch abstatten? Ich war seit ewigen Zeiten nicht mehr dort.«

Julius zwinkerte mit den Augen. »Seefahrerkapelle? Dort bist du mit uns noch nie gewesen.«

»Was ein Skandal ist«, tadelte Georg sich selbst. »Das ist nämlich ein spannender Ort. Kommt, ich zeige ihn euch.«

Der Weg zur kleinen Kapelle hinauf war ein steiler und steiniger Pfad. Doch es war nicht sehr weit, und schon bald konnten die Freunde das kleine Gebäude aus grauen Steinen sehen, das wie ein Schwalbennest zwischen den Felsen klebte.

»Als ich noch ein kleines Mädchen war, bin ich einmal bis hierhergelaufen und habe anschließend ganz stolz meinen Eltern davon erzählt«, wusste Georg zu berichten. »Mein Vater hat mich fürchterlich ausgeschimpft, weil ich eigentlich nicht in die Felsen hinauf durfte.« Georg seufzte. »Aber meine Mutter hat damals schon gewusst, dass sie mich nicht an die Leine nehmen konnte. Von da an habe ich einfach nicht mehr erzählt, wohin ich gegangen bin. Na ja, jedenfalls wenn ich weitere Kreise gezogen habe. Da sind wir ja schon. Hoffentlich ist die Tür nicht abgeschlossen.«

Der Kies knirschte unter ihren Füßen, als sich die Freunde ehrfürchtig dem kleinen Portal näherten. Nur Tim flitzte vorweg und schnüffelte neugierig am Türrahmen.

Anne rieb sich fröstelnd die Oberarme, denn die Spitze des gegenüberliegenden Felsens warf Schatten auf die kleine Kapelle.

Julius drückte die schwere Eisenklinke, die

sich mit einem leisen Quietschen nach unten bewegte. Die Tür war nicht versperrt, doch sie hatte sich leicht verzogen, sodass er kräftig ziehen musste. Beim Öffnen verursachte sie ein kratzendes Geräusch auf dem Steinboden, das bei den Freunden eine Gänsehaut hervorrief.

Im ersten Moment konnten sie nicht besonders viel erkennen, denn in der Kapelle war es recht düster. Die kleinen Fenster, die ins dicke Mauerwerk eingelassen waren, ließen nur wenig Tageslicht durch und waren zudem ziemlich verschmutzt.

Doch allmählich gewöhnten sich ihre Augen an das spärliche Licht. Jetzt verstanden Julius, Richard und Anne, warum diese kleine Kapelle Seefahrerkapelle hieß.

Staunend schritten sie zwischen den Kirchenbänken aus Eichenholz umher und richteten die Blicke unter die Decke. Diese hing über und über voll mit Schiffsmodellen.

»Mensch!«, staunte Julius. »Georg, warum hast du uns nicht eher hierhergeführt?«

»Und was haben diese Schiffe zu bedeuten?«, wollte Richard wissen.

»Um die erste Frage zu beantworten: Ich habe es schlicht vergessen«, gab Georg ehrlich zu.

Auf die zweite Frage gab Alf eine Antwort. »All diese Schiffsmodelle wurden von Seeleuten hier aufgehängt, die aus Seenot gerettet worden sind. Als Dank an Gott, dass er ihnen einen Schutzengel gesandt hat. Die meisten der Modelle sind von Holzschnitzern hier aus der Gegend angefertigt worden. Schaut mal, das sind doch richtige kleine Kunstwerke, oder?« Alf trat unter eines der schlichteren Modelle. »Hier, das hat mein Großvater gemacht.«

»Eine Opfergabe sozusagen«, stellte Richard fest.

Georg nickte. »Ja. Ich finde, das war eine schöne Sitte. Leider pflegt man sie heute nicht mehr. Ich glaube, das jüngste dieser Schiffe ist auch schon an die fünfzig Jahre alt.«

»Und zu jedem dieser Schiffe gibt es eine aufregende Geschichte«, sagte Anne, die sich auf eine der Bänke gesetzt hatte.

»Die zum Glück immer gut ausgegangen ist«, ergänzte Julius.

Georg zeigte auf die gegenüberliegende Wand.

»Dort drüben könnt ihr sie lesen. Zu jedem Schiff gibt es eine kleine Tafel.«

Sofort versammelten sich die Freunde vor den kleinen Schildern. Einige waren aufwendig mit künstlerisch gemalten Buchstaben gestaltet, andere waren eher nachlässig gekritzelt. Während manche ganze Geschichten erzählten, stand auf anderen nur ein Satz, zum Beispiel *Dank sei Gott für die Errettung nach Schiffbruch in der Nacht zum Heiligen Abend 1812.* Amorosa.

Richard tippte mit dem Finger darauf. »*Amorosa*? Was soll das heißen?«

»Na, das ist natürlich der Name des Schiffes«, sagte Georg und tippte Richard mit dem Finger auf die Stirn.

»Aua! Pass auf, meine Beule!«, motzte dieser und schob ihren Arm fort.

»Sorry, die hatte ich schon ganz vergessen«, entschuldigte sich Georg. Insgeheim hatte sie Richard im Verdacht, dass er nur ablenken wollte, weil es ihm peinlich war, dass er nicht selbst darauf gekommen war.

Julius hatte wieder unter den Schiffen Position bezogen. »Hier. Auf diesem Modell steht *Amo-*

rosa. Das muss es sein.« Dann grinste er. »Ich glaube kaum, dass es sich um originalgetreue Nachbildungen handelt. Die meisten dieser Schiffe hier würden hoffnungslos untergehen.«

Plötzlich hatte Georg das Gefühl, dass sie nicht allein waren in der Seefahrerkapelle. Im selben Augenblick sah sie, wie Alf mit einem Mal leichenblass wurde.

Der Schatten

»Willst du nicht lieber an die frische Luft gehen, Alf?«, fragte Anne und schaute Alf besorgt ins Gesicht. »Setz dich wenigstens hin.«

Doch der Fischerjunge winkte ab. Er hatte sich schon wieder gefangen. »Schaut euch das an«, forderte er die Freunde auf. »Die Antworten, die mein Großvater uns nicht geben wollte, die finden wir vielleicht hier.«

Die Freunde traten näher heran, um zu sehen, was Alf entdeckt hatte. Den Namen erkannten sie alle sofort.

»Käpt'n Green!«, rief Richard.

Julius las vor. »*Wir danken dem Allmächtigen, dass er uns aus den Fängen des üblen Kapitäns befreite, welcher sich Green nennt und der an unserer Küste mit seinem Schiff* Eloysa *seit langer Zeit sein Unwesen treibt. Möge unsere Beschwörung von Dauer sein. Anno Domini 17*… Die letzten beiden Zahlen sind nicht mehr zu erkennen.«

»Das ist auf jeden Fall schon verdammt lange her«, sagte Richard. »Wenn dieser Käpt'n Green also zurückgekommen sein sollte, dann muss er tatsächlich aus dem Reich der Toten auferstanden sein.«

»Auf jeden Fall war dies keine Errettung aus Seenot, insofern unterscheidet sich die Tafel von den anderen«, stellte Julius sachlich fest. »Und wir wissen nun, dass er hier sein Unwesen getrieben hat. Jetzt müssen wir nur noch in Erfahrung bringen, auf welche Weise er die Menschen so in Angst versetzt hat. Ob er die Leute überfallen hat?«

Anne zeigte auf eines der Wörter. »Und was ist wohl damit gemeint? *Beschwörung.*«

Wieder hatte Georg das Gefühl, dass sie nicht allein in der Kapelle waren. Vorhin war sie dem nicht weiter nachgegangen, weil sie Sorge um Alf gehabt hatte, der plötzlich so bleich geworden war.

Unauffällig ließ sie ihre Blicke wandern, konnte aber nichts Auffälliges entdecken.

Vielleicht bilde ich mir das ja ein, dachte sie. Doch dann hatte sie eine Idee. Sie ging zu dem kleinen Portal und öffnete es, um Tim hereinzulassen, der brav vor der Tür gewartet hatte.

Anne protestierte. »He, Georg, du kannst doch einen Hund nicht mit in eine Kirche nehmen.«

Georg zuckte die Schultern. »Warum denn nicht? Tim ist ein braver und wohlerzogener Hund. Außerdem sind wir ja allein hier. Wer sollte das schon mitbekommen?«

Als ob Tim verstanden hätte, worauf es ankam, kam er in die Kapelle geschlichen, als wollte er sich bewusst unauffällig benehmen.

Jetzt musste Anne schmunzeln. »Du hast recht, Georg«, flüsterte sie.

Georg beobachtete ihren Hund. Genau wie sie erhofft hatte, begann er schon bald, die Schnauze witternd in die Luft zu heben. Er schaute kurz auf, so als wollte er sich von seinem Frauchen die Erlaubnis holen, sich von der Stelle zu bewegen, und lief dann schnüffelnd durch die Kapelle. Ziemlich zielstrebig – wie Georg fand – steuerte er auf den Altar zu, der, genauso wie die Wände, aus Felsensteinen gemauert war.

Anne warf Georg missbilligende Blicke zu. Wollte sie ihn denn nicht zurückrufen? Doch dann wurde sie stutzig. Tim schien etwas Interessantes entdeckt zu haben! Direkt neben dem

Altar ging er in Habachtstellung und begann zu knurren.

»Sie kommen besser gleich da raus, mein Hund kann nämlich ziemlich unangenehm werden«, sagte Georg.

Die anderen staunten. Mit wem redete sie denn da?

Plötzlich erhob sich eine schwarze Gestalt aus der dunklen Nische hinter dem Altar. Die Gestalt hatte die Kapuze tief ins Gesicht gezogen, sodass man ihr Gesicht nicht sehen konnte. Die Hände waren in den Ärmeln versteckt. Ein schwarzer Mönch.

Instinktiv wichen die Freunde einen Schritt zurück. Nur Tim blieb an seinem Platz und fletschte die Zähne. Jetzt war Anne froh, dass Georg ihn hereingelassen hatte. Sie spürte, wie ihre Beine anfingen zu schlottern, und dachte nur noch eins: Raus hier!

Aus dem Augenwinkel versuchte sie, den Fluchtweg abzuschätzen. Wie blöd, dass das Holzportal klemmte. Wenn sie nun gemeinsam zur Tür rannten, würde der Unbekannte längst bei ihnen sein, ehe sie alle hinausschlüpfen konnten.

Plötzlich hob die schwarz gekleidete Gestalt die Hände. Tim gab mit lautem Knurren zu verstehen, dass er das gar nicht guthieß. Doch zu ihrem Erstaunen griff der Unbekannte nur nach seiner Kapuze und redete derweil beruhigend auf den Hund ein. Dann zog er sich die Kapuze vom Kopf und zum Vorschein kam ein schmales, freundlich blickendes Gesicht.

»Guten Tag, Kinder, es tut mir leid, wenn ich euch einen Schrecken eingejagt haben sollte. Ich bin Pater Edwin.«

Den Freunden hatte es die Sprache verschlagen. Alf erholte sich als Erster von seiner Verblüffung. »Ich habe schon von Ihnen gehört«, sagte er.

Der Pater nickte. »Ich komme vom benachbarten Kloster. Hin und wieder mache ich mich auf den Weg über den Berg, um in der kleinen Kapelle nach dem Rechten zu sehen. Gottesdienste finden hier ja schon seit langer Zeit nicht mehr statt. Aber euch habe ich hier noch nie gesehen.«

»Wir sind in den Ferien zu Besuch im Felsenhaus«, erzählte Anne freimütig. Sie war froh, dass von Pater Edwin keine Gefahr ausging. Im Gegenteil, mit seinem offenen Lächeln fand sie ihn sehr sympathisch.

Doch Georg beäugte ihn misstrauisch. Sie war Fremden gegenüber immer ein wenig zurückhaltender. Wie oft schon hatte der Schein sie getrogen und scheinbar freundliche Menschen hatten sich als Wolf im Schafspelz entpuppt.

Georg fragte sich, warum der Pater sich zunächst versteckt hatte, anstatt sie direkt zu begrüßen. Ob er sie nur nicht hatte erschrecken wollen oder ob mehr dahintersteckte?

»Wie ich gehört habe, interessiert ihr euch

für die Sage von Käpt'n Green.« Der Pater verschränkte die Finger ineinander. »Hat das einen besonderen Grund?«

»Ja …«, setzte Anne zu erzählen an, doch dann spürte sie einen leichten, aber deutlichen Tritt in die linke Wade. Den Grund für ihre Recherchen behielten sie immer zunächst für sich. So hatten sie es immer gehalten. Die Erwachsenen brauchten davon nur etwas zu erfahren, wenn es nicht anders ging.

Julius rettete die Situation. »Uns ist diese Tafel aufgefallen. Sie ist irgendwie anders als die anderen, und was daraufsteht, klingt wirklich spannend. Dieser Kapitän muss ja ordentlich was auf dem Kerbholz gehabt haben.«

Pater Edwin lächelte milde. »Nun ja, ich denke, das meiste ist Seemannsgarn. Dennoch erzählt man sich, dass dieser Käpt'n Green den Leuten hier in der Küstenregion das Leben ganz schön schwer gemacht haben soll. Den Fischern soll er ein ums andere Mal den Fang abgejagt haben. Und den Kaufleuten, die mit ihren kleinen Barkassen hier an der Küste ihre Geschäfte gemacht haben, soll er die Ware gestohlen haben, um sie mit seiner großen Kogge in weiter entfernte Hafenstädte zu transportieren und dort ein Heidengeld dafür zu kassieren.«

Georg versuchte, die Sache nüchtern zu betrachten. »Hat er die Kaufleute wirklich überfallen, um ihnen die Ware zu stehlen? Ansonsten klingt das eigentlich eher so, als ob er ein cleverer Geschäftsmann war.«

»Nun, das lässt sich heute nicht mehr nachprüfen«, gab Pater Edwin zu. »Dennoch muss etwas an der Geschichte dran sein, das belegt ja schon allein diese Tafel.«

»Aber diese Beschwörung«, hakte Julius nach. »Wissen Sie etwas darüber?«

Der schwarz gewandete Pater schüttelte den Kopf. »Bedaure. Ich weiß nur, dass die Küstenbewohner durch innige Gebete einen Bann über Kapitän Green und seine Mannschaft gelegt haben sollen und dass dieser seitdem vom Unglück verfolgt gewesen sein soll, bis sein Schiff schließlich in einem Sturm draußen vor dem Skelettfelsen gesunken ist.«

Er zeigte mit ausgestrecktem Arm Richtung Wand. »Daher diese Gedenktafel.«

Sie unterhielten sich noch eine Weile mit dem Geistlichen, bis Tim allmählich unruhig wurde. Auch Alf trat nervös von einem Bein auf das andere. Für ihn war es höchste Zeit, zum Fischerhaus zurückzukehren, wenn er keinen Ärger riskieren wollte.

»Besten Dank für die Auskunft«, sagte Julius. »Auf Wiedersehen.«

»Alles Gute wünsche ich euch«, erwiderte der Geistliche.

Dann wandten sich die Freunde zum Gehen.

Doch bevor sie durch das Eichenportal ins Licht hinaustraten, fiel Richard noch etwas ein. »Sagen Sie, wissen Sie etwas von einer Drohung, die Käpt'n Green den Küstenbewohnern gegenüber ausgesprochen haben soll?«

Mit einem Mal verfinsterte sich die Miene des Paters. »Eine Drohung? Nein, davon weiß ich nichts.« Er räusperte sich. »Dennoch rate ich euch, den Strand zu meiden. Besonders dann, wenn wieder einmal Nebel aufziehen sollte.«

Damit trat er zurück in den Schatten, sodass es fast aussah, als hätte das Dunkel ihn verschluckt.

Als die Freunde wieder in die warme Luft hinaustraten und das Eichenportal erst über den Steinboden kratzte und dann ins Schloss krachte, war es Georg, als habe sie etwas Wichtiges wahrgenommen, doch es drang aus irgendeinem Grund nicht in ihr Bewusstsein.

»Eins finde ich merkwürdig«, sagte Richard, als die Freunde mit Alf im Gänsemarsch den Pfad hinabstiegen. »Pater Edwin hat von innigen Gebeten gesprochen, mit denen die Küstenbewohner einen Bann über diesen mysteriösen Kapitän gelegt haben sollen. In meinen Ohren klingt das eher wie ein Hexenzauber.«

Julius musste unwillkürlich lachen. »Das würde dann ja ganz zu unserem Geisterschiff passen. Alles Zauberei. Ich stelle mir gerade vor, wie die Leute sich zu einer schwarzen Messe getroffen haben, um eine Bannformel über den armen Mann zu sprechen.«

»Na, dass man ihn als armen Mann bezeichnen sollte, wage ich zu bezweifeln«, meinte Alf.

»Einen Bann, einen Bann«, murmelte Georg vor sich hin. »Was hat er gesagt? Von da an soll der Kapitän nur noch Unglück gehabt haben? Hm, wenn ihr mich fragt, hätte er deswegen wirklich allen Grund, Rache zu nehmen, meint ihr nicht?«

»Du meinst, das ist seine Drohung gewesen? Also, dass er Rache nehmen wollte, auf welche Weise auch immer.« Julius machte ein nachdenkliches Gesicht. »Auf jeden Fall muss sich diese Drohung in den Köpfen der Menschen so sehr festgesetzt haben, dass sie es sogar ihren Nachkommen überliefert haben. So konnte die Angst vor seiner Rache die Jahrhunderte überdauern.«

Georg blieb stehen. »Vielleicht waren die Leute selbst überrascht über die Wirkung ihrer Beschwörung. Ich meine, wenn sogar das Schiff gesunken ist, dann waren sie sicher nicht nur erleichtert. Nein, sie fühlten sich bestimmt auch für Käpt'n Green's Tod verantwortlich. Und vor Toten hatten sie damals sicher noch mehr Angst als vor den Lebenden.«

»Und ein schlechtes Gewissen macht die Menschen besonders empfänglich für jeden Aberglauben«, schlussfolgerte Richard. »Und wenn es nur darum geht, von der eigenen Schuld abzulenken.« Dann rieb er sich den Bauch. »Puh, und nun habe ich Hunger.«

Anne verdrehte die Augen. Das war typisch Richard. Wenn es um seinen Appetit ging, konnte er von einer Sekunde auf die nächste das Thema wechseln.

»Wir haben meiner Mutter ohnehin versprochen, zum Mittagessen zu Hause zu sein«, erinnerte Georg.

»Und für mich wird es auch Zeit.« Alf stocherte wieder mit der Fußspitze im Schotter herum. Es war offensichtlich, dass er wenig Lust hatte heimzugehen. Er wäre sicher lieber mit den Freunden durch die Gegend gestreift. Außerdem fand auch er die Sage um Käpt'n Green spannend. Er seufzte und folgte dann den anderen Richtung Dorf.

An einer Weggabelung trennten sich ihre Wege. Von hier war es nicht mehr weit bis zum Haus von Alfs Großvater, man konnte das Dach schon hinter dem Seegras sehen.

»Auf Wiedersehen, Alf«, sagte Georg. »Wir kommen dich wieder besuchen. Wenn wir etwas Interessantes über den Geisterkapitän herausfinden, lassen wir es dich wissen.«

»Also, macht es gut«, sagte Alf und winkte.

Immer wieder drehte er sich auf seinem Weg um und hob zum Abschied noch einmal fröhlich die Hand.

»Wir sollten Alf wirklich öfter besuchen«, meinte Anne. »Er hat sich sehr gefreut, uns wiederzusehen.« Lachend winkte sie Alf hinterher.

Hätten die Freunde in diesem Moment bereits gewusst, was sehr bald geschehen würde, wäre ihnen nicht so fröhlich zumute gewesen.

Dann sahen sie Alfs struppigen Schopf in einer Senke verschwinden, durch die der Weg ihn führte.

Am Nachmittag halfen die Freunde Tante Fanny bei der Gartenarbeit. Außerdem sollte der Schuppen mit Holzschutzlasur gestrichen werden. Diese Aufgabe übernahmen Georg und die Jungen gern, während Anne sich im Haus nützlich machte und sich dabei angeregt mit ihrer Tante unterhielt, der es zum Glück wieder richtig gut ging.

Von Käpt'n Green war an diesem Tag keine Rede mehr. Keine neuen Gerüchte erreichten das Felsenhaus, und die Freunde waren so beschäftigt und auf ihre Arbeit konzentriert, dass ihnen der Geisterkapitän kaum einmal in den Sinn kam.

Doch spät am Abend brachte Käpt'n Green sich auf unheimliche Weise wieder in Erinnerung: Die Nacht war schon hereingebrochen und die Freunde lagen längst im Bett. Anne schlief bereits, die anderen lasen noch. Tim hatte sich vor Georgs Bett auf seinem Flickenteppich zusammengekringelt. Plötzlich hob er horchend den Kopf. Im nächsten Augenblick hörten auch die anderen das laute Pochen an der Haustür. Es war kein zaghaftes Klopfen wie von jemandem, der ungern stört. Nein, es hörte sich an, als hämmere jemand aufgeregt mit den Fäusten gegen das Türblatt.

Jetzt war auch Anne wieder wach geworden. Verschlafen steckte sie den Kopf unter der Decke hervor. »Was ist los?«

»Da ist jemand an der Tür«, flüsterte Georg und schlüpfte aus dem Bett. Leise öffnete sie die Zimmertür einen Spalt und schaute die Treppe hinunter. Auch die Jungen waren aus ihrem Zimmer geschlichen.

Jetzt sahen sie Onkel Quentin, der mit energischen Schritten den Flur durchmaß. Offenbar war er ungehalten, denn er zog sich mit einer kräftigen Handbewegung den Gürtel seines gestreiften Morgenmantels stramm und knurrte einige unverständliche Sätze vor sich hin, bevor er nach der Türklinke griff und die Haustür öffnete.

Draußen stand Alfs Großvater, der alte Fischer.

Nervös drehte er seine Mütze mit beiden Händen.

»Entschuldigen Sie, aber sind die Kinder da?«

»Guter Mann, wissen Sie eigentlich, wie spät es ist?«, brummte Onkel Quentin. »Hat das nicht bis morgen Zeit? Die Kinder sind natürlich längst im Bett.«

Jetzt wurde Alfs Großvater ein wenig lauter. »Nein, das kann nicht bis morgen warten. Wissen Sie, die Kinder waren heute mit meinem Alf unterwegs. Und nun ist der Junge verschwunden. Er ist nicht nach Hause gekommen.«

Der Nebel kehrt zurück

Noch am nächsten Morgen herrschte Ratlosigkeit im Felsenhaus. Ja, eine Bestürzung hatte sich bei den Freunden eingestellt, die sie in ihrem Denken lähmte. Sie hatten Alf doch kurz vor seinem Haus froh und munter verabschiedet – und nun war er spurlos verschwunden!

Am gestrigen Abend hatte Onkel Quentin den alten Fischer in die Stube gebeten. Gemeinsam hatten sie einen Krisenrat gehalten, doch die Freunde hatten dem alten, verzweifelten Mann nichts anderes sagen können, als das, was sie erlebt hatten.

Dass sie in der Seefahrerkapelle gewesen waren, verschwiegen sie freilich, doch sie versicherten ein ums andere Mal, dass sie mit Alf nicht am Strand gewesen waren.

Onkel Quentin hatte verständnislos geschaut, denn er hatte noch nichts von der Geschichte um die vermeintliche Rückkehr des Käpt'n Green gehört. Doch zum Erstaunen der Kinder erwähnte auch der alte Fischer nichts davon. Womöglich befürchtete er, dass der Wissenschaftler ihn für seinen Geisterglauben auslachen würde.

Schließlich war Alfs Großvater überzeugt, dass die Freunde mit Alfs Verschwinden nichts zu tun hatten und darüber nichts wussten. Dennoch brachte ihn das natürlich nicht weiter und konnte ihn weder beruhigen noch trösten.

»Ihm ist gewiss nichts passiert«, versicherte Georg. »Alf kennt sich gut aus und weiß sich zu wehren. Es ist ja nicht das erste Mal, dass er über Nacht fortbleibt, nicht wahr?«

»Das ist richtig«, bestätigte sein Großvater verlegen, dem es unangenehm war, dass sein Enkel schon einmal Reißaus genommen hatte. Er, der den Jungen allein großzog, wollte nicht als schlechter Großvater dastehen. »Aber diesmal ist es etwas anderes.«

Die Kinder warfen sich vielsagende Blicke zu und hielten die Luft an, doch Onkel Quentin fragte nicht nach, was diese Bemerkung zu bedeuten habe.

Sie versprachen, bei der Suche zu helfen, sollte Alf bis zum Morgengrauen nicht zurückgekehrt sein.

Keiner von ihnen konnte so recht schlafen in dieser Nacht. So waren sie alle bereits im Morgengrauen wieder auf den Beinen und mussten erschrocken feststellen, dass über Nacht erneut dichter Nebel aufgezogen war.

Anne schlug sich die Hände vors Gesicht. »Oh je, auch das noch. Wie sollen wir ihn denn bei solch einem Nebel finden? Und außerdem sollten wir die Warnung nicht vergessen …«

Doch Georg stimmte nicht mit ein in das sorgenvolle Gejammer. »Wieso Unglück? Das ist unsere Chance!«

»Wie meinst du das?« Julius hatte sich nach einem schnellen Frühstück bereits seinen warmen Anorak angezogen.

»Vielleicht haben wir Glück und die Geisterkogge taucht bei diesem Nebel wieder auf!«, rief Georg halblaut.

»Aber wollen wir denn nicht nach Alf suchen?«, fragte Anne verwirrt.

»Doch, genau das werden wir tun!« Georg schlüpfte nun ebenfalls in ihre warme Jacke. »Kommt, machen wir die *Alberta von der Felsenbucht* seeklar!«

»Was hast du vor?«, fragte Julius besorgt.

Georg stemmte sich die Fäuste in die Seiten. »Na, wir legen uns mit dem Boot auf die Lauer, was denn sonst? Und sollte die Kogge auftauchen, dann Zack!« Georg schlug die Faust in die hohle Hand.

Anne legte die Stirn in Sorgenfalten. »Ich weiß nicht, ob das gut ist, wenn wir uns alle vier auf die Lauer legen. Alfs Großvater wird meinen, wir lassen ihn im Stich.«

»Andererseits sollten wir uns die Chance trotzdem nicht entgehen lassen«, erwiderte Richard. »Wir können uns aufteilen. Georg und ich machen uns mit dem Ruderboot auf den Weg, während du und Julius zu Alfs Großvater geht. Vielleicht gibt es ja inzwischen Neuigkeiten im Fischerhaus.«

Georg nickte zustimmend.

Sie wollten gerade aufbrechen, als Onkel Quentin plötzlich im Türrahmen stand. Er trug seinen Trenchcoat über dem Arm. »Ich kann euch leider nicht begleiten, weil ich einen wichtigen Termin habe«, sagte er. »Falls Alf noch nicht aufgetaucht sein sollte, sagt seinem Großvater bitte, dass ich ihm dringend empfehle, die Polizei einzuschalten.«

»Das werde ich ausrichten«, versprach Anne und sah ihrem Onkel nach, wie er zur Garage ging.

Kaum, dass er mit dem Auto aus der Einfahrt gefahren war, wollte Georg lospreschen, doch Anne hielt sie am Arm zurück. »Halt. Wir müssen ausmachen, wann und wo wir uns wieder treffen. Sicher ist sicher.«

»Anne hat recht.« Richard überlegte. »Ich denke, dass Tante Fanny uns ohnehin spätestens zur Teezeit zurückerwartet. Treffen wir uns also eine halbe Stunde vorher am Strand, okay?«

Die anderen nickten und Tim, als hätten sie es von ihm erwartet, gab ein energisches Wuffwuff von sich. Die Freunde lachten, obwohl ihnen eigentlich nicht sehr fröhlich zumute war. Ihre Sorge um Alf war groß.

Als Georg und Richard den Pfad Richtung Strand einschlagen wollten, gab Georg Tim zu verstehen, dass er mit Anne und Julius gehen sollte. »Ihnen kannst du besser helfen mit deiner Spürnase«, sagte sie und gab dem Hund einen Klaps.

»Ich denke, ihr solltet auf jeden Fall in der Kapelle nachsehen, ob ihr dort eine Spur von Alf findet«, meinte Richard.

»Schon klar«, antwortete Julius. »Aber zuerst müssen wir zum Fischerhaus. Passt auf euch auf!«

»Ebenso!« Georg grinste.

»Hoffentlich finden sie Alf«, sagte Richard, während sie vorsichtig den steilen Klippenpfad zum Strand hinabstiegen.

»Ja, hoffentlich«, antwortete Georg, obwohl sie mit ihren Gedanken schon wieder woanders war. Irgendetwas wollte sie Anne und Julius im Zusammenhang mit der Kapelle noch mit auf den Weg gegeben haben. Doch sie wusste nicht mehr, was. Es war wohl nicht so wichtig.

Die Hoffnung der Freunde wurde enttäuscht. Anne und Julius sahen es dem alten Fischer direkt an. Auch er hatte in der Nacht kein Auge zugetan. Gerade erst war er von seiner nächtlichen Suche zurückgekehrt, um nachzusehen, ob sein Enkel wieder aufgetaucht war. Doch Alf blieb verschollen.

Erschöpft ließ der Großvater sich auf der Bank vor seiner Hütte nieder und zog die Jacke fest um seine Schultern. »Dieser verfluchte Nebel!«, schimpfte er. »Kriecht einem in jeden Knochen.«

Anne wunderte sich, dass der alte Mann kein Wort über Alf verlor. »Unser Onkel Quentin rät Ihnen, die Polizei einzuschalten. Vielleicht wäre es besser …«

Doch der Fischer winkte ab. »Papperlapapp! Da kann die Polizei nicht helfen.«

Anne blickte betreten zu Boden. Hatten da etwa Tränen in den Augen des alten Mannes geglänzt? Sie mussten etwas tun!

»Mein Bruder Julius und ich, wir machen uns jetzt auf die Suche«, sagte sie. »Georg und Richard … äh …«

»Die beiden suchen bereits nach Alf«, kam Julius ihr zu Hilfe. »Wir haben uns aufgeteilt.«

Jetzt hob Alfs Großvater die Stimme. »Passt um Himmels willen auf in diesem verfluchten Nebel! Und bleibt dem Strand fern, hört ihr? Dort werden Raik und ich suchen.«

Nicht nötig, hätte Anne am liebsten gesagt, aber sie schluckte die Worte hinunter. Es war wirklich besser, wenn der alte Fischer nicht wusste, dass Georg und Richard mit dem Boot hinauswollten.

»Komm.« Julius zupfte sie am Ärmel. »Wir sollten keine Zeit verlieren. Lass uns zur Kapelle hinaufgehen.«

Anne kam schnell außer Puste, weil sie sich auf ihrem Weg über den steilen Pfad so beeilten. Sie schwiegen und unterließen es aus irgendeiner Ahnung, nach Alf zu rufen.

»Dieser blöde Nebel!«, fluchte Anne vor sich hin. »Man sieht kaum die Hand vor Augen. Bist du sicher, dass wir noch auf dem richtigen Weg sind?«

»Aber ja«, beruhigte Julius. »Hier, dieser markante Stein an der Seite ist mir von unserem letzten Aufstieg zur Kapelle noch gut in Erinnerung. Und dieser gelbe Busch da auch. Das ist doch Ginster, oder?«

In diesem Moment hob Tim witternd die Nase in die Luft und begann zu fiepen. Anne legte ihm die Hand auf den Rücken. »Was ist denn, Tim?«

Doch im selben Augenblick war ihr der Hund

auch schon unter der Hand weggehuscht und flitzte wie von einer Schnur gezogen bergauf.

»Mir ist da etwas eingefallen«, sagte Anne, während sie Tim hinterherblickte, der soeben verschwand, als würde er vom Nebel aufgesaugt. Er war offensichtlich auf dem Weg zur Kapelle. »Was ist, wenn Alf und sein Großvater sich gestritten haben? Vielleicht hat er doch Ärger bekommen, weil er mit uns unterwegs gewesen ist. Möglicherweise ist Alf deswegen ausgebüxt und hat sich in der Kapelle versteckt. Tim hat ihn bestimmt gewittert! Komm, sehen wir schnell nach!«

Anne fühlte, wie neue Kräfte in ihr wach wurden. Die Hoffnung, den Freund wohlbehalten in der Kapelle zu finden, trieb sie an, und sie lief mit schnellen Schritten den Bergpfad entlang. Dennoch achtete sie gut darauf, in dem dichten Nebel nicht vom Weg abzukommen. Nicht auszudenken, wenn sie sich nun auch noch verirrte.

Was sie jedoch vergaß, war, sich nach ihrem Bruder umzudrehen und zu schauen, ob Julius ihr folgte. Ehe sie sich versah, fand sie sich vor der Kapelle wieder, dic im Nebel besonders düster und kalt wirkte. Abrupt blieb sie stehen. »Julius?«

Keine Antwort. Auch von Tim war keine Spur zu sehen

»Tim?«, rief Anne halblaut. »Tim, wo steckst du?«

Sie drehte sich um. »Julius? Julius! Treib kein Spielchen mit mir. Das ist gar nicht lustig! Komm sofort her!«

Doch Julius war verschwunden.

Anne spürte, wie ihr das Herz bis zum Hals schlug. Was sollte sie jetzt tun?

Da entdeckte sie, dass die Tür der Kapelle einen Spaltbreit offen stand. Sicher war Tim hineingeschlüpft.

Anne nahm allen Mut zusammen, schritt langsam auf die Tür zu und griff nach der kalten eisernen Klinke. Jetzt, da der Nebel wie eine Wand vor den kleinen Kirchenfenstern stand, war es im Innenraum noch finsterer als bei ihrem letzten Besuch, und die Luft kam ihr muffig und klamm vor.

»Tim?«, flüsterte Anne. »Timmi? Bist du hier?«

Zaghaft setzte sie einen Fuß vor den anderen

und spähte zwischen die Bankreihen. Niemand schien sich in der kleinen Kapelle zu befinden. Auch Tim nicht.

Anne spürte plötzlich einen Kloß im Hals. War sie vorhin noch so voller Euphorie gewesen, Alf hier zu finden und gemeinsam mit ihm zurückzukehren, so kam ihr jetzt nur noch ein Gedanke in den Sinn: Raus hier und hinunter ins Fischerdorf!

In diesem Moment hörte sie ein kratzendes Geräusch und den Bruchteil einer Sekunde später ein Krachen. Noch bevor sie sich umgedreht

hatte, wusste sie, was das bedeutete. Jemand hatte die Tür zugeschlagen!

Schnell lief sie zum Ausgang. Doch als sie die Hand auf die Klinke legte, ahnte sie bereits, dass die Tür von außen verriegelt worden war. Die Klinke ließ sich zwar hinunterdrücken und die Tür bewegte sich ein wenig, wenn sie sich mit der Schulter dagegenstemmte, aber jemand hatte von außen etwas gegen das Türblatt geklemmt.

Resigniert ließ Anne sich auf die hinterste Bank sinken. Sie war doch selbst schuld, dass ihr solch ein dummer Fehler passiert war. Jetzt saß sie in der Falle! Und sie hatte keine Ahnung, was mit Julius und Tim war und wer sie hier festhielt. Und ebenso wenig wusste sie, warum sie festgehalten wurde.

Dieser Ort war ihr wirklich unheimlich. Eine Gänsehaut kroch ihr über Arme und Rücken, ob wegen der Kälte oder weil sie sich so fürchtete, das wusste sie nicht.

Und schon tropften ihr die ersten Tränen auf den Unterarm und liefen auf das Handgelenk hinunter. Anne kniff die Augen zusammen. »Reiß dich zusammen!«, ermahnte sie sich halblaut.

»Wenn du hier sitzt und heulst, nutzt dir das gar nichts. Benutz deinen Kopf!«

In diesem Moment spürte sie auf dem Handgelenk noch etwas anderes kribbeln als ihre Tränen. Sofort kam ihr das Bild einer ekligen Spinne in den Sinn, die ihr über den Arm kriechen wollte, und sie schüttelte erschrocken ihre Hand aus.

»Tim!« Erleichtert stellte Anne fest, dass Georgs Hund ihr über das Handgelenk geschleckt hatte. »Wo kommst du denn auf einmal her?«

Sofort fühlte Anne sich besser. Es war gut zu wissen, dass sie nicht allein war an diesem unheimlichen Ort.

Sanft streichelte sie Tim über den Kopf. »Du hast auch keine Ahnung, wo Julius steckt, oder? Hoffen wir, dass er bald hier ist und uns befreit.«

Tim legte den Kopf schief und hob die Pfote, als wollte er ihr sagen, sie solle sich nicht sorgen.

Dann stand er abrupt auf und schaute sie erwartungsvoll an. Anne verstand sofort, dass sie ihm folgen sollte.

»Hast du etwas entdeckt? Wo hast du überhaupt gesteckt, als ich dich vorhin gerufen habe?«, zischte Anne. Sofort waren all ihre Sinne wieder ganz klar.

Tim führte sie zielstrebig hinter den Altar aus Felssteinen. Jetzt wünschte Anne sich eine Taschenlampe, denn hier, hinter dem Altar, war es fast dunkel. Sie spürte, wie angespannt sie war. Schließlich wusste sie nicht, was sie dort erwartete.

Allmählich gewöhnten sich ihre Augen an die Dunkelheit. Jetzt erkannte sie schemenhaft einige Gegenstände. Zwei Strohsäcke lagen dort und auf einem Holzschränkchen standen Kerzen. Anne streckte die Hand aus. Das Wachs war am oberen Kerzenrand noch weich!

Erschrocken zog sie die Hand zurück. Ob noch jemand hier war?

Und was war das? »Zwei Kelche und eine Schale«, flüsterte Anne. »Aber hat Pater Edwin nicht gesagt, hier würden keine Messen mehr zelebriert?«

Plötzlich begann Tim, in einer Ecke zu scharren. Anne hockte sich neben ihn und erkannte in der dicken Mauer eine Luke mit einer Holztür davor, gerade so groß, dass man hätte hindurchkriechen können. Allerdings war auch diese Luke von außen verriegelt.

»Bemühe dich nicht, Tim«, sagte Anne traurig. »Da kommen wir auch nicht raus.« Sie stand auf und ging zurück, um sich in die erste Bankreihe zu setzen. Gedankenverloren reckte sie den Kopf und betrachtete die Schiffe, die über ihr von der Decke herabhingen. Hoffentlich ist bei Georg und Richard alles gut, dachte sie. Hoffentlich verlieren sie im Nebel nicht die Orientierung. Plötzlich fiel ihr Blick auf die Wand, an der die Tafeln mit den Danksagungen hingen. Vielleicht sollte ich die Zeit nutzen und mir die Tafeln noch mal genauer ansehen, wenn ich hier schon festsitze, dachte sie und ging hinüber.

Da war die Tafel, die ihnen beim letzten Mal aufgefallen war. »Käpt'n Green, was ist dein Geheimnis?«, flüsterte Anne und streckte die Hand nach dem Schild aus. »Warum haben die Leute noch heute solche Angst vor dir?« Sie ließ den Blick über die anderen Tafeln wandern. Einige von ihnen hatte eklige Stockflecke, andere waren dermaßen verblasst oder mit so schlechter Handschrift geschrieben, dass sie nicht zu entziffern waren. Und da war etwas, das aussah wie eine Kinderzeichnung. Ein Schiff war darauf gemalt und kleine Figuren. *Schutz vor Entführung* stand darunter. Das Schiff trug einen Namen: *Eloysa*.

Anne dachte noch über diese kleine Zeichnung nach, als sie von der Tür her ein Geräusch hörte.

»Los, Tim, verstecken!«, zischte sie und stürzte hinter den Altar, um sich in den Schatten zu ducken. Unwillkürlich klammerte sie sich an Tim fest und hielt den Atem an.

Langsam schob jemand das Eichenportal auf und aus dem Nebel löste sich eine Silhouette.

Begegnung auf See

Georg und Richard ahnten natürlich nicht, in welch misslicher Lage Anne sich befand, während sie selbst in ihrem Ruderboot auf dem Wasser dümpelten. Am Bug reckte die Galionsfigur der *Alberta von der Felsenbucht* die Nase in den Nebel. Die See war ruhig, sodass sich die beiden mit dem kleinen Boot gut hinter einem Felsvorsprung verbergen konnten, der weit ins Meer hineinragte.

Georg war so schlau gewesen, eine graue Plane aus dem Bootsschuppen mitzunehmen, unter der sie sich verkriechen konnten. So waren sie in dem dichten Nebel kaum zu sehen.

»Mist, wir hätten auf Anne hören und eine Thermosflasche mit Kakao mitnehmen sollen«, raunte Richard, als sie schon eine Weile unter der Plane gehockt und in den Nebel gestarrt hatten. »Wenn man sich so gar nicht bewegt, wird einem ganz schön kalt. Und mein Magen könnte auch was vertragen.«

Georg reagierte lediglich mit einem Knurren.

Sie war selbst enttäuscht, dass sie nun schon eine ganze Weile auf der Lauer lagen und bisher nichts zu sehen bekommen hatten als ein paar Möwen. Und wenn man so lange in das diffuse Licht starrte, wurde einem fast schwindlig. Aber sie wollte es ihrem Cousin gegenüber nicht zugeben, dass sie ebenfalls genervt war und langsam die Geduld verlor.

Sollten sie wirklich den ganzen Tag lang hier in dem Boot hocken, sich den feuchten Niederschlag aus dem Gesicht wischen und in das graue Licht blinzeln?

Georg kramte in ihrer Hosentasche herum, in der sich immer allerlei nützliches Zeug befand, und fand zwei Fruchtbonbons. Wortlos reichte sie eines davon Richard.

»Wie lange wollen wir denn noch hier im Boot herumschaukeln?«, fragte er ungeduldig. »Warum fahren wir nicht einfach weiter raus? Dann passiert wenigstens mal was.«

»Hauptsache, wir verirren uns nicht in dem dichten Nebel«, gab Georg zu bedenken.

Aber da fischte Richard einen Kompass aus seiner Hosentasche und hielt ihn Georg unter die Nase. »Also, zum Ufer zurück finden wir immer.«

Georg zuckte die Schultern. »Also gut, begeben wir uns aus dem Schutz des Felsens und fahren ein Stück weiter raus. Aber wir müssen aufpassen. Im Nebel nimmt man die Geräusche anders wahr und kann Entfernungen nicht so gut einschätzen. Ich meine, falls wir jemandem begegnen.«

Richard wusste natürlich, dass sie damit die Geisterkogge meinte.

»Und außerdem verdeckt uns die Plane nach hinten die Sicht«, fügte Georg hinzu.

Leise plätschernd tauchten die Ruder ins Wasser und das kleine Boot glitt sanft über das Meer.

»Das ist schon ein verrücktes Gefühl«, stellte Richard fest. »Wir sehen nicht, woher wir kommen, und wir sehen nicht, wohin wir fahren.«

»Auf jeden Fall bin ich froh, dass wir diese Plane mitgenommen haben«, sagte Georg und duckte sich darunter, denn inzwischen hatte feiner Nieselregen eingesetzt. »Wir sind mit Sicherheit so gut wie nicht zu sehen.«

So fuhren sie eine Weile dahin und Richard sah zur Orientierung immer mal wieder auf seinen Kompass. Sie hielten den Kurs perfekt.

»Wir sollten nicht zu weit fahren«, gab Georg schließlich zu bedenken. »Wir sind sicher schon auf Höhe vom Skelett-Felsen. Schließlich müssen wir den ganzen Weg wieder zurück. Wenn wir zu spät kommen, machen sich die anderen Sorgen.«

Richard nahm das Stichwort auf: »Apropos Sorgen: Hoffen wir, dass sie Alf gefunden haben.« Dann verfiel er ins Grübeln. Georgs Worte hatten in ihm einen Gedanken ausgelöst, den er nicht so recht fassen konnte. Alf kam ihm in den Sinn und seine Geschwister, die auf der Suche nach Alf waren. Doch da war noch was anderes. Aber was?

Auch Georg hing ihren Gedanken nach. Eine plötzliche Unruhe hatte sie ergriffen, denn noch immer war ihr nicht eingefallen, was sie Anne und Julius mit auf den Weg hatte geben wollen. Aus irgendeinem Grund hatte sie mit einem Mal das Gefühl, es könnte wichtig gewesen sein.

So waren beide in ihre eigenen Gedanken vertieft, als es geschah. Plötzlich wusste Richard, warum Georgs Worte ihn hatten stutzen lassen. Es war der Hinweis auf den Skelett-Felsen gewesen, den Felsen, der sich wie ein Knochengerüst ins Wasser streckte. Pater Edwin hatte es nur kurz erwähnt und Richard hatte es schon fast wieder vergessen: Draußen vor dem Skelettfelsen war seinerzeit die Kogge von Käpt'n Green gesunken!

Und jetzt türmte die Kogge sich haushoch vor ihnen auf! So nah, dass sie danach hätten greifen können. Deutlich war der Name zu lesen. *Eloysa.*

»Verdammt!«, fluchte Georg und hielt sich die Hand vor den Mund. Hoffentlich hatte sie niemand gehört! Richard und Georg steuerten mit ihrem kleinen Boot direkt auf die Schiffswand zu! Ob sie das Boot noch früh genug stoppen konnten?

Richard wusste nicht, ob er sich freuen oder fürchten sollte. Das war doch genau das gewesen, worauf sie spekuliert hatten, nämlich, dass die Geisterkogge sich beim nächstbesten Nebel wieder zeigen würde. Andererseits jagte sie ihm eine Riesenangst ein. Hoffentlich hatte sie niemand gesehen! Aber waren, als ihnen das Schiff zum ersten Mal begegnet war, überhaupt Geisterwesen an Bord zu sehen gewesen? Nein. Das Schiff hatte verlassen gewirkt.

Nun waren sie mit ihrem Boot ganz dicht an der Schiffswand. Georg streckte die Hand aus, um zu vermeiden, dass die beiden Fahrzeuge zusammenkrachten und man so auf sie aufmerksam wurde.

Richard spürte seinen Herzschlag bis in den Hals und hielt sich den Zeigefinger vor den Mund. Sie mussten leise sein!

Mit einem Mal wurde ihm klar, dass sie sich überhaupt keinen Plan ausgedacht hatten für den Fall, dass die Geisterkogge tatsächlich auftauchen sollte. »Was machen wir denn jetzt?«, flüsterte er.

»Schauen wir uns das gute Stück doch mal genauer an«, antwortete Georg mit entschlossener Miene.

Richard riss die Augen auf. »Du willst doch wohl nicht an Bord gehen!«

Georg griff nach den Rudern und zuckte die Schultern. »Wenn wir eine Möglichkeit finden, unbemerkt die Bordwand hochzuklettern – warum nicht? Wenigstens über die Reling könnten wir spähen. So eine Gelegenheit kommt so schnell nicht wieder.«

Richard kannte Georg zu gut, um nicht zu wissen, dass jeder Widerstand zwecklos war. Also bewegten sie sich langsam an der Bordwand des Schiffes entlang. Und tatsächlich: An einer Stelle entdeckten sie eine Strickleiter, die bis knapp über den Wassersaum herabhing.

Wachsam blickten sie sich in alle Richtung um, obwohl sie sowieso kaum etwas erkennen konnten. Dann griff Georg beherzt nach der Leiter. »Du bleibst am besten hier unten und passt auf, dass das Boot nicht abdriftet«, sagte sie und kletterte flink wie ein Äffchen an der Leiter hinauf.

Mit besorgten Blicken sah Richard ihr hinterher. Georg stieg die Leiter ganz hinauf und lugte dann über die Reling.

Richard sah, wie ihr Blick einmal nach links und einmal nach rechts ging, und beobachtete dann mit Entsetzen, wie sie sich über die Reling schwang und aus seinem Blickfeld verschwand. War sie denn verrückt geworden?

Plötzlich kam ihm etwas in den Sinn. Wenn die Strickleiter heruntergelassen worden war, hatte das womöglich zu bedeuten, dass kurz zuvor jemand das Schiff verlassen hatte!

Georg schlich derweil leise wie eine Katze über das Schiffsdeck und stellte alle Antennen auf Empfang. Geduckt huschte sie an der Reling entlang und versuchte, sich so viele Details wie möglich einzuprägen. Nichts deutete darauf hin, dass sich jemand an Bord befand. Nirgendwo waren Fußspuren zu sehen. Alles wirkte irgendwie vernachlässigt. Aber das Schiff konnte doch nicht allein hierhergekommen sein! An die Geistertheorie glaubte Georg nun wirklich nicht!

Vielleicht befanden sich alle Seeleute unter Deck? Vorsichtig näherte sie sich dem Niedergang, dessen Tür offen stand, und horchte. Stimmen waren nicht zu hören. Ob sie es wagen sollte, hinabzusteigen? Nein, das war zu riskant!

Georg sah sich noch einmal genau um. Am Mast hing schlaff die schwarze Flagge, die ihnen auch beim vorigen Mal aufgefallen war. Sie sah alt und zerfetzt aus wie bei einem Geisterschiff.

Überhaupt mutete alles an wie aus vergangenen Zeiten, die alten Holzfässer, die schon lange nicht mehr gefüllt gewesen waren und deren Holzdeckel achtlos an der Seite lagen, verhedderte Knäuel von alten Tampen und im Ausguck, der fast im Nebel verschwand, hockten ein paar Möwen.

Doch dann richtete sich Georgs Aufmerksamkeit auf etwas ganz anderes, denn sie hatte auf dem Achterdeck etwas Seltsames entdeckt. Oder täuschte sie sich etwa? Vorsichtig wagte sie sich aus der Deckung und schlich zum Steuerruder.

Tatsächlich! Hier gab es moderne Navigationsgeräte! Jetzt war alles klar. Da wollte sie jemand ganz gehörig zum Narren halten! Dieses Schiff hätte man auch als Attraktion in einen Vergnügungspark stellen können. Käpt'n Green bittet zur Abenteuerfahrt!

Georg dachte angestrengt nach. Was konnte das alles bedeuten? Plötzlich wurde ihr etwas bewusst. Sie stürzte zum Bug des Schiffes und lehnte sich über die Reling. Der Anker war hinabgelassen, und das konnte nur bedeuten, dass die Leute das Schiff bewusst hier platziert hatten.

Und wenn sie es verlassen hatten, dann würden sie auch irgendwann wieder an Bord kommen. Besser war es, zurück zu Richard ins Boot zu klettern und abzuhauen. Sie hatte gesehen, was sie sehen wollte.

Aber als Georg zur Strickleiter zurückkehrte, war weder von Richard noch von dem kleinen Ruderboot etwas zu sehen. Nur ein leises Plätschern war zu hören. Doch durch den dichten Nebel konnte sie nicht ausmachen, wo das Geräusch herkam. War das Richard, der nur eine kleine Runde drehte? Oder handelte es sich um ein anderes Boot?

Georg fühlte Panik in sich aufsteigen. Jetzt konnte sie nicht einmal nach Richard rufen! Und das plätschernde Geräusch kam immer näher …

Ratlos und erschöpft hockte Richard sich am Strand auf einen Stein, um erst einmal zu Atem zu kommen. Das Ruderboot hatte er auf den Strand gezogen und nun blickte er sich suchend um. Dummerweise hatte er seine Uhr zu Hause vergessen und wusste deshalb nicht, wie spät es war. Von Anne und Julius war auf jeden Fall nichts zu sehen.

Er wünschte sich, die Geschwister wären da – am besten mit dem wohlbehaltenen Alf im Schlepptau –, damit sie sich beratschlagen könnten, was zu tun sei. Er hatte solch ein schlechtes Gewissen, dass er Georg auf dem Schiff zurückgelassen hatte. Aber hatte er eine andere Wahl gehabt, als plötzlich aus dem Nebel ein anderes Ruderboot mit zwei seltsam gekleideten Gestalten darin aufgetaucht war? Er konnte von Glück reden, dass es ihm selbst gelungen war, rechtzeitig zu verschwinden, ohne gesehen zu werden. Der grauen Plane sei Dank!

Georg war schließlich selbst schuld, dass sie nun in der Patsche saß, fand Richard. Was musste sie auch unbedingt auf dieses vermaledeite Schiff klettern?

Wütend kickte Richard einen Stein ins Wasser, als er plötzlich Stimmen hörte.

Als er sich umdrehte, lösten sich drei Gestalten aus dem Nebel, eine größere und eine etwas kleinere und eine ganz kleine. Julius, Anne und Tim!

Richard fiel ein Stein vom Herzen. »Gut, dass ihr da seid, ich …«, begann Richard, während ihn Tim freudig mit dem Schwanz wedelnd begrüßte.

Doch Anne fiel ihm ins Wort. »Richard, wir haben etwas sehr Sonderbares erlebt. Ich hatte solche Angst!«, sprudelte es nur so aus ihr heraus. »Jemand hatte Tim und mich in der Kapelle eingesperrt, stell dir das mal vor. Ich hab wirklich gedacht, ich sitze in der Falle, aber Julius hat mich befreit. Der hatte sich nämlich im Nebel verlaufen.« Sie warf ihrem Bruder einen vorwurfsvollen Blick zu.

Julius zuckte die Schultern. »Mein Schuh war aufgegangen, ich habe mich gebückt, um ihn wieder zuzuknoten, und als ich wieder aufgestanden bin, war Anne schon im Nebel verschwunden. Ich hab versucht, sie einzuholen, und dabei wohl an einer Stelle den falschen Pfad erwischt.«

»Ja«, fuhr Anne jetzt fort. »Aber dann hat er den Weg zur Kapelle doch noch gefunden. Mir kam es vor, als hätte es Stunden gedauert. Außerdem war es da drin richtig fies kalt.

Als Julius zur Kapelle kam, hatte auf jeden Fall irgendwer von außen einen Balken gegen die Tür geklemmt, sodass ich sie von innen nicht mehr aufkriegen konnte.«

Plötzlich hielt Anne mitten im Redefluss inne. »Wo steckt eigentlich Georg?«

»Georg ist auf der Geisterkogge!«, antwortete Richard resigniert. »Sie sitzt in der Falle. Ich konnte gerade noch fliehen!« Dann erzählte er der Reihe nach, was geschehen war. »Ganz seltsame Wesen haben da in dem Boot gesessen, sag ich euch. Ganz schwarz waren die. Die sahen aus wie von einem anderen Stern.«

»Bist du sicher?«, hakte Julius nach, der nicht glauben mochte, was sein Bruder ihm da erzählte. »Meinst du nicht, dass du das im Nebel nur nicht richtig gesehen hast?«

Aber Richard schüttelte entschieden den Kopf. »Mir ist es eiskalt den Rücken hinuntergelaufen.«

Tante Fanny muss warten

»Au verflucht!« Anne ließ sich neben Richard auf den Stein sinken und stützte das Kinn in die Hände. »Jetzt ist nicht nur Alf weg, sondern auch Georg.«

»Ihr habt Alf also nicht gefunden?«, fragte Richard.

Julius schüttelte den Kopf.

»Na, wenigstens wissen wir, wo Georg steckt«, lachte Richard bitter.

Anne spürte, wie ihr eine Gänsehaut über die Arme kroch. »Und diese Gestalten? Waren das …?«

Julius legte Anne die Hand auf die Schulter. »Anne, du weißt so gut wie wir, dass es keine Geisterwesen oder so was gibt.«

»Trotzdem«, erwiderte Anne. Julius' Worte hatten sie keineswegs beruhigt. Ein Trost war, dass Georg sich meist gut zu helfen wusste. Sie hatte sicher ein gutes Versteck gefunden. Die Frage war nur, wie sie sie von dem Schiff befreien sollten. Da war guter Rat teuer.

»Und die Zeit läuft uns auch davon«, erinnerte Richard. »Tante Fanny erwartet uns zurück.«

»Darauf können wir jetzt keine Rücksicht nehmen«, sagte Julius. »Es wird uns schon eine Entschuldigung einfallen.« Er spähte hinaus in den Nebel und spürte plötzlich eine seltsame Unruhe in sich aufsteigen. »Irre ich mich, oder lichtet sich der Nebel allmählich?«

Richard und Anne wandten sich der Meerseite zu. »Du hast recht!«, riefen sie.

Julius dachte angestrengt nach. »Nehmen wir also einmal an, die Kogge taucht immer dann auf, wenn dichter Nebel aufzieht. Was passiert dann mit ihr, wenn sich der Nebel auflöst?«

»Sie löst sich sicher nicht wie von Geisterhand mit dem Nebel auf«, meinte Richard.

»Richtig, sie wird irgendwohin fahren«, sagte Julius. »Fragt sich nur, wohin.«

Anne seufzte. Ihr war schon klar, was ihre Brüder nun vorschlagen würden.

Julius rieb sich die Hände. »Also los, schieben wir das Boot zurück ins Wasser. Worauf warten wir noch? Sehen wir zu, dass wir die Kogge erreichen, bevor sie verschwindet.«

Anne hielt ihn am Arm zurück. »Und dann? Vielleicht sollten wir uns erst einmal überlegen, was wir machen wollen. Vorausgesetzt, wir finden die Kogge wieder.« Anne schluckte. Dass sie Angst vor diesen finsteren Gestalten hatte, erwähnte sie erst gar nicht.

Doch noch bevor die drei weitere Überlegungen anstellen konnten, hörten sie plötzlich aufgeregte Rufe. Alfs Großvater und der Fischer Raik kamen heftig winkend herbeigeeilt.

»Au weia«, zischte Anne. »Wir hatten versprochen, uns vom Strand fernzuhalten. Wir wussten doch eigentlich, dass die beiden noch hierher wollten. Aber muss das ausgerechnet jetzt sein?«

Es war Alfs Großvater anzusehen, dass ihm das schnelle Laufen schwerfiel, aber er war zu aufgeregt, um langsamer zu gehen. »Kinder, was macht ihr denn hier?«, schimpfte er. »Habe ich euch nicht gesagt, ihr sollt euch vom Strand fernhalten, gerade bei diesem Nebel. Ihr hattet es versprochen.«

Nach Luft schnappend, blieb er stehen und stützte sich auf den Knien ab.

»Nun beruhigen Sie sich erst einmal«, erwiderte Anne. »Wir sind ohnehin auf dem Weg nach Hause.«

»Ist Alf noch immer nicht heimgekommen?«, fragte Richard.

Der alte Fischer schüttelte den Kopf. »Die Prophezeiung hat sich erfüllt«, murmelte er vor sich.

Oh, jetzt handelt es sich schon um eine Prophezeiung, dachte Julius. Laut fragte er: »Und was hat Alf damit zu tun?«

Er wollte endlich wissen, was hinter dieser Geheimniskrämerei steckte. »Sie sprechen doch von Käpt'n Green, oder?«

Alfs Großvater blickte erschrocken auf.

Raik legte ihm die Hand auf die Schulter. »Du solltest es den Kindern lieber sagen«, sagte er. »Früher oder später werden sie es doch rauskriegen.«

Der alte Fischer nickte. »Also gut«, sagte er, und dann erzählte er die Geschichte von Käpt'n Green, der mit seinen Überfällen die Bewohner der Küste in Angst und Schrecken versetzt hatte. Nichts Neues für Richard, Julius und Anne, die die Geschichte ja bereits von Pater Edwin kannten. Doch Alfs Großvater fügte ein interessantes Detail hinzu. »Als sein Schiff sank, sprach der üble Kapitän einen Fluch über die Küstenbewohner aus und drohte, er werde dereinst im Nebel aus dem Totenreich zurückkehren und sie an einer empfindlichen Stelle treffen.« Der alte Mann schluckte schwer. »Er hat geschworen, sich zu rächen, indem er die Kinder entführt. Keiner hat an diese Spukgeschichten geglaubt, bis die Kogge nun wirklich aufgetaucht ist. Im Nebel, genau wie er es gesagt hat.«

Sofort kam Anne das Bild aus der Kapelle in Erinnerung. *Schutz vor Entführung* hatte doch darauf gestanden. Die kleinen Figuren sollten sicher Kinder darstellen!

Für einen Moment herrschte betretenes Schweigen.

Natürlich waren sich Anne und die Jungen einig, dass sie kein Wort darüber verlieren wollten, dass sich Georg an Bord der Kogge befand. Verstohlen warfen sie sich Blicke zu.

»Sie haben recht, wir sollten besser vom Strand verschwinden. Wie gesagt, wir sind ohnehin auf dem Weg nach Hause«, wiederholte Anne, um den alten Mann zu beruhigen. »Hoffentlich können Sie Alf finden.«

Dann verabschiedeten sie sich und wandten sich zum Gehen. Natürlich dachten sie nicht im Traum daran, von ihrem Vorhaben, Georg zu befreien, abzulassen. Und Julius hatte auch schon eine Idee, wie sie es anstellen könnten. Aber sie mussten sich beeilen.

Georg hatte in der Tat ein gutes Versteck gefunden. Kaum, dass sie erfasst hatte, dass es sich bei dem Ruderboot nicht um ihres handelte, war sie in eines der Holzfässer geklettert und hatte den Deckel über die Öffnung gezogen. Zu ihrem großen Glück wies das Fass ein Loch auf, sodass sie sehen konnte, was an Deck vor sich ging. Als sie die Gestalten an Bord klettern sah, hielt sie die Luft an – nicht nur vor lauter Spannung, sondern auch, weil es in dem alten Fass reichlich übel roch.

Im ersten Moment konnte sie nur zwei sonderbare Wesen erkennen. Sie waren schwarz von Kopf bis Fuß und bewegten sich merkwürdig roboterhaft durch die Nebelschwaden. Schwer

stampfend kamen sie auf Georg zu und jeder Schritt verursachte ein metallisches Klirren.

In ihrem engen Versteck umklammerte Georg zitternd ihre Knie. Offenbar musste sie ihre Überzeugung, es gebe keine Gespenster, noch einmal gründlich überdenken. Und nun steuerten die Gestalten direkt auf ihr Fass zu.

Beide trugen etwas in der Hand, was sie plötzlich mit einem Scheppern auf den Boden fallen ließen, woraufhin sie anfingen zu lachen.

Und jetzt musste Georg selbst aufpassen,

dass sie nicht anfing zu lachen, und zwar über sich selbst. Die zwei da waren keineswegs unheimliche Gestalten aus der Unterwelt, sondern schlicht und ergreifend Taucher!

Die Männer hatten sich jetzt geduckt, um die Dinge zu inspizieren, die sie eben auf den Boden hatten fallen lassen, doch wie Georg auch versuchte, sich in ihrem Fass zu wenden, das kleine Loch ließ den Blick darauf nicht zu. Sie hörte nur dieses Klirren und Scheppern und das zufriedene Lachen und Gemurmel der Männer.

Schließlich horchte sie auf.

Da hatte offenbar soeben noch ein weiteres Boot festgemacht und ein dritter Mann kam über die Reling geklettert.

»Wir müssen uns sputen«, sagte dieser zu den beiden anderen. »Der Nebel lichtet sich langsam. Sehen wir zu, dass wir fortkommen.«

»Ja, du hast recht«, erwiderte ein anderer. »Rein hier mit dem Zeug, darum kümmern wir uns später.«

Georg stutzte. Die Stimme des ersten kam ihr bekannt vor. War das nicht Pater Edwin?

Ein lautes Rumpeln ertönte. Offenbar packten die Männer die Sachen, die sie mitgebracht hatten, in eines der Fässer. Sie waren nun direkt neben ihr! Hoffentlich kamen sie nicht auf die Idee, auch das Fass zu öffnen, in dem sie saß! Und ausgerechnet jetzt stieg Georg der üble Geruch dermaßen scharf in die Nase, dass sie diese fest mit Daumen und Zeigefinger zusammenkneifen musste, um nicht zu niesen. Es war ein Gefühl, als müsste sie ersticken.

Doch dann war es vorbei. Die Schritte entfernten sich, die Stimmen wurden leiser, die Männer waren weitergegangen.

Georg atmete auf. Wie gern hätte sie den Deckel gelüpft, aber sie traute sich nicht. Also schaute sie weiter durch das kleine Loch. Kurz bevor die Männer aus ihrem Sichtfeld verschwanden, konnte sie einen von ihnen im Profil sehen. Irgendwoher kannte sie das Gesicht. Aber wo hatte sie diesen Mann schon einmal gesehen?

Plötzlich setzte sich das Schiff in Bewegung. Das war durchaus erstaunlich für solch eine Kogge, denn es herrschte absolute Flaute. Bei diesem Nebel wehte kein noch so schwaches Lüftchen, das die Segel hätte blähen können.

Georg musste schmunzeln, als sie das leise Vibrieren spürte. Die vermeintlich waschechte Geisterkogge aus dem Totenreich war mit einem Dieselmotor unterwegs. Wenn sie ihre Ohren anstrengte, konnte sie vom anderen Ende des Schiffes her sogar das gleichmäßige Brummen des Motors hören.

Mutlos ließ Georg den Kopf hängen. Wenn das Schiff nun weiterfuhr, wusste Richard nicht mehr, wo sie sich befand. Sie musste nachdenken. Wenn nur dieser üble Gestank nicht gewesen wäre!

»Ich soll den Lockvogel spielen?« Anne riss die Augen auf.

»Keine Sorge, es wird dir nichts passieren«, beruhigte Julius sie. »Außerdem wird Tim bei dir sein.«

Richard wiederholte noch einmal, was Julius eben vorgeschlagen hatte. »Du meinst also, sie werden mit dem Schiff die Felseninsel passieren, und wenn sie Anne am Ufer allein auf den Klippen herumklettern sehen, dann werden sie vielleicht versuchen, sie zu kidnappen? Wieso bist du dir da so sicher?«

Julius zuckte die Schultern. »Sicher bin ich mir da überhaupt nicht! Irgendetwas muss die ganze Geschichte aber mit der Legende von Käpt'n Green zu tun haben und mit Alfs Verschwinden. Da versuchen ein paar angebliche Geistergestalten, die Angst der Menschen zu schüren, warum auch immer. Und dazu gehört die Entführung der Küstenkinder. Vielleicht ist Alf ja tatsächlich in ihrer Gewalt.«

Anne seufzte. »Und Georg vermutlich auch.«

»Anne wird auf jeden Fall ihre Aufmerksamkeit auf sich ziehen – und das ist der Moment, in dem wir versuchen können, Georg von der Kogge herunterzuholen«, ergänzte Julius. »Oder hast du eine andere Idee?«

Aber die hatte Richard nicht. »Also los, rudern wir zur Felseninsel rüber.«

Zunächst einmal wurde die Geduld der Kinder auf eine harte Probe gestellt. Bevor sie das Ruderboot ins Wasser zurückschieben konnten, mussten sie in Deckung gehen und warten, bis die beiden Fischer vom Strand verschwunden waren. Mit Sorge beobachteten sie, wie sich der Nebel mehr und mehr lichtete.

Endlich, als die Freunde schon meinten, sie hätten keine Chance mehr, es rechtzeitig zu schaffen, zogen sich die beiden Männer zurück und die Kinder schoben in aller Eile das Ruderboot ins Wasser.

Schon streckte *Alberta von der Felsenbucht* wieder die Nase voran. Die Jungen legten sich mächtig in die Riemen, und Anne schlang den Arm um Tim und dachte ängstlich an die finsteren Gestalten, von denen Richard erzählt hatte. Aber sie sagte nichts. Jetzt musste sie tapfer sein und ihrer Cousine helfen.

Bald war die kleine Sandbucht erreicht. Hier konnte man gefahrlos landen, während die Insel sonst von schroffen Felsen umgeben war. Alle vier sprangen aus dem Boot. Richard und Julius zogen die *Alberta von der Felsenbucht* auf den Sand und folgten dann Anne und Tim, die schon den Pfad entlangliefen, der quer über die Insel führte.

Außer Atem erreichten die Geschwister die andere Seite der Insel, wo die Felsen weit ins Wasser hinausragten. Sie hielten Ausschau, doch noch war der Nebel da und von der Kogge war nichts zu sehen.

»Wenn die Kogge auf dem Rückweg denselben Kurs nimmt wie beim letzten Mal, dann müsste sie genau hier vorbeifahren«, erklärte Julius.

Richard zog die Stirn kraus. »Hoffen wir es. Also los, gehen wir auf unsere Posten. Anne, du weißt, was du zu tun hast?«

Anne nickte. Sie sollte sich möglichst auffällig auf den Felsen sehen lassen, damit sie vom Schiff aus entdeckt wurde. Praktischerweise trug sie heute ihren leuchtend roten Pulli. Tim blieb bei ihr.

Julius und Richard kehrten in der Zwischenzeit zum Boot zurück, um damit um die Insel herumzurudern und zwischen den Felsen in Deckung zu gehen. Inzwischen kannten sie die Tücken der Klippen und Riffe, die unter der Wasseroberfläche versteckt waren, und wussten, wo sie aufpassen mussten.

Es war ein Kraftakt, auf die andere Seite der Insel zu gelangen, da sie gegen die Strömung rudern mussten. Dort angekommen gingen sie hinter einem Felsen in Deckung und zogen die graue Plane über sich.

Julius lugte vorsichtig darunter hervor. »Meinst

du nicht, dass unsere kleine Schwester ein wenig übertreibt?«, kicherte er.

Anne turnte nämlich auf den Felsen herum wie eine Kasperlepuppe.

Richard grinste. »Hauptsache, sie bricht sich nicht noch die Beine.«

»Schade, dass wir kein Fernglas dabeihaben«, sagte Julius blinzelnd. »Aber wie ich sehe, ist auf den guten Tim Verlass. Er hält sich schön im Hintergrund.«

Plötzlich stieß Richard ihm den Ellenbogen in die Rippen. »Da! Die Kogge!«

Und tatsächlich. Aus dem Nebel löste sich auf einmal der Umriss eines Schiffes. Jetzt hieß es auf der Hut zu sein! Ob der Plan aufging?

Die Brüder hielten den Atem an, als die Geisterkogge langsam an der Insel vorbeifuhr. Anne hielt tapfer auf dem Felsen aus und sprang wie ein roter Fleck von hier nach da. Und als Richard und Julius beinahe die Hoffnung aufgegeben hatten, wurde von der Kogge tatsächlich ein kleines Boot zu Wasser gelassen. Zwei Männer kletterten hinein und nahmen Kurs auf die Insel.

Jetzt ging es um die Wurst. Würde es ihnen gelingen, die Kogge zu umrunden und von hinten zu erreichen, bevor die Männer auf der Felseninsel angelangt waren?

»Unser Vorteil ist, dass die beiden in dieser Nussschale nicht wissen, wo unter der Wasseroberfläche die spitzen Felsen lauern«, sagte Julius mit grimmiger Miene und legte sich kräftig in die Riemen. »So leicht kriegen die Anne nicht. Das verschafft uns Zeit. Außerdem werden sie kaum zum Schiff schauen, weil sie viel zu genau auf ihren Kurs achten müssen. Wir können es also notfalls wagen, an der Strickleiter hochzuklettern, die die Männer gerade benutzt haben. Wenn wir keine andere Möglichkeit finden, an Bord zu kommen, meine ich.«

Georg wagte es, den Deckel ihres Fasses einen winzigen Spalt zu lüpfen. Irgendetwas ging an Bord vor sich, denn der Motor war abgestellt worden. Endlich wieder frische Luft, dachte sie erleichtert.

Zu ihrem großen Erstaunen sah Georg, wie die Männer von Bord gingen. Waren sie etwa schon an ihrem Zielort angekommen?

Als die Männer über die Reling verschwunden waren, schob Georg erleichtert den Deckel zur Seite. Sie musste sich dringend aufrichten, denn Arme und Beine taten nach der langen Kauerhaltung mächtig weh.

Wie sie da so aufrecht stand, konnte sie nicht widerstehen, das benachbarte Fass zu öffnen, um zu schauen, was die Männer darin versteckt hatten. Sie schob den Deckel beiseite – und riss verwundert die Augen auf: Wie das glitzerte und funkelte! Edelsteinbesetzte Schatullen waren

da zu sehen, Kerzenleuchter aus Gold und Silber und mehrere prunkvolle Kelche. Kelche!

In diesem Moment fiel ihr wieder ein, was sie Julius und Anne noch hatte sagen wollen. Pater Edwin hatte doch gesagt, in der Kapelle würden schon seit Langem keine Messen mehr zelebriert, aber dennoch hatte Georg dort mehrere Kelche und Schalen entdeckt, die benutzt worden waren.

Jetzt, da sie wusste, dass Pater Edwin – wenn er denn tatsächlich ein Pater war – irgendein krummes Ding drehte, hoffte sie umso mehr, dass Anne und Julius aufgepasst hatten.

Die Männer hatten also einen Schatz gehoben, den Schatz des Käpt'n Green!

Langsam setzten sich die Puzzleteile zu einem Bild zusammen. Die Männer hatten den Schatz des grausamen Kapitäns entdeckt. Und außerdem bedienten sie sich der alten Sage von Käpt'n Green, um sich die Leute vom Leib zu halten. So konnten sie ungestört im Nebel an der Stelle tauchen, an der damals das Schiff des Käpt'n Green gesunken war, den Schatz heben und ihn für sich behalten. Nachdem die Geschichte vom Auftauchen der Kogge die Runde gemacht hatte, würde es so schnell keiner wagen, in den Nebel hinauszufahren.

Doch Georg durfte sich mit dem Schatz nicht länger aufhalten. Es galt, die Lage zu sondieren und herauszufinden, wo das Schiff im Augenblick vor Anker lag.

Geduckt huschte sie zur anderen Seite und warf einen Blick über die Reling. Aber was war das? Sie lagen ja vor der Felseninsel! Georg erkannte sie sofort wieder. Dort oben war der alte Turm.

Und was für ein roter Punkt hüpfte da über die Felsen? War das etwa Anne? Was hatte das zu bedeuten?

Im nächsten Moment entdeckte Georg das Ruderboot, das direkt auf die Felseninsel zusteuerte. Anne war in Gefahr!

In Georgs Gehirn ratterte es. Was sollte sie nur tun?

Doch dann fiel ihr noch etwas anderes auf. In dem kleinen Ruderboot saßen nur zwei Männer!

Die fehlenden Puzzleteile

Georg hatte den Gedanken kaum zu Ende gedacht, da wurde sie von hinten gepackt.

»Hab ich dich, Bürschchen!«, knurrte ihr Angreifer. Georg erkannte die Stimme Pater Edwins.

Trotz ihrer Not amüsierte es Georg, dass er sie offenbar für einen Jungen hielt.

Georg strampelte mit den Beinen und versuchte, ihre Arme aus Pater Edwins Umklammerung zu befreien. »Lass mich gefälligst los, du falscher Pater!«, schimpfte sie.

Doch Pater Edwin hatte sie fest im Klammergriff. »Das könnte dir so passen! Ich habe mir doch gleich gedacht, dass ihr es nicht lassen könnt, dem Geheimnis des mysteriösen Kapitäns auf den Grund zu gehen.«

»Pah, mysteriöser Kapitän!«, äffte Georg nach. »Dass ich nicht lache. Alles Augenwischerei!«

Pater Edwin lachte spöttisch. »Du kommst mir auf jeden Fall gerade recht. Meine Kumpels sind dabei, das Mädchen von seinem Felsen zu pflücken, und dann bleibt ihr alle drei schön an Bord, bis wir den gesamten Schatz gehoben haben. Natürlich werden die Leute in ihrem Aberglauben Käpt'n Green für euer Verschwinden verantwortlich machen. Bis ihr wieder frei seid, sind wir längst über alle Berge. Ha!«

Wenn Pater Edwin von drei Kindern sprach, dann musste Alf doch auch hier irgendwo auf dem Schiff sein, überlegte Georg. Und außerdem sollte er sich nicht zu früh freuen. Wenn seine Komplizen tatsächlich versuchen sollten, auf dieser Seite der Felseninsel anzulanden, wo es im Wasser nur so von spitzen Steinvorsprüngen wimmelte, würden sie ihr blaues Wunder erleben. Unwillkürlich musste Georg lachen, wenn sie auch mit Sorge beobachtete, wie sich das Ruderboot der Insel näherte.

»Dir wird das Lachen schon noch vergehen«, knurrte Pater Edwin und schubste Georg unsanft Richtung Niedergang.

Wie kann ich Anne nur helfen?, dachte Georg fieberhaft. Auch wenn das Boot der beiden Gauner wahrscheinlich auf den Felsen auflaufen und leckschlagen würde, war Anne doch in gro-

ßer Gefahr! Und wo steckten bloß Julius und Richard?

Schon stieß Pater Edwin die Tür zum Niedergang mit einem unsanften Tritt auf, als Georg plötzlich einen abgewürgten Schrei hörte und dann spürte, wie sich der Klammergriff löste.

Überrascht fuhr sie herum.

Wie ein zappelnder Fisch hing Pater Edwin in einem Netz, und je wilder er mit den Armen ruderte, umso mehr verhedderte er sich in den feinen Maschen.

Julius und Richard standen dahinter, hielten die Enden des Fischernetzes und grinsten zufrieden. »Da ist uns aber ein dicker Brocken ins Netz gegangen«, kommentierte Julius.

Georg stemmte sich die Arme in die Seiten. »Ich hab schon gedacht, ich muss allein zusehen, wie ich aus diesem Schlamassel herauskomme.«

Richard lächelte. »Verdient hättest du es. Es war auch zu dumm von dir, an Bord zu klettern.«

Georg tippte sich an die Stirn. »Gar nicht, ich habe nämlich eine Menge herausgefunden. Übrigens muss Alf auch hier irgendwo an Bord sein. Aber jetzt sollten wir uns erst einmal um Anne kümmern, meint ihr nicht auch?«

»Aye, Aye, Käpt'n!«, rief Richard und griff nach einem dicken Haken, der an einem Flaschenzug hing. Damit hievte er das Netz kurzerhand in die Höhe, sodass es schon von Weitem zu sehen war. Laut jammernd baumelte der Pater in seiner Falle am Mast.

Julius hielt sich die Hände wie einen Trichter an den Mund und rief: »He, ho, Männer! Wenn ihr wollt, dass wir euren Kumpel wieder runterlassen, dann dreht gefälligst um!«

Amüsiert konnten die Freunde beobachten, wie die beiden Männer heftig zu diskutieren begannen. Sie gestikulierten so wild, dass das kleine Boot gefährlich zu schaukeln begann. Doch schließlich drehten sie um.

Georg zeigte mit dem ausgestreckten Finger auf Pater Edwin. »Und wenn du willst, dass wir dich runterlassen, damit du nicht wie ein Häufchen Elend vor deinen Ganoven-Freunden dastehst – Verzeihung: hängst –, dann verrätst du uns jetzt, wo ihr Alf gefangen haltet.«

»E… er ist unten im Lagerraum«, verriet Pater Edwin bereitwillig. »Da gibt es ein paar große Transportkisten. Direkt in der ersten ist er. Aber es geht ihm gut, glaubt mir!«

Georg griff mit beiden Händen nach den Geländern und sprang den Niedergang in einem Satz hinunter. Sie musste einen Moment warten, bis sich die Augen an das schummrige Licht gewöhnt hatten, doch dann fand sie den Weg zum Laderaum schnell.

Die erste Kiste hatte große Luftlöcher und war von außen mit einem Riegel verschlossen. Georg musste den Deckel mit viel Kraft aufstemmen und fand darunter ihren Freund Alf fest schlummernd. Er hatte von der ganzen Befreiungsaktion wohl nicht viel mitbekommen. Immerhin hatten seine Entführer es ihm in der Kiste mit Decken, Kissen und Essen ganz bequem gemacht.

»Alf, alter Kumpel, aufwachen!«, rief Georg lachend. »Komm mit an Deck, es gibt was zu erleben!«

Schlaftrunken schüttelte sich Alf wie ein nasser Hund, und als er Georg erkannte, strahlte er über das ganze Gesicht. »Ich wusste doch, dass ich auf dich zählen kann!«

Georg reichte ihm die Hand, um ihm aus der Kiste zu helfen. »Du kannst dich bei den anderen bedanken. Aber jetzt komm. Noch ist das Abenteuer nicht zu Ende.«

Wieder an Deck, hatte Richard bereits die Strickleiter eingeholt, und die beiden Männer, die nun mit ihrem Ruderboot das Schiff erreicht hatten, protestierten lautstark, weil sie nicht wussten, wie sie an Bord kommen sollten. Pater Edwin saß währenddessen in dem Netz verschlungen auf dem Boden und hatte es aufgegeben, sich zu wehren.

Georg betrachtete zufrieden die beiden Männer, die mit betretenen Mienen in ihrem Boot saßen. Jetzt wusste sie auch, woher sie das Gesicht des anderen Mannes kannte. Aus dem Museum! Er war derjenige gewesen, der Richard vor der Alarmanlage gewarnt hatte.

»Alles der Reihe nach«, sagte sie. »Erst einmal möchte ich von den Herren wissen, ob dies die Kogge ist, die früher dem Museum gehörte.«

»Aber sicher!«, rief der Museumsmitarbeiter aufgebracht. »Das gute Stück sollte verschrottet werden! Das durfte ich nicht zulassen!«

»Und dann haben Sie es in Eigenarbeit restauriert?«, fragte Richard beeindruckt.

»Ja, Andy hier sollte es zum Abwracken zu mir in die Werft bringen«, erklärte der andere.

»Die Arbeit hat sich gelohnt«, sagte Julius anerkennend. »Ein tolles Schiff. Handelt es sich denn tatsächlich um die *Eloysa*?«

»Nein, natürlich nicht«, erklärte der Mann, der Andy hieß. »Die *Eloysa* liegt vor dem Skelettfelsen auf Grund, genauso wie es in der Sage beschrieben wird. Sie hat uns aber auf die Idee gebracht, dass wir … Also …«

»Na, dass wir uns für unsere Mühen eine Belohnung verdient haben«, fiel der andere ihm ins Wort. »Edwin hat uns darauf gebracht und dabei unterstützt. Er kannte die Sage des Käpt'n Green, und die Sache hat auch prima geklappt, bis ...«

»Bis wir uns eingemischt haben«, ergänzte Georg grinsend und lüpfte den Deckel des zweiten Fasses. »Sie haben nicht damit gerechnet, dass wir uns nicht abschrecken lassen, nicht wahr? Obwohl Sie die Kogge schön auf Geisterschiff getrimmt haben, das muss ich Ihnen lassen. Hat es sich denn gelohnt?«

Georg warf einen Blick auf die Beute, die aus dem Wasser geborgen worden war.

Pater Edwin in seinem Fischernetz rümpfte die Nase. »Wir hatten mehr erhofft, zugegeben. All diese Kelche und Pokale lassen sich schlecht zu Geld machen.«

Auf eine Weise taten Georg die Männer ein bisschen leid. So schlimme Ganoven, wie sie gedacht hatte, waren sie nicht. Schließlich hatten sie zunächst aus purem Idealismus gehandelt. Aber damit, Kinder zu kidnappen, auch wenn es nur darum ging, eine Lügengeschichte zu spielen, damit hatten sie den Bogen eindeutig überspannt.

»Apropos Kelche«, sagte Georg. »Was ist mit der Kapelle?«

Der Pater zuckte die Schultern, was in dem Netzknäuel ulkig aussah. »Was soll schon damit sein? Die Kapelle ist quasi unser Basislager. Im Altarraum gibt es im Boden einen großen Hohlraum. Dort haben wir das versteckt, was wir bereits gehoben haben.«

Georg lachte. »Dann wurden dort keine Messen zelebriert, sondern Sie haben die Kelche als Geschirr benutzt?«

»Warum nicht?«, knurrte der Pater. Seiner Stimme war es anzumerken, dass er seiner Lage langsam überdrüssig wurde.

»Wollt ihr mich nicht langsam mal hier rauslassen?«

Alf stellte sich mich verschränkten Armen vor ihn. »Ein bisschen werden Sie es schon noch aushalten. Ich musste auch eine ganze Weile in dieser dunkeln Kiste ausharren, nachdem Sie mich auf dem Küstenpfad geschnappt haben. Das ist halt jetzt die Strafe dafür, dass Sie meinen armen Großvater in Angst und Schrecken versetzt haben.«

Auch Julius baute sich nun vor Pater Edwin auf. »Dann waren Sie das auch vorhin, der meine kleine Schwester in der Kapelle eingesperrt hat? Auch das darf nicht ungestraft bleiben, Anne hatte ganz schön Angst.«

»Ich wollte mir doch nur einen Vorsprung verschaffen«, versicherte der Pater. »Ich musste doch zur Kogge hinaus.«

Richard, der dicht neben Georg stand, rümpfte

plötzlich die Nase. »Ich will dir ja nicht zu nahe treten, liebe Cousine, aber du riechst ein bisschen streng. Was ist das?«

Doch Georg wollte lieber nicht an das stinkende Fass erinnert werden und boxte ihn zur Antwort in die Rippen. »Lasst uns lieber überlegen, was wir jetzt machen.«

»Außerdem sollten wir Anne und Tim langsam mal von der Insel holen«, erinnerte Julius und wies auf den winkenden roten Fleck zwischen den Felsen.

Georg überlegte einen Moment. Dann sagte sie: »Hört zu, was haltet ihr von folgendem Vorschlag?«

Dann steckten Julius, Richard, Alf und Georg die Köpfe zusammen und hörten sich Georgs Idee an.

Georg hielt ihnen die Hand hin, alle schlugen ein.

»Okay«, sagte Julius. »So machen wir es. Wir treffen uns nachher bei Alfs Großvater wieder.«

Einige Zeit später saßen die Freunde und Alf wohlbehalten in gemütlicher Runde in der Hütte von Alfs Großvater. Der alte Fischer war glücklich, seinen Enkel wieder bei sich zu haben, und glaubte die Geschichte, die die Freunde ihm erzählt hatten, gern. Für ihn zählte nur die Tatsache, dass Alf nichts geschehen war. Er gab sich mit der Erklärung zufrieden, dass Alf aus Trotz darüber, dass der Großvater ihm nicht erlaubt hatte, mit den Freunden zum Strand zu gehen, zur Felseninsel hinübergerudert war und dort im alten Turm die Nacht verbracht hatte.

In Wahrheit waren Georg, Richard und Alf auf dem Schiff geblieben, während Julius losgerudert war, um seine jüngere Schwester und Tim von der Insel zu holen. Vorher aber hatten sie mit den Männern ein Abkommen geschlossen. Und als Pfand dafür, dass die Männer sich an ihren Teil der Abmachung hielten und außerdem aufhörten, die Küstenbewohner in Angst und Schrecken zu versetzen, hatte Julius den Schatz aus dem Holzfass im Boot mit zur Insel genommen. Sobald die drei Männer ihren Teil erfüllt hatten, würden die Freunde den bescheidenen Schatz hinauf zur Kapelle bringen. Dann könnten die drei damit machen, was sie wollten.

Niemand würde den Schatz des Käpt'n Green vermissen.

»Ich bin euch so dankbar, dass ihr mir meinen Alf zurückgebracht habt«, wiederholte Alfs Großvater immer wieder und versicherte, dass er dem Jungen auch nicht böse sei.

»Hier«, sagte er und überreichte Anne ein kleines getöpfertes Gefäß. »Es ist nur ein bescheidenes Geschenk, aber ich denke, es wird euch schmecken. Ich habe ihn erst vor wenigen Tagen von meinem Freund Aaron geholt.«

»Das ist doch nicht nötig«, erwiderte Anne, als sie den Deckel anhob und bernsteinfarbenen Honig in dem kleinen Topf glänzen sah.

»Lasst ihn euch schmecken«, sagte der alte Mann und nickte.

Die Freunde bedankten sich. Dann war es Zeit zu gehen.

Besonders Georg drängte es hinaus. Sie wollte endlich ihre stinkenden Kleider ausziehen und duschen. Es war ihr schon unangenehm genug gewesen, dass der alte Fischer ein Fenster hatte öffnen müssen, kaum, dass sie die Hütte betreten hatte.

Als sie auf den Küstenpfad hinausliefen, der nun, da der Nebel sich vollständig verzogen hatte, wieder in der Sonne vor ihnen lag, schnippte Georg mit den Fingern und lachte. »Und schon haben wir einen guten Grund, warum wir nicht rechtzeitig wieder im Felsenhaus sind. Wir waren doch beim Imker Aaron und durften beim Honigschleudern zusehen! Wie schnell man dabei die Zeit vergisst!«

Ein paar Tage später saßen sie beim Frühstück, als Onkel Quentin, der sich hinter der Zeitung versteckt hatte, einen erstaunten Ruf ausstieß. »Na, das ist ja mal eine Meldung. Wo ihr doch letzte Woche noch dort gewesen seid!«

»Was meinst du, Onkel Quentin?«, fragte Richard. »Wovon sprichst du?«

»Von dem Schifffahrtsmuseum«, erwiderte der Onkel. »Hier in der Zeitung steht, dass ein anonymer Spender dem Museum eine vollständig restaurierte, historische Kogge gespendet hat. Das Schiff wurde in der letzten Nacht von einem Mitarbeiter und weiteren Personen in das Hafenbecken des Museums gebracht.« Onkel Quentin drehte die Zeitung, damit die Freunde besser sehen konnten. »Hier ist ein Bild. Da würde es sich ja fast lohnen, noch einmal hinzufahren.«

»Ja, sicher«, sagte Georg und musste ein Lachen unterdrücken. Ihr Vater konnte und durfte nicht wissen, dass sie das Schiff schon ziemlich gut kannten.

Auf dem Foto erkannten die Freunde Andy und seinen Freund von der Werft sowie den Museumswärter.

Aber sie entdeckten noch etwas anderes, nämlich gleich darunter eine kleine Notiz, dass ein weiterer Gönner dem benachbarten Kloster einige wertvolle historische Kelche überlassen habe.

Die Freunde zwinkerten sich unauffällig zu. Heute war also der Tag, an dem sie den gepfändeten Schatz zur Kapelle hinaufbringen mussten.

»Wir machen heute einen kleinen Ausflug«, verkündete Georg.

»Macht das«, sagte Tante Fanny und griff nach dem Honigtopf. »Und wenn ihr beim Imker Aaron vorbeikommt, dann bringt doch bitte noch etwas von diesem Honig mit. Er ist einfach zu köstlich!«

Fünf Freunde jagen den Vampir

Grabesstille

»Puh!« Frau Kirrin wischte sich erschöpft mit dem Handrücken über die verschwitzte Stirn. Der Gartenhandschuh hinterließ dort einen Streifen aus Erde.

»Jetzt hast du dich aber geschmückt!«, rief Anne lachend und wischte ihr die Erde von der Stirn.

»Ach, ich bin so froh, dass ihr mir helft, das Grab neu zu bepflanzen. Es ist doch eine enorme Anstrengung, und das bei dieser Hitze.« Die Mutter stemmte die Hände in die Seiten und streckte den Rücken durch.

Die Geschwister Julius, Richard und Anne hatten gemeinsam mit ihrer Cousine Georg die Mutter zum Friedhof begleitet. Dort wollten sie das Grab eines Großonkels und einer Großtante herrichten. An dem Grab war lange nichts getan worden, sodass es nun erforderlich war, die Erde zwei Handbreit tief abzutragen und durch frische Blumenerde zu ersetzen. Dann sollte die große Grabstelle neu bepflanzt werden.

Julius und Richard hatten sich natürlich bereiterklärt, die schwere Arbeit zu erledigen, und waren nun mit ihren Spaten emsig dabei, die Erde aus dem mit Granit eingefassten Grab in eine Schubkarre zu schaufeln.

Auch Georgs Hund Tim war mit zum Friedhof gekommen, und den behielten sie alle gut im Auge, damit er nicht anfing, Kaninchen- und Mäusenester auszugraben. Von diesen kleinen Nagern gab es hier nämlich reichlich!

Als die Schubkarre voll war und Richard sich daranmachte, sie zum Kompostcontainer zu schieben, nahm Georg ihm den Spaten ab. »Gib her, ich mache so lange weiter. Aber beeil dich.«

Es war ein gutes Stück, das Richard mit der schwer beladenen Karre zurücklegen musste, denn der Kompost befand sich am entgegengesetzten Ende des Friedhofes. Endlich kam er beim Container an, dessen Öffnung über eine Rampe zu erreichen war. Mit Schwung bugsierte er die Karre hinauf und kippte den Inhalt in den Container. Dann hielt er inne, um erst mal einen Moment zu verschnaufen.

Erst jetzt bemerkte Richard, dass Tim ihm gefolgt war. Und nun hatte der Hund nichts Besseres zu tun, als ein kleines Stückchen weiter direkt vor einer Ligusterhecke zu buddeln.

Schnell schob Richard die Karre von der Rampe, ließ die Griffe los, dass die Stützen mit einem Rums auf dem Boden landeten, und spurtete hinüber, um Tim von seinem Unterfangen abzuhalten. Er packte ihn am Halsband und zog ihn von der Stelle weg. »Pfui, Tim! Du sollst das sein lassen. Das gehört sich nicht auf einem Friedhof. Hörst du? Buddeln kannst du auf dem Acker.«

Tim duckte sich unter Richards Hand hinweg und rannte zielstrebig zu seinem Frauchen zurück. Offenbar hatte ihn nun doch das schlechte Gewissen gepackt. In dem Moment, als Richard

sich wieder der Schubkarre zuwenden wollte, entdeckte er etwas abseits, ganz am Rand und schon halb von der Hecke überwuchert, einen alten Grabstein.

Vermutlich handelte es sich um einen ausrangierten Stein, den man dort abgeladen und dann vergessen hatte. Denn wer sollte schon auf die Idee kommen, an solch einer abgelegenen Stelle ein Grab anzulegen?

Richard hatte jetzt keine Zeit, sich den Stein von Nahem anzusehen. Die anderen warteten schon auf die Schubkarre. Julius und Georg hatten mit den Spaten sicher schon wieder jede Menge Erde gelockert. Und dann mussten sie ja auch dieselbe Menge frischer Erde wieder herbeischaffen.

Flugs packte Richard die Griffe der Karre und eilte im Laufschritt zum Grab der verstorbenen Verwandten zurück.

Kaum stand die Schubkarre parat, landete ein Spaten voll Erde darin. »Da bist du ja endlich!«, maulte Georg übertrieben vorwurfsvoll.

»Wenn dein Hund sich nicht danebenbenommen hätte, wäre ich schneller gewesen«, konterte Richard und zeigte auf Tim, der aber nun brav dasaß, als sei er die Unschuld in Person.

Anne, heute ausnahmsweise in Latzhosen und Gummistiefeln, hatte es sogar geschafft, in der Zwischenzeit sämtliche Plastiksäcke mit Muttererde, die sich im Kofferraum des Autos befunden hatten, mit der Sackkarre herbeizuschaffen, und erntete damit anerkennenden Applaus von ihren älteren Brüdern.

Endlich war die alte Erde so weit abgetragen, dass Anne und ihre Mutter damit beginnen konnten, frische Erde aufzufüllen. Währenddessen machten sich Georg und Richard auf den Weg, die Holzkisten, in denen sich die neuen Pflanzen befanden, aus dem Auto zu holen. Julius brachte derweil die letzte Karre voll alter Erde und Pflanzen zum Kompost.

Jetzt hatte die Knochenarbeit ein Ende gefunden und die schöne Arbeit der Neubepflanzung begann. Gemeinsam berieten sie, wo welche Pflanze ihren Platz finden und an welcher Stelle der kleine Grabkerzenhalter aus Glas stehen sollte. Inzwischen schrubbte Anne den Grabstein sauber und befreite ihn von Moos und Erdspritzern. Dann schafften die Jungen noch einige Kannen voll Wasser herbei, um die jungen Pflänzchen ordentlich anzugießen.

Zufrieden betrachtete die Mutter schließlich die fertige Grabstelle: »Kinder, wenn ich euch nicht hätte! Ich hätte Tage gebraucht, wenn ich es überhaupt allein geschafft hätte. Was haltet ihr davon, wenn ich euch zum Dank auf ein großes Eis einlade?«

Julius knuffte seine Mutter liebevoll in die Seite. »Du weißt doch, dass wir das gern tun und dass du uns dafür überhaupt nichts schuldig bist. Aber zu einem Eis sagen wir trotzdem nicht Nein. Oder, Leute?«

»Natürlich nicht!«, jubelten Richard, Anne und Georg, verstummten aber im selben Augenblick wieder, da sie sich nicht sicher waren, ob es nicht unangebracht war, auf einem Friedhof so laut zu lachen. Sie wollten niemandem zu nahe treten.

»Eins weiß ich«, sagte die Mutter. »Meine Tante und mein Onkel, die hier begraben liegen, würden sich über euch sehr freuen.«

Dann packten sie alle Gerätschaften und leeren Kisten in die Schubkarre und machten sich auf den Weg zum Auto. Den seltsamen Grabstein hatte Richard längst vergessen.

Es waren bereits zwei Tage vergangen, als der Mutter einfiel, es sei höchste Zeit, die jungen Pflänzchen auf dem Friedhof erneut zu gießen. »Ich hatte gedacht, es würde Regen geben, so wie es eigentlich angekündigt war, aber jetzt ist es doch trocken geblieben.« Sie warf einen nachdenklichen Blick aus dem Fenster und dann auf die alte Standuhr im Wohnzimmer. »Die kleinen Pflanzen brauchen noch ein wenig Starthilfe, aber ich muss gleich zu einer Sitzung des Heimatvereins und werde es kaum schaffen, noch zum Friedhof zu fahren.«

»Das erledigen wir gern für dich, Mutter«, sagte Julius. »Im Gegensatz zu dir freuen wir uns nämlich sehr, dass der angekündigte Regen ausgeblieben ist und wir draußen etwas unternehmen können.«

»Ja, wir schwingen uns gleich auf die Fahrräder und radeln zum Friedhof, damit die Blumen nicht verdursten«, versprach Richard.

»Das ist wirklich lieb von euch«, sagte die Mutter. »Ihr wisst ja, dass die Gießkanne hinter dem Grabstein steht. Ihr braucht also nichts mitzunehmen.«

Fröhlich radelten die Freunde zum Friedhof, und Tim rannte neben Georgs Fahrrad her, dass seine Ohren nur so flatterten. Am Eingangstor stellten sie die Räder ab.

Bei dem schönen Wetter waren einige Leute zum Friedhof gekommen, die meisten von ihnen ältere Menschen, die die Gräber ihrer verstorbenen Verwandten besuchten. Es herrschte eine friedliche Stimmung, die nur durch das Rattern des Rasenmähers gestört wurde, mit dem der Friedhofsgärtner das Gras auf den Grünflächen kürzte.

Zum Glück hatten die kleinen Blumen die zwei regenlosen Tage gut überstanden. Nachdem die Freunde mit Gießen fertig waren, verstaute Anne die Kanne wieder hinter dem Grabstein. »Und was machen wir jetzt? Der Tag ist noch jung.«

In diesem Moment schob der Gärtner eine Karre voll Gras vorbei. Richard blickte ihm hinterher in Richtung Kompost. Da fiel ihm plötzlich der sonderbare Grabstein wieder ein. »Also, ich will mir zu allererst mal etwas anschauen«, sagte er und stiefelte zielstrebig los. Die anderen folgten ihm im Gänsemarsch, neugierig darauf, was seine Aufmerksamkeit erregt hatte.

»Ach, nur ein alter Grabstein«, sagte Anne enttäuscht, als sie vor der dichten Hecke beim Kompost standen. »Daran ist doch nichts Besonderes.«

»Vielleicht ja, vielleicht nein«, sagte Richard und bog einige Zweige zur Seite, um den Stein besser in Augenschein nehmen zu können. Dieser stand auf einem festen Fundament. »Komisch. Ich hab erst gedacht, dass er von einem anderen Grab stammt und ihn hier nur jemand achtlos abgeladen hat. Aber das ist ja ein richtiges Grab.«

Georg schaute ihm über die Schulter. »Du hast recht. Aber wer legt denn hier ein Grab an, so weit abseits von all den anderen? Inzwischen ist es ja von der Hecke schon halb überwuchert.«

»Ja, das ist wirklich sonderbar.« Julius fielen spontan alte Geschichten ein, von gottlosen Ketzern und Verbrechern, die in früheren Zeiten außerhalb der Friedhofsmauern beerdigt wurden, weil ihre sterblichen Überreste nicht auf heiligem Boden ihre letzte Ruhe finden sollten.

»Was ist, kann man die Schrift noch lesen? Wer liegt hier denn begraben?«, fragte er.

Da es an der Stelle recht schattig und feucht war, wuchs reichlich Moos auf dem Stein. Deshalb waren die eingemeißelten Buchstaben und Zahlen nicht so leicht zu erkennen.

Richard fuhr mit den Fingerspitzen an der Gravur entlang. »Thomas Black«, las er vor. »Ich glaube, es heißt Thomas Black. Ja, ich bin mir sicher.«

Anne zeigte auf den Stein. »Aber da muss doch noch mehr stehen als nur der Name. Gewöhnlich werden auch Geburts- und Sterbedatum eingemeißelt. Schau mal nach.«

Richard ging in die Hocke. »Schwer zu entziffern. Ganz schön verwittert. Hier ist auf jeden Fall ein Sternchen, dahinter muss also das Geburtsdatum stehen.« Nachdem er mit den Fingern kräftig das Moos fortgerieben hatte, kamen die Zahlen einigermaßen leserlich ans Tageslicht. »5. Oktober 1869«, las Richard vor. »Ein ganz schön altes Grab also.«

»Aber deswegen wissen wir immer noch nicht, warum es so abseits liegt«, erinnerte Georg. »Von solch alten Gräbern wimmelt es hier nur so auf dem Friedhof. Warum aber hat man ausgerechnet dieses hier angelegt?«

Julius kratzte sich an der Schläfe. »Vielleicht gab es hier früher mehrere Gräber und alle anderen sind schon längst aufgegeben und eingeebnet worden«, mutmaßte er. »Es kann ja sein, dass der Friedhof irgendwann einmal umgestaltet wurde. Ihr wisst ja auch, dass die Gräber normalerweise nicht unendlich lange erhalten bleiben. Wenn eine bestimmte Zeit abgelaufen ist, entscheiden die Verwandten, ob es bestehen bleiben soll oder nicht. Und wenn ja, muss man wieder eine Gebühr für die nächsten Jahre zahlen.«

Anne schauderte es ein wenig. Sie fand es unpassend, sich im Zusammenhang mit der Totenruhe mit Gebühren und solch einem Verwaltungskram auseinanderzusetzen. Aber so war es nun einmal. »Wann ist dieser Thomas Black denn eigentlich gestorben?«, fragte sie ungeduldig. »Wie alt ist er geworden?«

Wieder rieb Richard mit den Fingerkuppen über den Stein, aber schließlich schüttelte er den Kopf. »Hier ist der Stein total verwittert, da kann man nichts mehr erkennen.«

»Moment mal«, sagte Georg und ging neben ihrem Cousin in die Hocke. Sie hatte ihr Taschenmesser hervorgezogen und begann nun, vorsichtig über die Oberfläche zu kratzen. Plötzlich hielt sie inne. »Hm, das ist merkwürdig.«

»Was ist denn?« Anne trat näher heran, um besser sehen zu können.

Jetzt legte Georg das Messer wieder beiseite und bearbeitete den Stein kräftig mit den Fingern.

»Die Stelle, wo das Sterbedatum stand, ist gar nicht verwittert, glaube ich. Sie wurde unkenntlich gemacht.«

»Was sagst du da?« Jetzt beugte sich auch Julius interessiert zu ihr hinab und berührte mit seiner Nasenspitze beinahe den Grabstein.

Nachdem Georg die Stelle von Moos, Flechten und Dreck befreit hatte, wischte sie sich die Finger an ihrer Hose ab. Jetzt war es eindeutig zu erkennen: Dort, wo einmal das Sterbedatum von Thomas Black gestanden hatte, hatte jemand mit einem Meißel ganze Arbeit geleistet. Die Zahlen waren entfernt worden!

»Das wird ja immer mysteriöser!«, rief Richard. »Was sollte das für einen Sinn haben, das Datum zu löschen?«

Anne verschränkte die Arme vor der Brust. »Vielleicht hatten die sich mit dem Datum vertan.«

»Aber dann hätten sie das korrekte Datum eingefügt«, meinte Julius. »Keine Ahnung, was das soll.«

Nun standen die Freunde im Halbkreis vor der alten Grabstelle und blickten nachdenklich auf den Stein. Sie konnten sich auf all dies keinen Reim machen. Nur Tim hatte anderes zu tun. Er schnüffelte aufgeregt unter der Hecke herum, auf der Suche nach neuen Mäusenestern.

Einer plötzlichen Eingebung folgend, ging Anne um den Grabstein herum und nahm ihn von der anderen Seite in Augenschein. Das war allerdings ein wenig schwierig, denn an der Rückseite war das Gebüsch sehr nah an den Stein herangewachsen und dichter Efeubewuchs hatte sich mit seinen kleinen Saugfüßchen auf der Oberfläche festgekrallt. Trotzdem machte Anne eine Entdeckung: Direkt hinter dem Stein lag etwas im Gras. Anne bückte sich, um die Halme zur Seite zu schieben. Sie konnte es nicht genau erkennen, aber es schien ihr ein kleiner, glänzender Gegenstand zu sein. Doch noch bevor sie die Stelle genauer untersuchen konnte, rief Georg plötzlich: »Los Anne, komm!«

Richard hatte nämlich den Friedhofsgärtner mit der nächsten Fuhre Rasenschnitt herannahen sehen und den anderen zugezischt: »Schnell, sehen wir zu, dass wir hier wegkommen.«

Noch ehe der Gärtner die Freunde überhaupt entdecken konnte, waren diese schon durch die Ligusterhecke geschlüpft und verschwunden.

Die Sache ließ die Freunde nicht mehr los. Zumindest Georg und die Jungen machten sich unentwegt Gedanken darüber, was es für einen Grund haben könnte, einen Grabstein auf diese Weise zu manipulieren. Nur Anne war abgelenkt, denn sie half der Mutter, im ganzen Haus die Gardinen abzunehmen, zu waschen und wieder aufzuhängen.

»Ich muss zugeben, dass ich meine Fantasie ganz schön anstrengen muss, um eine Erklärung dafür zu finden«, sagte Richard, als sie zu dritt auf dem Rasen saßen und abwechselnd Tim einen kleinen Ball zuwarfen, den dieser brav apportierte. »Vielleicht war das Sterbedatum in irgendeiner Weise verräterisch.«

»Was meinst du mit verräterisch?«, wollte Georg wissen.

»Weiß ich ehrlich gesagt auch nicht«, gab Richard zu. »Das war nur so ein Gedanke. Vielleicht ist an dem Tag irgendein Verbrechen geschehen, mit dem der Tote in Verbindung gebracht worden wäre oder so. Was weiß ich?«

Julius ließ sich nach hinten auf den Rasen fallen,

was Tim sogleich als Aufforderung verstand, über ihn herzufallen und ihm das Gesicht abzuschlecken. Lachend, aber bestimmt schob Julius ihn beiseite. »Lass das, Tim, ich hab mich heute schon gewaschen.« Dann verschränkte er die Arme unter dem Kopf und blickte in den wolkenlosen Himmel. »Wenn ihr mich fragt, dann gibt es nur einen Grund, warum man von einem Grabstein ein Sterbedatum wieder entfernt.«

Georg tippte ihn vorsichtig mit der Fußspitze an. »Wir fragen dich. Also, welcher Grund soll das sein?«

Jetzt richtete Julius sich wieder auf und sah Richard und Georg grinsend an. »Na, dass derjenige gar nicht tot ist.«

Georg kippte die Kinnlade runter. »Du spinnst ja. Wieso sollte ...«

Julius zuckte die Schultern. »Das könnte verschiedene Gründe haben. Überleg doch mal. Lass deiner Fantasie freien Lauf!«

Jetzt wurde es spannend. Richard, der im Schneidersitz neben seinem Bruder saß, stützte die Ellenbogen auf die Knie und machte ein wichtiges Gesicht. »Wenn jemand zum Beispiel verschwinden will, um ein neues Leben anzufangen, dann könnte er seinen Tod vortäuschen. Es gibt eine offizielle Beerdigung mit allem Tamtam, aber beerdigt wird nur ein leerer Sarg.«

Georg nickte. »Und du meinst, jemand ist ihm auf die Schliche gekommen und hat deshalb das Sterbedatum ausgelöscht. Als Zeichen dafür, dass er weiß, dass der andere noch lebt. Ich meine, jetzt natürlich nicht mehr. Wenn dieser Thomas Black 1869 geboren wurde, ist er jetzt sicher tot. Aber zu dem Zeitpunkt, als das Sterbedatum von dem Grabstein entfernt wurde, hat er vielleicht noch gelebt.«

Julius zuckte die Schultern. »Aber hätte man dann nicht die ganze Grabstelle aufgelöst?«

Georg schüttelte den Kopf. »Das hätte vielleicht zu viel Geld gekostet. Oder derjenige hat das Grab als Warnung für den vermeintlich Toten an Ort und Stelle gelassen und lediglich als Zeichen dafür, dass er Bescheid weiß, das Datum entfernt.«

»Glaub ich nicht«, sagte Julius. »Das würde doch voraussetzen, dass der, der dort eigentlich beerdigt worden ist, zu seinem eigenen Grab kommen müsste, um das zu sehen. Sehr unwahrscheinlich.«

Georg zuckte die Schultern. »Warum nicht? Du weißt doch, dass die meisten Verbrecher irgendwann an den Tatort zurückkehren. Kann man auch inkognito. Außerdem spricht sich so etwas schnell rum.«

»Nein, nein, nein.« Julius war ganz und gar nicht überzeugt. »Das klingt mir viel zu konstruiert. Wenn man ein neues Leben anfangen will, dann bleibt man doch sicher nicht in der Nähe, sondern sucht das Weite. Übrigens haben wir noch etwas anderes dabei nicht berücksichtigt.«

Richard wusste, worauf sein Bruder hinauswollte. »Du meinst die Tatsache, dass das Grab so weit abseits liegt, nicht wahr?«

»Ganz genau«, bestätigte Julius. »Ich kann mir beim besten Willen nicht vorstellen, dass das Zufall ist. Es muss einen Grund haben, warum dieser Mensch nicht bei den anderen beerdigt worden ist.«

»Ich sag doch, er war ein Verbrecher«, rief Georg. »Oder ein Gottloser oder vielleicht sogar ein Pestkranker.«

»Nun mal langsam mit den jungen Pferden!«, rief Julius lachend. »Liebe Georg, du weißt doch, dass die Pestkranken weit draußen vor den Toren

der Stadt beerdigt worden sind. Und das ist doch viel länger her.«

Richard schliefen langsam die Beine ein. Eins nach dem anderen streckte er lang aus. »Es hat sowieso keinen Sinn, wenn wir hier wild herumspekulieren. Wenn wir etwas Handfestes in Erfahrung bringen wollen, dann müssen wir systematisch vorgehen, so viel ist doch wohl klar.«

Georg nahm den Ball, den Tim ihr vor die Füße gelegt hatte, und warf diesen quer durch den Garten. Sofort flitzte Tim mit wehenden Ohren hinterher. »Da hast du schon recht, aber wie könnte das aussehen, dieses systematische Vorgehen? Willst du etwa den Sarg ausbuddeln, um zu sehen, ob da noch Knochen drinliegen?«

»Du bist ja verrückt!«, rief Julius. »Wer käme denn auf so eine pietätlose Idee!«

Georg grinste. »War ja auch nur ein Scherz. Natürlich käme es mir nie in den Sinn, die Totenruhe zu stören. Wenn es denn einen Toten gibt. Außerdem habe ich auch überhaupt keine Ahnung, wie lange Knochen in der Erde erhalten bleiben. Die werden doch schließlich auch irgendwann mal verrotten.«

Richard winkte ab. »Lassen wir das Thema. Ich hatte da an andere Recherchen gedacht. Ich meine, wenn jemand stirbt und beerdigt wird, dann muss das doch irgendwo verzeichnet sein.«

»Klar!«, rief Julius. »Beim Einwohnermeldeamt, falls es das damals schon gab. Oder im Kirchenbuch.«

Georg zuckte die Schultern. »Na, dann schauen wir doch einfach da nach.«

»Dann schauen wir doch einfach da nach«, äffte Richard seine Cousine nach. »Klar wie Kloßbrühe. Wir stiefeln einfach ins Pfarramt und sagen: ›Entschuldigung, können wir mal einen Blick ins Kirchenbuch des vorigen Jahrhunderts werfen? Wir haben da nämlich so einen Verdacht, dass da jemand gar nicht tot ist, der aber eigentlich auf dem Friedhof begraben liegen sollte.‹«

Julius und Georg lachten.

»Einen Versuch wäre es wert«, meinte Georg. »Am besten schicken wir Anne vor, die schafft es immer am besten, die Leute um den Finger zu wickeln.«

»Nein, mal im Ernst«, sagte Julius. »Da müssen wir uns schon erst eine glaubhafte Geschichte ausdenken, die uns Einblick in das Kirchenbuch verschaffen könnte. Aber das sollte doch für uns kein Problem sein, meint ihr nicht?«

Es fiel den Freunden in der Tat nicht schwer, sich eine passende Geschichte auszudenken. Wie praktisch war es doch, wenn man noch zur Schule ging. Eine Ferienaufgabe für die Schule war immer ein guter Vorwand, den Erwachsenen Löcher in den Bauch zu fragen. Zumal diese es stets lobenswert fanden, wenn die jungen Leute sich für die Schule so richtig ins Zeug legten. Dann waren sie hilfsbereit und stellten selten misstrauische Fragen.

Anne zeigte zunächst wenig Lust, der Sache auf den Grund zu gehen, ahnte sie doch, was passieren könnte, nämlich dass sie holterdiepolter mitten im nächsten Abenteuer steckten. Dennoch war ausgerechnet sie es, die die zündende Idee hatte, als sie am Abend beim Kartenspielen beisammensaßen.

»Wir können denen doch erzählen, dass ihr als Ferienaufgabe einen Stammbaum anfertigen sollt. So ähnlich wie der, der bei uns im Treppenhaus hängt, nur ausführlicher.« Sie nickte ihren Brüdern zu. »So als fächerübergreifende Aktion, Kunst und Geschichte.«

Georg schnippte mit den Fingern. »Ja, und weil eure Recherchen bis ins letzte Jahrhundert zurückgreifen und ihr den Stammbaum gern so weit wie möglich zurückverfolgen wollt, um eine gute Note dafür zu bekommen, müsst ihr unbedingt ins Kirchenbuch schauen, denn da steht ja schließlich alles drin, Geburten, Taufen, Eheschließungen, Sterbefälle.«

Richard kratzte sich an der Schläfe. »Sagt mal, arbeitet im Pfarrbüro nicht Frau Webber?«

»Du meinst die Mutter von Lizzy, mit der du zur Grundschule gegangen bist?«, fragte Julius. »Ja, ich glaube, du hast recht. Umso besser. Sie wird uns doch sicher keinen Wunsch abschlagen.«

Anne seufzte. »Okay, versuchen wir unser Glück. Wann wollen wir morgen aufbrechen?«

Julius grinste. »Morgen, direkt nach dem Frühstück, würde ich vorschlagen. Es macht sicher einen guten Eindruck, wenn wir früh am Tag auftauchen.«

»Okay«, sagte Anne. »Dann gehen wir am besten bald schlafen. Vater wird sich sicher auch freuen, wenn wir so zeitig aufstehen, dass wir noch mit ihm frühstücken können, bevor er zur Arbeit muss.«

»Aber bevor wir schlafen gehen, müssen wir uns noch über ein paar Details einig werden«, erinnerte Georg.

Das Pfarrbüro befand sich in einem Seitenflügel des alten Pfarrhauses, einem Backsteinbau aus dunkelroten Ziegeln. Fast die gesamte Fassade war von Efeu überwuchert, zwischen dem die strahlend weißen Fensterrahmen hervorblitzten. Drinnen brannte Licht. Frau Webber war also bereits da, das Büro hatte geöffnet.

Die Freunde stellten ihre Fahrräder vor dem Haus ab und stiegen die drei Stufen zum Eingang hinauf, wobei Georg und die Jungen Anne den

Vortritt ließen. Tim hatte längst verstanden, dass er draußen warten sollte und bewachte brav die Drahtesel.

»Na, das ist ja eine schöne Überraschung am frühen Morgen!«, rief Frau Webber fröhlich, als die Freunde das Büro betraten. »Ich habe euch lange nicht gesehen, Richard, Anne und …« Frau Webber war ganz offensichtlich Julius' Name entfallen.

»Julius«, half Anne ihr auf die Sprünge. »Und das ist unsere Cousine Georg.«

Frau Webber stutzte einen ganz kleinen Moment darüber, dass ihr ein Mädchen mit Jungennamen vorgestellt wurde, das sich ganz offensichtlich auch noch wie ein Junge gab. Doch sie hatte sich schnell wieder gefangen. »Einer von euch ist doch mit meiner Lizzy in eine Klasse gegangen, nicht wahr?«

Richard zeigte auf wie in der Schule. »Das war ich. In der Grundschule. Jetzt gehen wir ja aufs Internat.«

»Kein Wunder, dass man euch so selten zu Gesicht kriegt«, sagte Frau Webber. »Eure Eltern freuen sich sicher, dass ihr mal wieder zu Hause seid. Aber jetzt erzählt mir doch, was ich für euch tun kann.«

Anne, die sich tatsächlich dazu hatte überreden lassen, ihr Anliegen vorzutragen, erklärte Lizzys Mutter, was sie am Abend vorher ausgeheckt hatten. »Nun, die Sache ist die: Richard hat eine superspannende Aufgabe über die Ferien aufbekommen, die uns irgendwie alle vier brennend interessiert, weil wir quasi alle davon betroffen sind. Er soll nämlich einen Stammbaum malen und ihn so weit wie möglich mit Fakten füllen, Namen, Daten, Sie wissen schon.«

»Ja, wir helfen ihm dabei, die Informationen zusammenzutragen, und sind auch schon ziemlich weit gekommen, aber je weiter wir in die Vergangenheit zurückgehen, desto schwieriger wird es natürlich«, erklärte Julius.

»Dabei finden wir, dass es da erst so richtig spannend wird, wenn man herausfindet, wer die Vorfahren sind«, ergänzte Georg. »Also, kurz und gut, uns hat so richtig das Ahnenforscher-Fieber gepackt.«

Richard spielte den Verlegenen. »Ja, wissen Sie, wenn ich mir richtig viel Mühe gebe, bekomme ich natürlich eine gute Note, sowohl in Kunst als auch in Geschichte und Sozialkunde. Da bin ich natürlich sehr froh, dass die drei mir helfen.«

Frau Webber hatte die Hände vor dem Bauch ineinander verschränkt und blickte die Freunde zufrieden an. »So viel Eifer lob ich mir, besonders in den Ferien, wo doch die meisten Kinder anderes im Sinn haben, als etwas für die Schule zu tun.«

»Wie gesagt, das Thema interessiert uns brennend«, erinnerte Julius.

Frau Webber holte tief Luft. »Und jetzt erzählt mir, wie ich euch weiterhelfen kann.«

Richard holte einen Zettel aus der Gesäßtasche, auf den die Freunde die Namen ihrer Ururgroßeltern vom Stammbaum im Treppenhaus abgeschrieben hatten, und faltete ihn auseinander.

»Sehen Sie hier, unser Ururgroßvater Walter Kirrin.« Richard tippte auf den Zettel. »Wir konnten kein Geburtsdatum finden, wissen auch nicht genau, ob er hier geboren ist. Wir wollten Sie fragen, ob wir vielleicht einmal einen Blick in das Kirchenbuch aus der Zeit werfen dürften. Vielleicht finden wir ja seinen Namen darin. Und auch, wann unsere Urgroßeltern geheiratet haben.«

Frau Webber schürzte die Lippen und dachte angestrengt nach. »Nun, lasst mich mal sehen … Das ist ein etwas ungewöhnlicher Wunsch.«

»Kommen denn nie Leute her und recherchieren in den Kirchenbüchern?«, fragte Georg.

Frau Webber schien verunsichert. »Doch, doch, aber da geht es immer um konkrete Fragen, die ich dann nachsehe oder der Herr Pfarrer persönlich. Es ist allerdings schon einmal ein Historiker hier gewesen, der hatte die Erlaubnis, in die Kirchenbücher hineinzusehen.«

Anne verstand nicht so recht, wo das Problem war, wollte aber auch nicht aufdringlich sein, denn das brachte einen selten zum Ziel. Daher wiederholte sie einfach ganz naiv: »Eine Erlaubnis?«

»Ja«, sagte Frau Webber. »Wisst ihr, schließlich gibt es so etwas wie Datenschutz. Wir können nicht einfach persönliche Daten an jedermann weitergeben. Auch wenn es schon lange her ist, wollen viele Menschen nicht, dass Einzelheiten über ihre Vorfahren bekannt werden. Dieser Historiker hatte ein Dokument unterschrieben, das ihn verpflichtete, in seinen wissenschaftlichen Arbeiten nur Daten zu verwenden, die er mit den Verwandten der Betroffenen abgesprochen hatte. Und er musste versichern, dass er alle anderen Informationen nicht an Dritte weitergibt.«

»Verstehe«, sagte Richard und ließ enttäuscht den Kopf sinken. »Dann hat es wohl wenig Sinn …«

Auch die anderen setzten enttäuschte Mienen auf, was seine Wirkung nicht verfehlte.

Frau Webber seufzte. Ganz offensichtlich schlugen da zwei Herzen in ihrer Brust, was sie in eine echte Zwickmühle brachte. »Also gut, Kinder. Ich will ja nicht schuld sein, wenn Richard eine schlechte Note bekommt. Ich lasse euch einen Blick in das entsprechende Kirchenbuch werfen. Aber kein Wort zu irgendjemandem, hört ihr?«

Plötzlich strahlten alle vier um die Wette. »Versprochen!«, riefen sie wie aus einem Munde.

Julius winkte ab. »Uns interessiert sowieso nur unsere eigene Familie. Alles andere vergessen wir sofort wieder.«

Anne zuckte die Schultern. »Ich wüsste ohnehin nicht, was für brisante Informationen uns da auffallen sollten.«

»Oh!«, rief Frau Webber. »Da gibt es immer mal delikate Details zu entdecken, vor allem in den aktuelleren Aufzeichnungen. Zum Beispiel, wenn man sieht, dass die Nachbarin ganze fünf Jahre älter ist, als sie sagt.« Frau Webber wurde ein wenig rot, was Georg veranlasste zu vermuten, dass die Sekretärin selbst heimlich gern in den Akten stöberte.

Frau Webber führte die Freunde in einen Raum, der an der Rückseite des Gebäudes gelegen war. Hier war es ziemlich kühl, denn vor dem Fenster wuchsen mehrere Bäume, die den Sonnenstrahlen den Weg durch das Fenster versperrten.

Anne begann zu frösteln.

»Ihr könnt euch dort drüben an den Tisch setzen«, sagte Frau Webber. »Leider gibt es hier nur drei Stühle.«

»Kein Problem«, versicherte Julius freundlich lächelnd und beobachtete, wie Frau Webber auf einen alten Eichenschrank zuging und diesen mit einem Schlüssel aufschloss, den sie zuvor aus der Schreibtischschublade genommen hatten.

Etliche großformatige Buchrücken kamen dahinter zum Vorschein. »Also, lasst mich mal sehen«, sagte sie und legte den Kopf leicht schräg, um die Aufschriften der Bücher besser lesen zu können. »Um welchen Zeitraum geht es noch einmal?«

»Nach unseren Überlegungen muss unser Urgroßvater irgendwann um 1870 geboren sein«, erklärte Richard wie aus der Pistole geschossen.

Frau Webber ließ die Fingerspitzen über die Buchrücken gleiten. »Ah, hier haben wir es ja.«

»Puh!«, stöhnte sie, als sie den schweren, in Leder gebundenen Wälzer aus dem Schrank hob und zum Tisch trug. Gewissenhaft, wie sie trotz der Ausnahme war, schloss sie den Schrank gleich wieder zu. »Ich hoffe, ihr habt saubere Hände. Das Buch ist sehr alt und sehr wertvoll, wie ihr euch denken könnt.«

»Aber gewiss doch«, versicherte Anne und hielt die Hände in die Höhe, als müsste sie den Beweis erbringen.

»Gut.« Frau Webber nickte. »Dann lasse ich euch jetzt allein.«

Es erfüllte Richard mit Ehrfurcht, ein solch altes, handgeschriebenes Buch mit Dokumenten aufzuschlagen. Während er vorsichtig die Seiten umblätterte, stellte er sich vor, wie ein Amtsmann oder ein Pfarrer mit dem Federkiel am Tisch saß und seine Eintragungen vornahm.

»Oh Schreck, damit mussten wir ja rechnen, dass die Handschrift zum Teil schlecht zu lesen ist«, stöhnte Georg.

Aber Julius, der den anderen die Stühle überlassen hatte und nun seinem Bruder über die Schulter schaute, winkte ab. »Lass mal, das kriegen wir schon hin.«

Natürlich wusste Richard, wonach er zuerst suchen wollte: nach einem Eintrag über die Geburt des Thomas Black. Die Seite, auf der das Jahr 1869 begann, war schnell gefunden, als Georg sich die Hand vor die Stirn schlug und leise aufschrie. »Nein, sind wir dumm. Wir suchen doch nicht das Geburtsjahr dieses Burschen, sondern das Datum seines Todestages.«

»Ja, aber wir haben doch keine Ahnung, in welchem Jahr er gestorben ist«, erinnerte Julius und warf einen Blick auf den wohlverschlossenen Eichenschrank, in dem die weiteren Bände des Kirchenregisters standen.

Doch Richard legte seiner Cousine die Hand auf die Schulter und sagte: »Ruhig Blut. Schau mal hier.« Behutsam tippte er auf einen beliebigen Namen. »Es scheint so, als seien bei den Personen, die sowohl hier in der Gemeinde geboren als auch gestorben sind, beide Daten hintereinander eingetragen.«

Georg atmete auf. »Tatsächlich. Hier, Bernhard Faltermeyer. *geb. 16. Juni 1869, gest. 38. Februar 1912.*«, las sie vor. »Achtunddreißigster Februar?«

Die Freunde lachten.

»Wo gibt es denn solch ein Datum?«, rief Anne und klatschte sich auf die Oberschenkel.

»Eigentlich nicht lustig, wenn man bedenkt, dass der Mann nicht alt geworden ist«, meinte Julius. »Aber mal im Ernst, ich glaube, das soll dann eher der 28. Februar sein.«

Georg winkte ab. »Ist auch wurscht. Schauen wir lieber nach, was mit unserem Freund Thomas Black ist. Leute, drückt die Daumen, dass er hier geboren und gestorben ist.«

Man hätte eine Stecknadel fallen hören können. Die Freunde hielten die Luft an, als Richard die Seiten langsam umblätterte. Gespannt wanderten ihre Blicke die Zeilen entlang.

Die Warnung

»Fünfter Oktober 1869, hier ist es!«, rief Richard und ließ die Fingerspitze so zielsicher auf der Zeile landen, wie ein Raubvogel sich auf seine Beute stürzt. »Thomas Black!«

»Das gibt es doch gar nicht!« Georg schob seine Hand beiseite. »Seht euch das an!«

»Die Stelle, an der sein Sterbedatum stand, wurde geschwärzt«, stellte Anne nüchtern fest.

Julius lachte bitter. »Da ist der Name Programm. Black. Alles schwarz.«

Richard hob das Buch an und hielt es gegen das Licht.

»Kannst du was erkennen?«, fragte Georg. »Schimmern da noch Zahlen durch?«

Doch Richard schüttelte den Kopf. »Keine Chance. Nur schwarze Tinte. Oder doch? Wartet, es schimmert etwas durch. Die Jahreszahl könnte 1897 heißen. Ich bin mir aber nicht sicher.«

Julius lehnte sich an die Wand und dachte nach. »Das ist mir wirklich alles ein riesengroßes Rätsel.«

Richard blickte auf. »Vielleicht hat alles eine

ganz einfache Erklärung. Eine Verwechslung zum Beispiel.«

»Du meinst, man dachte fälschlicherweise, der Tote sei Thomas Black, aber dann stellte sich heraus, es war jemand anderer?«, fragte Anne nach. »Kann doch nicht sein. Überleg mal, dann hätte man doch auf dem Grabstein nicht das Sterbedatum ausgetauscht, sondern den Namen.«

»Da hast du auch wieder recht«, gab Richard zu.

Julius reichte ihm den Zettel. »Hier, wir brauchen noch ein Alibi. Schau mal, ob du was über Walter Kirrin findest, und schreib es auf.«

Richard zückte seinen Kugelschreiber. »Na, gib schon her. Da brauche ich nicht im Kirchenbuch nachzuschauen. Die Daten weiß ich von unserem Stammbaum zu Hause auswendig. Ich möchte lieber wissen, was für ein Geheimnis hinter diesem Thomas Black steckt.«

Gerade beugte sich Richard über das Papier, als Julius, der etwas näher an der Tür stand, plötzlich den Zeigefinger vor die Lippen hob. »Pst, ich höre Schritte.«

Im selben Moment wurde die Tür aufgeschoben und Frau Webber steckte den Kopf herein. »Wie sieht es aus, kommt ihr klar?«

Richard hob den Zettel und wedelte damit in der Luft. »Ja, danke, alles klar. Die Daten haben wir gefunden. Natürlich wäre es schön, wenn wir noch weiter zurückblicken könnten. Hier stand etwas davon, dass der Vater unseres Ururgroßvaters ebenfalls Walter hieß.«

Frau Webber lächelte milde. »Mal sehen, ob ich euch da noch weiterhelfen kann. Dann brauchen wir wohl einen anderen Band ...«

Sie kam zum Tisch und griff nach dem Kirchenbuch, das noch immer an der Seite mit dem geschwärzten Datum aufgeschlagen war. Im selben

Moment hatte sie die Stelle mit ihrem Blick erfasst, und Georg entging die Veränderung in Frau Webbers Gesicht nicht. Ihr Lächeln erstarb augenblicklich zu einer steinernen Miene.

Jetzt oder nie, dachte Georg. »Ich weiß, andere Leute gehen uns nichts an, aber uns ist aufgefallen, dass da jemand ein Sterbedatum geschwärzt hat. Wissen Sie, warum das gemacht worden ist?«

Mit einem Knall schlug Frau Webber das schwere Kirchenbuch zu.

»Liebe ... wie war noch mal dein Name? Georg?« Frau Webber hatte plötzlich einen strengen Ton in der Stimme. »Wie du schon richtig festgestellt hast, gehen euch fremde Menschen nichts an und schon gar nicht ...«

Plötzlich hielt sie inne, als hätte sie etwas ausgeplaudert.

»Es handelt sich wohl einfach um einen Fehler«, sagte sie dann knapp und schob das Kirchenbuch zurück in den Schrank. Für einen Moment war sie unentschlossen, ob sie den Freunden den älteren Band geben sollte oder nicht, entschied sich dann aber, ihn aus dem Schrank zu nehmen. »Hier bitte, vielleicht findet ihr ja auch noch etwas über euren Ururgroßvater.«

Die Freunde warfen sich fragende Blicke zu und bestimmten mit einem Kopfnicken, dass sie nun die Flucht nach vorn antreten sollten. So eine Chance würden sie so schnell nicht wieder bekommen und Frau Webber schien in der Tat etwas zu wissen.

»Die Sache ist nämlich die«, ergriff Julius das Wort. »Wir wissen zufällig, dass bei diesem Namen nicht nur im Kirchenbuch das Sterbedatum geschwärzt wurde. Auch auf dem Grabstein wurde es entfernt, und wir fragen uns, was das zu bedeuten hat.«

Frau Webber fixierte Julius mit dem Blick und seufzte tief. »Manchmal ist es ratsam, den Dingen nicht auf den Grund zu gehen. Vergesst das einfach, es handelt sich um … ein Versehen.«

Damit machte sie auf dem Absatz kehrt und verließ den Raum. Sie wollte wohl keine weiteren Fragen gestellt bekommen.

Richard klopfte mit dem Fingerknöchel auf den Tisch. »Tja, die Sache ist nur, wenn man uns sagt, wir sollen von etwas die Finger lassen, dann ist das für uns ein Grund, der Sache erst recht auf den Grund zu gehen.«

Georg zuckte die Schultern und grinste breit. »Das hat Frau Webber wohl nicht gewusst.«

Die Freunde lachten.

»Die Frage ist nur, wie wir das anstellen«, sagte Anne.

Richard schlug den schweren Band auf, der nun vor ihm auf dem Tisch lag. »Darüber machen wir uns später Gedanken. Wenn wir schon mal hier sind, können wir auch schauen, ob wir tatsächlich noch etwas über unsere eigenen Vorfahren herausfinden.«

»Mors ultimum non erat«, las Georg den Spruch vor, der auf dem ledernen Einband stand. Dann drehte sie sich zu Julius um, denn sie selbst konnte kein Latein.

»Er überlegte einen Moment. »Ich denke, es heißt, *Der Tod ist nicht das Letzte* oder besser *das Ende*. Nein, halt! Es heißt, *Der Tod war nicht das Ende*. Imperfekt. Nicht Präsens.«

»Ist ja klar«, sagte Richard. »Im Christentum glaubt man an ein Leben nach dem Tod.«

Georg stutzte einen Moment. »Ich dachte gerade an unseren Thomas Black. Offensichtlich kann man es bei ihm wörtlich sehen. Er ist tot und doch nicht tot.«

Anne schluckte. Sie fand das alles inzwischen ziemlich gruselig.

»Es ist schon interessant, sich einmal damit auseinanderzusetzen, wie die verschiedenen Religionen mit dem Thema Tod umgehen«, sagte Julius. »Wir haben uns im Unterricht damit beschäftigt.«

»Wir sind neulich mit der Klasse auf einem jüdischen Friedhof gewesen«, erzählte Richard. »Da lagen überall kleine Steine auf den Grabsteinen. Das ist dort so üblich. Wenn man ein Grab besucht und des Toten gedenkt, legt man einen Stein auf das Grabmal.«

Georg nickte. »Ja, davon habe ich auch schon gehört. Eigentlich eine schöne Tradition, findet ihr nicht?«

Bei dem Gedanken an die kleinen Kiesel auf den Grabsteinen, wollte sich in Annes Kopf ein Gedanke in Erinnerung bringen, den sie aber noch nicht so richtig fassen konnte.

Doch da hatte Richard das Kirchenbuch schon aufgeschlagen, und die Freunde steckten die Köpfe darüber zusammen, um zu schauen, was sie über ihre Vorfahren in Erfahrung bringen konnten.

Schon bald hatten sie einen Eintrag über ihren Ururgroßvater und dessen Frau Sophie gefunden, die neben Walter noch weitere Kinder hatten. Sehr zu ihrer Freude entdeckten die Freunde noch weitere Querverweise und so fanden sie sich plötzlich in einem Geflecht wieder, das ein Bild ihrer Vorfahren widerspiegelte.

Das war so unglaublich spannend, dass sie darüber ganz die Zeit vergaßen, und als Frau Webber einige Zeit später kam, um nach ihnen zu sehen, unterhielten sie sich angeregt über all das Neue, das sie über ihre Familie in Erfahrung gebracht hatten. Bilder waren da vor ihrem inneren Auge aufgetaucht von Damen in Rüschenkleidern und mit großen Hüten und Herren im Anzug mit Gehstock, während die Kinder mit Knickerbockerhosen und Schülermützen durch die Straßen rannten.

»Nanu, das nenne ich aber Eifer!«, rief Frau Webber lobend. »Doch leider muss ich das Büro jetzt schließen. Wir haben heute nur am Vormittag geöffnet.«

Julius warf einen Blick auf seine Uhr. Der Vormittag war wie im Flug vergangen!

Richard klappte das Buch zu und erhob sich aus dem Sessel. »Vielen Dank, Frau Webber, wir haben alles gefunden, was wir gesucht haben, und noch viel mehr.«

»Jetzt kommt der zweite Teil«, erinnerte Julius. »Du musst den Stammbaum malen.«

»Aber wir helfen dir«, fügte Anne hinzu und hatte im selben Moment ein wenig ein schlechtes Gewissen. Frau Webber hatte sich so kooperativ gezeigt, während sie ihr die ganze Zeit einen Bären aufgebunden hatten.

Nachdem die Pfarrsekretärin den Bücherschrank wieder ordentlich verschlossen hatte, folgten ihr die Freunde ins Büro zurück und traten dann hinaus in den Sonnenschein. Doch zuvor nahm Frau Webber ihnen das Versprechen ab, nicht darüber zu reden, dass sie in den Kirchenbüchern hatten stöbern dürfen.

Die Freunde bedankten sich noch einmal und winkten zum Abschied.

Als sie den Platz vor dem Pfarrhaus überquerten, fuhr der Pfarrer mit seinem Auto an ihnen vorbei und grüßte mit einem Nicken. Er parkte sein Auto unter der großen Linde, die neben dem Portal des Pfarrhauses stand.

Gerade wollten die Freunde mit ihren Rädern vom Hof fahren, als Georg aus dem Augenwinkel heraus eine Bewegung wahrnahm. Schnell winkte sie den anderen zu und zischte: »He, wartet mal.«

Sofort bremsten Anne und die Jungen und folgten Georg, die abgestiegen war und ihr Rad hinter einen riesigen Eibenbusch geschoben hatte.

»Hab ich doch richtig gesehen«, sagte Georg, nachdem sie alle in Deckung gegangen waren.

»Na, die hat's aber eilig«, stellte Anne fest, als sie sah, wie Frau Webber schnellen Schrittes über den Kirchhof lief und dem Pfarrer etwas zurief, bevor er im Haus verschwinden konnte.

Die Freunde beobachteten, wie der Pfarrer stehenblieb und Frau Webber ihm, sichtlich aufgeregt, etwas berichtete. Dabei wies sie ein paar Mal zum Büro hinüber und zeigte dann zur Ausfahrt.

»Leute, wenn ich das alles richtig interpretiere, dann meint sie uns!«, zischte Julius. »Vielleicht haben wir tatsächlich in ein Wespennest gestochen.«

Der Pfarrer machte eine Handbewegung, als wolle er die Sekretärin beschwichtigen, und legte ihr dann die Hand auf die Schulter. Daraufhin nickte Frau Webber und ging zurück zum Pfarrbüro, das sie aber nur noch abschloss, um dann den Heimweg anzutreten.

»Sehr interessant«, stellte Richard fest. »Wenn ihr mich fragt, es lohnt sich, an der Sache dranzubleiben.«

Georg seufzte. »Ich habe nur leider absolut keine Ahnung, wie.«

»Sagt mal, habt ihr eigentlich noch alte Fotos von euren Urgroßeltern oder sogar von euren Ururgroßeltern?«, fragte Julius beim Abendbrot die Eltern.

Der Vater senkte die Teetasse, aus der er gerade einen Schluck nehmen wollte, und überlegte. »Da fragst du mich was! Ich weiß, dass wir noch einige sehr alte Fotos von der Verwandtschaft haben, aber ich habe keinen blassen Schimmer, wo die sein könnten. Ich denke, da weiß eure Mutter sicher mehr darüber.«

Die Mutter lachte und wischte sich mit der Serviette über den Mund, bevor sie antwortete. »Du bist gut! Da müsste ich – ehrlich gesagt – auch erst einmal in allen möglichen Schränken und Schubladen stöbern. Ich vermute fast, sie sind in dem Vertiko im oberen Flur.«

»Aber woher das plötzliche Interesse?«, wollte der Vater wissen.

»Na ja, wir waren ja mit Mutter auf dem Friedhof und haben das Grab ganz neu bepflanzt, und dabei kam uns in den Sinn, dass wir eigentlich sehr wenig über unsere Vorfahren wissen«, erklärte Julius. »Und wie sie aussahen, wissen wir schon gar nicht.«

Der Vater stützte die Ellenbogen auf und legte die Fingerspitzen zusammen. »Mit dem Fotografieren war es damals ja nicht so weit her. Und es war sehr teuer. Wann ging man schon zum Fotografen? Nur zu besonderen Anlässen.«

»Aber Fotos von euren Urgroßeltern kennt ihr ja«, sagte die Mutter.

Anne kicherte. »Ja, das Hochzeitsfoto zum Beispiel hängt in Vaters Büro. Obwohl die beiden darauf eigentlich noch jung sind, sehen sie alt aus. Das liegt wohl an der altmodischen Kleidung und den altmodischen Frisuren.«

»Die damals topmodern waren«, erinnerte die Mutter und lachte.

»Unsere Ururenkel werden von uns wahrscheinlich dasselbe behaupten, wenn sie Bilder von uns zu sehen kriegen«, sagte Richard und grinste breit.

Nach dem Essen suchten Anne und ihre Mutter nach den Fotos und fanden sie recht schnell. Sie waren tatsächlich allesamt in dem alten Vertiko aus Kirschbaumholz.

Und so verbrachte die Familie den Abend damit, die alten Fotos zu betrachten.

Nicht in jedem Fall war es klar, wer da auf dem Foto abgebildet war. Manchmal stand es auf der Rückseite des Bildes. Andere waren in ein Album eingeklebt und beschriftet. Auf manchen aber waren Personen abgebildet, deren Identität im Dunkeln lag.

Die Freunde fragten sich im Stillen, ob einer von ihnen vielleicht sogar Thomas Black gekannt haben mochte. Oder ob Thomas Black gar auf einem der Fotos zu sehen war? Zum Beispiel auf dem Gruppenfoto, das am Rande eines Volksfestes aufgenommen worden war? Oder auf dem von der Fußballmannschaft? Oder gehörte er gar zu einer der abgelichteten Hochzeitsgesellschaften? Wer wusste das schon?

Doch diese Gedanken äußerten sie natürlich nicht laut.

Kleine Kreuze

Der nächste Tag lockte die Freunde mit strahlendem Sonnenschein nach draußen. Sie beschlossen, eine ausgiebige Radtour zu unternehmen.

Anne jedoch kränkelte an diesem Morgen ein wenig – sie spürte einen unangenehmen Druck hinter den Schläfen – und entschied, lieber daheimzubleiben.

»Ich muss mich immer so anstrengen, um mit euch mithalten zu können. Da würden meine Kopfschmerzen sicher noch schlimmer werden«, erklärte sie. Sobald die anderen aufgebrochen waren, zog sie sich mit einer Tasse Pfefferminztee und ihrem Buch auf das Sofa zurück.

Nach einer guten Weile steckte die Mutter den Kopf zur Tür herein. »Anne, Liebes, ich fahre noch einmal zum Friedhof, um die neue Grabvase hinzubringen. Hast du Lust, mitzukommen, oder möchtest du lieber hierbleiben?«

Anne ging es inzwischen besser. »Ein bisschen frische Luft wird mir sicher guttun. Ich komme gern mit.«

Der Friedhof lag im Sonnenschein, nur dort, wo

die großen Platanen und Ahornbäume ihre langen, kräftigen Äste ausbreiteten, fiel Schatten auf die Gräber.

»Ach, du lieber Himmel, wie schnell das Unkraut schon wieder wächst!«, rief die Mutter, als sie auf dem Grab die kleinen grünen Triebe entdeckte.

Anne zuckte die Schultern. »Die Sonne lockte es heraus.« Dann bückte sie sich und zupfte die kleinen Pflänzchen aus der Erde. »Ich bring das rasch zum Kompost«, sagte sie, während ihre Mutter sich daran machte, die Grabvase so aufzustellen, dass sie nicht umfallen konnte.

Fröhlich pfeifend schlenderte Anne den Schotterweg entlang, ohne sich Gedanken darüber zu machen, ob jemand dies für unangemessen hielt. Sie war einfach nur froh, dass die Kopfschmerzen endlich weg waren. Außerdem war weit und breit niemand zu sehen.

Als sie die kleine Rampe neben dem Kompostcontainer hinunterhüpfte, fiel ihr Blick auf das Grab von Thomas Black. Und plötzlich wusste sie wieder, was ihr im Kopf herumgeschwirrt war, wie eine Fliege, die sich nicht fangen ließ. Sie hatte doch beim letzten Mal etwas im Gras schimmern sehen!

Schnell lief sie zu dem verwitterten Grabstein und trat um ihn herum. Mit der Hand schob sie hochgewachsene Grashalme und Unkraut beiseite. Tatsächlich, da lagen mehrere kleine Gegenstände. Wie Fangarme eines Kraken hatte sich das raue Gras bereits darumgewickelt, sodass Anne ein wenig Mühe hatte, als sie den ersten herausfischen wollte. Doch schließlich bekam sie den Gegenstand frei. Es war ein Kruzifix aus angelaufenem Silber!

Hastig wühlte Anne sich mit den Fingern weiter durch das Gestrüpp und fand noch zwei wei-

tere Kreuze. Eines war aus Ton. Es sah so aus, als seien diese von dem Grabstein hinuntergefallen. Vielleicht lagen auch noch mehr hinter dem Stein, aber Anne wollte ihre Mutter nicht warten lassen, schon allein, weil sie keine Lust hatte, neugierige Fragen zu beantworten.

Aber wohin mit den Kreuzen? Sie konnte sie schlecht mitnehmen, dann hätte ihr die Mutter zu Recht Löcher in den Bauch gefragt. Also blieb Anne nichts anderes übrig, als die Kreuze wieder hinter dem Grabmal zu verstecken.

Schnell rieb sich Anne die Erde von den Fingern und eilte zum Grab der Verwandten zurück, wo die Mutter gerade mit ihrer Arbeit fertig war. »Schau, jetzt kann ich auch mal frische Schnittblumen aus unserem Garten herbringen«, sagte sie.

Anne antwortete lediglich mit einem leisen Brummen. Sie hatte nur mit halbem Ohr zugehört, denn ihre Gedanken waren noch immer bei den Kruzifixen, die sie beim Grab gefunden hatte. Was hatte das alles wohl zu bedeuten?

Als die anderen von ihrer Radtour zurückkehrten und Anne ihnen von ihrer Entdeckung erzählte, wollten diese sofort wieder aufbrechen.

Nur Tim schien wenig Lust auf eine erneute Tour zu haben und lag heftig hechelnd auf den kühlen Fliesen im Flur.

Georg zog die Stirn kraus. »Hm, wir müssen Tim eine Ruhepause gönnen. Keine Frage.«

Julius zuckte die Schultern. »Dann lassen wir ihn eben hier. Mutter ist doch zu Hause. Sie passt schon auf ihn auf.«

Aber Georg schüttelte den Kopf. »Keine gute Idee. Sie wird wissen wollen, was so dringend ist, dass wir direkt wieder weg wollen, wo wir doch schon den ganzen Tag unterwegs waren.«

»Wir könnten ihr doch erzählen, dass wir Anne etwas zeigen wollen, was wir vorhin entdeckt haben«, schlug Richard vor.

»Aber auch dann wird sie wissen wollen, was so interessant ist, dass es nicht Zeit hat, bis Tim sich erholt hat«, wandte Georg ein und ließ ihren Blick von Tim zur Pendeluhr im Flur wandern. »Essen wir erst einmal zu Mittag, und dann sehen wir weiter.«

Doch auch am Nachmittag wurde es zunächst nichts mit einem erneuten Besuch des Grabes von Thomas Black. Die Nachbarin, Frau Millner, brachte nämlich überraschend einen großen Korb

Buschbohnen, die eingekocht werden mussten. Da brauchte die Mutter jede helfende Hand.

So wurde die Geduld der Freunde einmal mehr auf die Probe gestellt. Die Bohnenberge schienen einfach nicht kleiner zu werden! Dabei wollten sie sich doch besonders beeilen, um möglichst schnell zum Friedhof zu kommen. Doch dem strengen Blick der Mutter entging nichts, und sie musste die Kinder ein ums andere Mal bitten, etwas langsamer und dafür ordentlicher zu arbeiten.

Endlich war es geschafft! Die Sonne stand schon reichlich tief am Himmel. Wenn sie sich das Grab noch bei Tageslicht ansehen wollten, mussten sie sich sputen. Tim hatte sich längst erholt und stand zum Aufbruch bereit

»Nanu, ihr seid aber heute nicht kleinzukriegen«, lachte die Mutter, als die vier ihre Räder aus dem Schuppen holten. »Na, nach dem Arbeitseinsatz wird euch frische Luft sicher guttun.«

Es war wie immer. Anne musste tüchtig in die Pedale treten, um mit den anderen mithalten zu können. Und als sie schließlich beim Friedhof ankamen und die Räder in den Fahrradständer schoben, war sie mächtig außer Puste.

Der Himmel hatte sich inzwischen orange verfärbt, und in diesem Licht schien das Grab von Thomas Black beinahe zu strahlen. Eine sonderbare Stimmung war das! Anne bekam eine Gänsehaut.

»Hier ist es.« Anne hielt für einen Moment die Luft an. Hoffentlich lagen die Kruzifixe noch an Ort und Stelle. Doch ihre Sorge war umsonst. Die kleinen Kreuze lagen noch genauso da, wie sie sie zurückgelassen hatte.

»Das ist ja wirklich merkwürdig«, meinte Richard.

»Ich vermute, dass die Kreuze mal auf dem Grabstein gelegen haben und hinuntergefallen sind«, sagte Anne.

Julius suchte intensiv hinter dem Stein. »Hier sind noch mehr!«

Insgesamt förderten sie fünf kleine Kruzifixe zutage, drei aus Silber, die, weil sie angelaufen waren, beinahe schwarz erschienen, und zwei aus Ton, wovon eines in zwei Teile zerbrochen war.

»Wer legt denn ein Kreuz auf einen Grabstein? Oder gleich mehrere«, fragte Georg nachdenklich. »Und, vor allem, warum tut er das?«

»Kommt mir fast vor wie in einem Vampirfilm.

Hält man sich Vampire nicht auch mit Kruzifixen vom Leib?«, überlegte Richard laut.

»Ja«, rief Julius lachend. »Die hängt man auch vor die Tür, damit die Vampire gar nicht erst ins Haus kommen. Zusammen mit Knoblauch. Ganze Stränge von Knoblauch!«

»Schau doch mal hinter dem Grabstein nach, Anne, vielleicht liegt dort auch noch Knoblauch«, frotzelte Richard. Doch im selben Moment blieb ihm das Lachen im Hals stecken.

Anne lief es eiskalt den Rücken hinunter. Was hatte Richard da von Vampiren gefaselt? Und wenn …? Anne schluckte. Vampire waren doch Menschen, die durch den Biss eines anderen Vampirs dazu verdammt waren, niemals sterben zu können. Sie mussten das Sonnenlicht meiden und …

Anne warf einen Blick auf das unkenntlich gemachte Sterbedatum. Die Sonne stand nun dicht über den Baumkronen. Sie würde bald untergehen.

In diesem Moment schoss eine Fledermaus dicht über ihre Köpfe hinweg. Nur mit Mühe unterdrückte Anne einen Schrei.

»Guck doch nicht so erschrocken, Anne«, beschwichtigte Georg sie. »Du weißt genauso gut wie ich, dass es keine Vampire gibt. Graf Dracula und so, das sind doch reine Erfindungen.«

»Trotzdem«, murmelte Anne und rieb sich die Oberarme. »Das mit dem Sterbedatum und den Kruzifixen würde dazu passen. Und irgendeinen Grund muss das doch haben.«

Georg boxte sie gegen die Schulter. »Komm schon, Anne, hör auf, das ist doch Quatsch!«

Doch auch bei Richard und Julius saß der Schreck tief. So ausgelassen sie eben noch ihre Späße getrieben hatten, so eingeschüchtert schienen sie jetzt.

Julius blickte skeptisch in den Himmel, als immer mehr Fledermäuse umherschwirrten.

Auch Georg hatte die kleinen Flugtiere entdeckt und zuckte die Schultern. »Leute, ihr habt doch alle schon oft Fledermäuse gesehen. Es sind einfach nur Fledermäuse! Wahrscheinlich gibt es hier jede Menge Mücken, davon ernähren sie sich.«

Richard wollte nicht wie ein Feigling dastehen, aber auch ihm war plötzlich nicht mehr ganz wohl zumute. Nachdenklich betrachtete er den Grabstein. Auch wenn er nicht wirklich an die Existenz von Vampiren glaubte, so passte doch alles irgendwie zusammen. Es wäre eine Erklärung, und das gruselte ihn ungemein.

Anne fand als Erste die Sprache wieder. Während sie das Grab von Thomas Black mit ihren Blicken fixierte, sagte sie: »Ein Mensch stirbt und wird beerdigt. Aber dann ist er plötzlich wieder unter den Lebenden. Schlimmer noch, er bedroht die Menschen, stellt ihnen nach, und das nur nachts. Die Menschen erkennen ihn wieder. Er ist also gar nicht tot und beerdigt, sondern weilt unter ihnen. Sie entfernen das Datum von seinem Grab als Warnung an alle. Und dann versuchen sie, ihn wieder in die Gruft zu verbannen, indem sie immer wieder Kruzifixe auf den Grabstein legen.«

Julius schluckte.

»Ihr wisst, dass es nur eine Möglichkeit gibt, einen Vampir wirklich von seinem Fluch zu befreien«, flüsterte Richard.

»Darüber möchte ich jetzt nicht nachdenken«, wisperte Anne.

Georg hob die Arme zu einer verzweifelten Geste. »Jetzt spinnt ihr doch total! Wenn dieser Typ da ein Vampir wäre und nachts aus seinem Grab steigen würde, dann müsste man das dem

Grab doch ansehen. Also, ich sehe da nix von aufgewühlter Erde, einem Klappmechanismus oder sonst was. Es ist ein ganz normales Grab. Na ja, wenigstens fast normal.«

»Trotzdem würde ich jetzt lieber nach Hause fahren«, gab Richard zu. »Es wird auch bald dunkel.«

Die Freunde waren an diesem Abend allein zu Hause, da die Eltern bei Arbeitskollegen zum Abendessen eingeladen waren. Die Sonne war inzwischen untergegangen. Allerdings stand am dunklen Nachthimmel ein heller und klarer Vollmond. Sein Licht war so strahlend, dass es gar nicht richtig finster wurde. Nachtvögel schickten ihre Klagelaute durch die Dunkelheit, als würden sie keine Ruhe finden.

Kurz vor der Schlafenszeit wollte Georg noch einmal mit Tim hinausgehen. Als ihre Cousins ihr vorschlugen, sie vor die Tür zu begleiten, zeigte sie ihnen einen Vogel.

»Hast du denn gar keine Angst?«, fragte Richard.

Aber Georg winkte nur ab. »Ich hatte gestern keine und heute habe ich auch keine. Jedenfalls nicht vor blutsaugenden Nachtgestalten, wenn du das meinst.«

So ging sie also allein mit Tim hinaus. Auch hier, nahe beim Haus, schwirrten jede Menge kleiner Fledermäuse durch die milde Nachtluft. Georg wusste, dass sie sich tagsüber mit ihren winzigen Füßchen unter den Rand des Schornsteins klammerten und wie aus der Kanone geschossen aus ihrem Versteck kamen, sobald die Dämmerung einsetzte.

Seltsam. Warum werden die possierlichen Tierchen mit Vampiren in Verbindung gebracht?, überlegte Georg. Sie ernähren sich doch von Insekten.

Soweit Georg wusste, gab es nur eine einzige Art von blutsaugenden Fledermäusen – und die lebten weit weg in Südamerika und hielten sich an Tierblut. Trotzdem: Georg musste zugeben, dass ihr der Gedanke daran alles andere als angenehm war.

Tim war im Mondlicht noch ein bisschen durch den Garten geflitzt, hatte hier und da sein Bein gehoben und kam nun zu seinem Frauchen zurückgelaufen.

Als Georg sich dem Haus wieder zuwandte, stutzte sie. Zwar waren die schweren Samtvorhänge zugezogen, aber dennoch war zu erkennen, dass im Büro ihres Onkels Licht brannte.

Sie eilte ins Haus zurück und schloss hinter sich die Tür gewissenhaft zu, so wie sie es ihrer Tante und ihrem Onkel versprochen hatte.

Mit der Fingerspitze schob sie die Tür zum Büro auf, wo sie Richard, Julius und Anne im Schneidersitz auf dem Teppich hockend vorfand. Julius hatte ein dickes Buch aufgeschlagen im Schoß liegen. Im schummrigen Licht der Schreibtischlampe steckten sie die Köpfe darüber zusammen.

»Na, was ist das denn hier für eine konspirative Sitzung?«, fragte Georg lachend. »Oder haltet ihr hier etwa eine Art schwarze Messe ab?«

Julius wurde tatsächlich ein wenig rot, das war selbst in dem schlechten Licht zu erkennen. Aber dann winkte er sie zu sich herüber. »Komm, setz dich her, in dem Buch hier steht eine Menge über Vampire. Hier ist ein sehr umfangreicher Artikel über den Mythos und die Geschichten, die sich um diese Nachtgestalt spinnen.«

»Aber …«, wollte Georg gerade einwenden, als Julius die Hand hob und ihr so ein Zeichen machte, ihm weiter zuzuhören.

»Natürlich hast du recht, wenn du sagst, dass

es keine Vampire gibt und in dem Grab hier auf dem Friedhof sicher kein Graf Dracula liegt. Aber was ist, wenn das Ganze doch etwas damit zu tun hat?«

»Wie meinst du das?« Georg hatte sich nun mit in die Runde gesetzt.

»Das weiß ich selbst noch nicht so genau, deshalb haben wir uns ja dieses Buch aus Vaters Bibliothek genommen, um nach Hinweisen zu suchen«, erklärte Julius.

»Wir suchen nach Indizien«, bestätigte Richard und machte ein wichtiges Gesicht.

Finstre Gestalten

Es war schon weit nach Mitternacht, als die Freunde endlich zu Bett gegangen waren. Sie waren alle müde, aber die Bilder spukten noch immer in ihren Köpfen, sodass sie keinen Schlaf fanden. Der Vollmond, der sein helles Licht durch die Vorhänge warf, tat ein Übriges dazu.

Sie hatten in dem Buch gelesen, dass der Mythos um die Vampire aus dem südosteuropäischen Volksglauben stammte. Es ging um lebende Tote, die aus ihren Gräbern stiegen und sich vom Blut anderer Menschen ernährten. In dem Buch stand natürlich auch, dass es sich dabei um einen Aberglauben handelte. In früheren Zeiten hatte man auf diese Weise schnell einen Sündenbock für Krankheiten, Missernten und anderes Unglück gefunden. Dennoch: Die Freunde fanden die Geschichten, die sich um die Vampire rankten, angenehm gruselig. Da war von Gräbern die Rede, die man geöffnet hatte und in denen man den Leichnam völlig unverwest vorgefunden hatte. Und diesen hatte man dann in einem besonderen Ritual endgültig ins Jenseits befördert.

Diverse unheimliche Bilder hatten diese Schauergeschichten illustriert.

Anne spürte noch immer eine Gänsehaut. Das war definitiv nicht die richtige Gute-Nacht-Lektüre gewesen!

»Georg, bist du noch wach?«, flüsterte sie. »Kannst du auch nicht schlafen?«

»Hm«, gab Georg brummend zur Antwort.

»Musst du auch immerzu an diese gruseligen Geschichten denken?«, wisperte Anne.

Georgs Antwort überraschte sie. »Eigentlich nicht«, sagte diese. »Mir geht etwas anderes durch den Kopf.«

»Etwas anderes?«, wunderte sich Anne.

»Ja«, erwiderte Georg. »Nimm mal an, es hätte tatsächlich Vampire gegeben. Ich frage mich, wie das funktionieren soll, aus einem Grab herauszukommen. So rein technisch, meine ich.«

Anne setzte sich im Bett auf. Sie glaubte, nicht richtig gehört zu haben. »Du fragst dich, wie das funktionieren soll? Also, hör mal, das ist doch klar, dass da eine Menge Zauberei im Spiel sein muss. Da ist das doch vollkommen egal, dass wir uns nicht richtig vorstellen können, wie das geht. Du machst dir vielleicht krause Gedanken.«

»Na ja, ich dachte, wenn so ein Vampir ganz normal beerdigt wird, weil man vielleicht gar nicht weiß, dass er einer ist, dann liegt er in einem Sarg und man schaufelt Erde über ihn und …«

»Hör auf!«, fuhr Anne ihre Cousine an und hielt sich die Ohren zu. »Ich krieg von so was immer Albträume.«

Georg lachte. »Entschuldige bitte, liebe Anne, das möchte ich natürlich nicht. Aber überleg doch mal: Wenn jemand, also einer, der gar nicht tot ist, das Grab für eine Art Wiederauferstehung nutzen will, dann muss er es doch quasi vorher irgendwie präpariert haben.«

»Meinst du etwa, diese Vorstellung wäre weniger gruselig?«, sagte Anne und kroch wieder unter ihre Decke.

»Wir sollten das Grab daraufhin noch einmal genauer in Augenschein nehmen«, meinte Georg.

Anne musste herzhaft gähnen. »Ja, das können wir tun, aber sicher nicht jetzt. Lass uns endlich schlafen!«

Doch Anne hätte ihre Cousine besser kennen müssen. Georg war in Gedanken schon auf dem Weg zum Friedhof. Sie wartete nur noch, bis Anne eingeschlafen war, denn diese würde bestimmt versuchen, sie von dem nächtlichen Ausflug abzuhalten, da war sich Georg sicher. Mit geschlossenen Augen wartete sie darauf, endlich Annes regelmäßige Atemzüge zu hören, die ihr sagten, dass diese eingeschlafen war.

Plötzlich war über ihnen ein lautes Rumpeln zu hören. Mit einem Schrei sprang Anne aus dem Bett. »Georg, da ist jemand auf dem Dachboden!«

Sofort war Tim, der auf dem Flickenteppich vor Georgs Bett geschlafen hatte, auf den Beinen und kläffte. Auch Georg war erschrocken und horchte auf. Sie herrschte Tim an, leise zu sein. Ein seltsames Scharren war zu hören. »Beruhige dich, Anne, das ist der Marder, von dem deine Eltern erzählt haben. Weißt du nicht mehr?«

Jetzt erinnerte auch Anne sich daran: Ihre Eltern hatten sich beklagt, dass seit einiger Zeit ein Marder am und im Haus sein Unwesen trieb und es dem Gärtner noch nicht gelungen war, ihn zu fangen oder zu vertreiben. Alles Mögliche hatte das Tier schon angenagt oder zerfressen.

»Bist du sicher?« Annes Stimme klang noch immer ängstlich. Zögernd stieg sie wieder in ihr Bett.

»Ganz sicher«, versicherte Georg. »Hör doch.

Man erkennt ganz deutlich, wie seine Krallen über den Holzfußboden scharren.«

Auch Tim hatte sich wieder auf seinen Teppich gekringelt und die Schnauze auf die Pfoten gelegt. Der Marder interessierte ihn herzlich wenig, solange er für ihn nicht in Reichweite war.

Das schien Anne nun zu überzeugen, dennoch horchte sie weiterhin auf die Geräusche, die vom Dachboden herabdrangen.

Ausgerechnet jetzt, dachte Georg verärgert. Nun dauert es sicher ewig, bis Anne eingeschlafen ist. Dummer Marder!

Endlich, nach schier endlos scheinendem Warten, waren von Annes Seite des Zimmers tiefe, gleichmäßige Atemzüge zu hören.

Hoffentlich kommen nicht ausgerechnet jetzt die Tante und der Onkel nach Hause, dachte Georg, als sie auf Zehenspitzen die Treppe hinunterschlich. Es wäre zu peinlich, ihnen in die Arme zu laufen.

Doch alles ging gut und einen kurzen Moment später schlüpfte sie mit Tim zur Hintertür hinaus.

Eine weiße Atemwolke stand Georg vor dem Gesicht, als sie mit dem Rad durch die Nacht sauste. Sie ärgerte sich, dass sie keine dickere Jacke angezogen hatte. So warm es tagsüber gewesen war, so frisch war es jetzt in der Nacht.

Georg hatte bewusst kein Licht am Rad angemacht, um möglichst unbemerkt zum Friedhof zu kommen. Entdeckte sie in der Ferne die Scheinwerfer eines Autos, stieg sie vom Rad und versteckte sich, bis es vorbeigefahren war. Wenn ein Mädchen nachts allein mit dem Rad unterwegs war, würde das sicher Aufmerksamkeit erregen, und gerade das wollte Georg vermeiden.

Gerade als sie in die Straße zum Friedhof einbog, kam unmittelbar vor ihr jemand aus einer Einfahrt. Georg erschrak. Eilig sprang sie vom Rad und blickte sich nach einem Versteck um. Zu spät!

Aber es war nur ein alter Mann, der seinen Hund an der Leine führte. Sie mussten beide stocktaub sein, denn weder Herr noch Hund bemerkten Georg.

Erleichtert atmete sie auf und schob das Rad das letzte Stück bis zum Friedhofseingang. Sicherheitshalber stellte sie es nicht in den Ständer, wo es von jedem Vorübergehenden gesehen werden konnte, sondern schob es hinter einen Busch. Man wusste ja nie.

Das Eingangstor quietschte in den Angeln. Georg hielt die Luft an. In der Nacht klang alles besonders laut, weil es kaum Nebengeräusche gab. Am liebsten wäre Georg über den Weg geschwebt, denn auch der Kies knirschte laut unter ihren Sohlen. Und um zum Grab von Thomas Black zu gelangen, musste sie fast den gesamten Friedhof durchqueren. Zwar hatte sie eine Taschenlampe eingesteckt, aber das Mondlicht war noch immer so hell, dass sie den Weg mühelos fand.

Da lag das Grab, dicht in die Hecke gedrängt wie ein scheues Tier. Georg trat ganz nah heran.

Für einen Moment wusste sie gar nicht mehr, was sie hier überhaupt suchte. Was sollte sie schon jetzt in der Nacht entdecken, was sie nicht bei Tage längst gesehen hatte?

»Verrat mir dein Geheimnis, Thomas Black«, flüsterte sie beinahe verärgert.

Eine ganze Weile stand sie da und betrachtete den Grabstein, als könnte der ihr eine Antwort auf ihre Frage geben.

Allmählich begann sie zu frösteln, denn nun stieg feuchter Dunst vom Boden auf, der sich gespenstisch in den Sträuchern verfing. Da und dort flackerten kleine rote Grablichter und färbten den Dunst rosa.

Um das Grab von Thomas Black hatte sich ganz offensichtlich schon lange niemand mehr gekümmert. Überall spross das Unkraut durch die Bodendecker – das war selbst im Mondschein zu sehen –, und ein Grablicht suchte man hier auch vergebens. Hatte man also das Grab vergessen? Wenn ihre Theorie stimmte und die Indizien etwas mit dem Vampirmythos zu tun hatten, glaubte man dann heute nicht mehr, dass von dem Grab eine Gefahr ausging? Denn die Kruzifixe waren definitiv schon einige Jahre alt.

Plötzlich spitzte Tim die Ohren und ging in Hab-Acht-Stellung.

»Was ist, Tim?«, fragte Georg und horchte angestrengt. War da nicht ein Rascheln und Knacken zu hören? Verflixt! Im Dunkeln war es immer besonders schwierig, herauszufinden, aus welcher Richtung ein Geräusch kam.

Besser, wir gehen in Deckung, dachte Georg und machte Tim ein Zeichen, ihr zu folgen.

Neben dem Kompostcontainer ging Georg in die Hocke. Der Container bot guten Sichtschutz, und da er auf einer kleinen Anhöhe stand, konnte sie von hier aus einen Teil des mondbeschienenen Friedhofs überblicken.

Tim drückte sich eng an sie. Er hatte längst verstanden, dass er sich ruhig verhalten sollte. Solche Situationen kannte er doch schon zur Genüge!

Mit einem Mal spürte Georg, wie angespannt sie war. Ihre Beine begannen in der Kauerhaltung leicht zu zittern. Und dann stockte ihr der Atem. Ihr Herz raste wie wild, als plötzlich eine Gestalt wie aus dem Nichts auftauchte. Sie sah aus wie eine riesenhafte Fledermaus, die ihre Flügel ausbreitete, als wollte sie sich jeden Moment in die

Lüfte emporschwingen. Vor lauter Angst krallte Georg ihre Finger in Tims Fell.

Woher war dieses Wesen gekommen? Und was machte es da?

Doch vor allem ein Gedanke setzte sich in ihrem Kopf fest: Hauptsache, es entdeckt uns nicht!

Wie gebannt starrte Georg das Wesen an und beobachtete sein Treiben. Jetzt machte es einen Buckel und schien mit den Armen zu rudern. So genau konnte Georg das nicht erkennen.

Auf einmal wurde es dunkler. Georg blickte zum Himmel und sah, wie sich eine Wolke langsam vor den Mond schob. In diesem Moment hörte sie ein Knacken. Schnell senkte sie den Blick. Auf ebenso rätselhafte Weise wie sie erschienen war, war die Gestalt wieder verschwunden!

Georg kniff sich in den Arm. Hatte sie das jetzt geträumt? Nur wenige Augenblicke hatte dieses Schauspiel gedauert!

Sie erhob sich aus ihrer Kauerstellung. Nun zitterten ihre Beine erst recht und auch das Herz schlug ihr bis zum Hals. Ängstlich blickte sie sich um. Schlich sich die Gestalt womöglich jetzt von hinten an?

Nein, da war nichts.

Georg war froh, Tim an ihrer Seite zu wissen. Zögernd setzte sie sich in Bewegung.

Der Mond trat nun wieder hinter der Wolke hervor und tauchte den Friedhof in sein fahles Licht. Von der riesenhaften Fledermaus war nichts mehr zu sehen. Zu Georgs Füßen erstreckte sich das Gräberfeld. Ein Kaninchen hoppelte über den Weg, als sei nie etwas Besonderes vorgefallen.

Georg fühlte sich zentnerschwer. Ihre Beine wollten nicht recht gehorchen. Sie warf einen scheuen Blick zu Thomas Blacks Grab hinüber, wo eben noch das Wesen gestanden hatte. Was hatte es dort nur getrieben? Und wo war es hergekommen? War es etwa dem Grab entstiegen?

Die Neugier siegte über die Angst. Langsam bewegte sich Georg auf das Grab zu, jederzeit zur Flucht bereit.

Plötzlich sah sie im Mondlicht etwas aufblitzen. Sie beugte sich vor und erkannte auf dem Grabstein ein neues, glänzendes Kruzifix.

Entdeckung am Pfarrhaus

»Ach, du lieber Himmel, Georg!« Hastig setzte Anne sich in ihrem Bett auf. Gerade erst war sie aufgewacht und fand Georg kreidebleich in ihre Decke gewickelt vor. Sie saß auf ihrem Bett, den Rücken an die Wand gelehnt, und Tim schleckte ihr die nackten Zehen. Mit starrem Blick fixierte Georg die gegenüberliegende Wand.

»Was ist los mit dir? Bist du krank?« Besorgt kletterte Anne über die Bettkante und eilte zu ihrer Cousine. Sie legte ihr die Hand auf die Stirn, die sich aber keineswegs heiß anfühlte.

»Du siehst aus, als hättest du eine Erscheinung gehabt«, stellte Anne fest und hockte sich auf die Bettkante.

»Hatte ich auch«, antwortete Georg leise. Endlich löste sie ihren Blick von der Wand und sah Anne an. »Hatte ich auch, Anne.«

»Aber …« Anne verstand nicht, was Georg ihr sagen wollte. »Eine Erscheinung?«

Georg nickte und holte tief Luft. Endlich konnte sie Anne von ihrer nächtlichen Begegnung auf dem Friedhof erzählen.

»Du warst in der Nacht allein auf dem Friedhof?« Anne wusste nicht, ob sie beeindruckt oder maßlos verärgert sein sollte. Wie konnte Georg auf so eine dumme Idee kommen? Dass ihr solch ein Schreck in die Glieder gefahren war, geschah ihr doch ganz recht. Obwohl …

Georg zuckte die Schultern. »Tim war bei mir.«

»Jetzt noch mal der Reihe nach. Du hast eine riesige Fledermaus gesehen?«, fragte Anne.

Georg schüttelte den Kopf. »Nein, Anne. Es war eine Gestalt, die so ähnlich aussah wie eine Fledermaus.«

Erschrocken riss Anne die Augen auf. »Du meinst, eine Gestalt, die so groß war wie ein Mensch, aber so aussah wie eine Fledermaus? Oh Gott, ich wäre vor Angst gestorben!«

Georg nickte. »So ähnlich habe ich mich auch gefühlt. An die Rückfahrt kann ich mich kaum noch erinnern. Mir war, als sei der Teufel persönlich hinter mir her. Und jedes Mal, wenn sich eine Wolke vor den Mond geschoben hat, hatte ich Angst, die Riesenfledermaus würde jeden Moment vom Himmel auf mich herabstürzen. Ich habe so heftig in die Pedale getreten, dass ich meinte, es zerreißt mir die Lunge.«

Anne begann zu frösteln, obwohl es im Zimmer nicht kalt war und die Morgensonne bereits durch das Fenster schien. Allein der Gedanke an Georgs nächtliche Flucht bereitete ihr eine Gänsehaut.

Schnell erhob sie sich. »Wir sollten mal rasch die Jungen wecken, meinst du nicht auch?«

Da war Georg ganz ihrer Meinung. Aber ihr ging noch etwas anderes durch den Kopf. Ob Anne wohl jetzt meinte, dass ihre Fantasie mit ihr durchgegangen und alles nur ein Traum gewesen war? Also, wenn Anne ihr diese Geschichte erzählt hätte, hätte sie sicher angenommen, dass das alles nur Einbildung war.

Daher schlich sie etwas unsicher hinter Anne her, als sie zu Richard und Julius hinübergingen. Ihr kam das Erlebte inzwischen selbst reichlich unwirklich vor.

Die Jungen lauschten ihrer Geschichte aufmerksam. Dann erhob sich Richard grinsend und holte das Buch herbei, das sie am Vorabend studiert hatten. Er schlug eine Seite auf, auf der eine der Abbildungen zu sehen war, mit denen die Vampirgeschichten illustriert waren. »Sah die Gestalt ungefähr so aus?«

Auf dem Bild war ein Vampir dargestellt, der

die Arme ausgebreitet hatte, sodass sein Umhang aussah wie die Flügel einer Fledermaus. »Kann es sein, dass dieses Bild dich zu einem Traum inspiriert hat?«

Wütend stampfte Georg mit dem Fuß auf. »Das hätte ich mir doch gleich denken können, dass ihr mir nicht glaubt! Aber ich rede keinen Unsinn. Alles ist genau so gewesen, wie ich es euch erzählt habe. Wirklich!«

Im selben Moment war ihr klar, wie wenig überzeugend alles geklungen hatte. Wenn man es nicht selbst erlebt hatte, konnte man es wirklich kaum glauben. Dennoch: Sie hatte sich eine andere Reaktion erhofft.

»Ihr denkt also wirklich, ich habe nur geträumt, ja?« Wut und Enttäuschung machten sich in ihr breit. Der Schreck der vergangenen Nacht saß ihr noch immer in den Knochen, und Richard machte sich über sie lustig!

Zornig verließ sie den Raum und stapfte mit schweren Schritten die Treppe hinunter. »Komm, Tim!«, rief sie.

»Georg, warte!« Anne eilte ihr hinterher, doch Georg ließ sich nicht aufhalten. Schon war sie zur Tür hinaus und verschwunden.

Julius winkte ab. »Lasst sie nur, sie kriegt sich schon wieder ein.«

Anne war von der Situation peinlich berührt. Zwar fand auch sie Georgs Geschichte abenteuerlich, aber dennoch glaubte sie ihr. Ihrer Cousine stand der Schreck doch noch ins Gesicht geschrieben. Solch einen Schock konnte man nicht durch einen Traum bekommen. Auch wenn es ein schlimmer Albtraum gewesen war. Außerdem fiel ihr auch noch etwas anderes ein. »Ich bin mir sicher, dass Georg auf dem Friedhof gewesen ist«, sagte Anne.

»Und wieso bist du dir da so sicher?«, wollte Richard wissen.

»Als ich vorhin aufgewacht bin und sie wie versteinert im Bett gehockt hat, da war sie angezogen, so, als ob sie draußen gewesen wäre.«

»Nanu, wo steckt denn Georg?«, fragte die Mutter, als Anne und die Jungen wenig später am Frühstückstisch erschienen.

»Die ist mit Tim rausgegangen«, erklärte Julius ein wenig verlegen. Er flunkerte seine Mutter gar nicht gern an, aber manchmal war eine winzige Notlüge unumgänglich. »Er war so unruhig und hatte Bauchrumoren. Da ist sie lieber direkt mit ihm raus.«

Die Mutter machte eine besorgte Miene. »Armer Tim. Hoffentlich nichts Ernstes.«

Von wegen armer Tim. Arme Georg, dachte Anne. Sie hatte ein schlechtes Gewissen.

Gleich nach dem Frühstück ging Anne hinauf in ihr Zimmer. Sie hatte wenig Lust, etwas mit ihren Brüdern zu unternehmen, die sich offenbar keinerlei Sorgen um Georg machten.

»Die wird schon wieder auftauchen«, hatte Julius Georgs Verschwinden kommentiert. »Du kennst doch unsere Georg.«

Sicher hatte Julius in gewisser Weise recht. Manchmal brauchte Georg einen Moment für sich und tauchte dann einfach wieder auf, als sei nichts gewesen. Aber diesmal war es anders. Georg hatte sich auf den Arm genommen gefühlt. Am Abend noch hatten Richard und Julius sie für die Schauergeschichten um die Vampire begeistern wollen und nun machten sie sich über sie lustig. Ganz gleich, ob an Georgs Geschichte etwas dran war oder nicht: Das war nicht fair.

Anne öffnete die Tür zu ihrem Zimmer und stutzte. Im ersten Moment war sie ein wenig zornig, weil Tim mit seinen Pfoten Dreck in ihr Zimmer getragen hatte, doch im selben Moment wurde ihr bewusst, was das zu bedeuten hatte: Georg und Tim waren tatsächlich in der Nacht draußen gewesen.

Und die Tatsache, dass Georg Tim bei ihrer Rückkehr die Pfoten nicht gesäubert hatte, sprach dafür, dass sie es eilig gehabt haben musste, ins Haus zu kommen. Oder dass sie tatsächlich unter Schock gestanden hatte.

Anne war ratlos. Sie wollte Georg so gerne sagen, dass sie ihr glaubte. Aber es hatte wenig Sinn, aufs Geratewohl nach ihr zu suchen. Sie schlenderte zum Fenster und blickte hinaus in den Garten, wo Richard und Julius sich einen Ball zukickten.

Richard blickte kurz auf und sah sie am Fenster stehen. Er winkte.

Instinktiv wich Anne einen Schritt zurück. Ja, sie musste zugeben, dass sie richtig zornig auf ihre Brüder war. Kurzentschlossen schnappte sie sich ihre dünne Strickjacke, verließ das Haus und holte, unbemerkt von ihren Brüdern, ihr Fahrrad aus dem Schuppen. Unentschlossen radelte sie die Straße hinauf. Sie wusste nicht so recht, wohin sie fahren sollte. Nur eins wusste sie genau: Nicht zum Friedhof!

Vielleicht wollte es ja der Zufall, dass sie Georg und Tim fand. Doch so lange Anne auch mit ihrem Rad gemütlich durch die Gegend gondelte, von Georg und Tim war weit und breit nichts zu sehen. Also bog sie am Ortsausgang ab, um in einem sicheren Bogen um den Friedhof herum nach Hause zurückzufahren. Dabei kam sie auch am Pfarrhaus vorbei, wo Frau Webber gerade dabei war, die Blumen in den Blumenkästen des Pfarrbüros zu wässern.

Kurz entschlossen bog Anne in die Einfahrt zum Pfarrhof ein.

»Ah, guten Morgen, Anne!«, rief die Sekretärin.

»Guten Morgen, Frau Webber!«, antwortete Anne mit gespielter Fröhlichkeit. »Ist es nicht ein herrlicher Tag heute?«

»Ja, in der Tat«, erwiderte Frau Webber, seufzte dann aber tief. »Nur unserm Herrn Pfarrer scheint das schöne Wetter nicht zu bekommen. Er liegt mit Migräne im Bett.«

»Oh, das tut mir leid«, sagte Anne aufrichtig. »Sagen Sie, haben Sie vielleicht meine Cousine Georg gesehen? Ist sie zufällig hier vorbeigekommen?«

Frau Webber zog die Augenbrauen hoch und lächelte. »Du meinst das Mädchen mit dem Jungennamen? Nein, tut mir leid. Ich bin aber auch erst seit ein paar Minuten hier draußen. Und jetzt muss ich noch drüben am Pfarrhaus die Blumen gießen.«

Anne sah drei bis zum Rand gefüllte Gießkannen in der Einfahrt stehen und stellte ihr Rad ab. »Ich helfe Ihnen.«

Dann schnappte sie sich eine der schweren Kannen und schleppte sie zu dem alten, efeubewachsenen Haus hinüber. Die Kanne war schwerer, als sie vermutet hatte, und mit jedem Schritt schwappte ihr ein wenig Wasser um die Beine.

»Das war wirklich nicht nötig, dass du dich mit der schweren Kanne abschleppst«, sagte Frau Webber, die mit den anderen beiden Kannen hinterherkam. »Aber ich danke dir sehr.«

Dann hob sie die erste Kanne an und goss das Wasser in die Kästen. Zu schwer für Anne.

»Müssen die Kübel hier auch gegossen werden?«, erkundigte sich Anne. »Ich glaube, das könnte ich machen.«

Frau Webber nickte. »Das ist lieb von dir.«

Anne goss das Wasser gewissenhaft in die großen Sandsteinkübel, sodass jede Pflanze auch ja genug Wasser bekam.

»Siehst du, jetzt habe ich sogar dank deiner Hilfe ein wenig Zeit gespart und kann mir noch ein Tässchen Tee gönnen«, stellte Frau Webber fest. »Darf ich dir auch etwas anbieten? Saft und Plätzchen zum Beispiel?«

Aber Anne schüttelte den Kopf. »Nein, danke. Ich muss dann jetzt auch wieder nach Hause.« Damit verabschiedete sie sich und ging zurück zu ihrem Rad. Dabei kam sie am Auto des Pfarrers vorbei und warf ganz automatisch einen neugierigen Blick hinein, denn es war ein tolles altmodisches Auto mit Ledersitzen und einem Armaturenbrett aus poliertem Holz. Plötzlich fiel ihr Blick auf etwas, das auf dem Rücksitz lag.

Anne spürte, wie ihr das Blut ins Gesicht schoss. Blitzartig wandte sie das Gesicht ab und versuchte, sich gegenüber Frau Webber nichts anmerken zu lassen.

Eilig stieg sie aufs Rad und fuhr davon, ohne noch einmal zu winken.

Sie musste Georg finden!

Doch Georg befand sich genau dort, wohin es Anne trotz ihrer Entdeckung so gar nicht trieb. Sie war noch einmal zum Grab des Thomas Black zurückgekehrt.

Jetzt, bei hellem Sonnenschein, sah alles so friedlich aus wie immer. Hier und da waren Menschen zu sehen, die die Kieswege entlangflanierten oder die Gräber ihrer Verstorbenen pflegten. Nichts war mehr zu spüren von dem gespenstischen Szenario der letzten Nacht, und Georg überlegte für einen Moment, ob sie vielleicht tatsächlich geträumt haben könnte. Doch den Gedanken wischte sie gleich wieder fort. Und als sie auf dem Weg etwas in der Sonne blitzen sah, wusste sie sicher, dass alles so abgelaufen war, wie sie es in Erinnerung hatte. Da lag nämlich der winzige Kompass, den sie immer bei sich trug. Er musste ihr in der Nacht aus der Hosentasche gerutscht sein.

Nachdenklich hob Georg den Kompass auf und wischte den Dreck ab. Gerade wollte sie ihn einstecken, als ihr Blick auf das neue Kruzifix fiel, das auf dem Grabstein lag. Es war so blank poliert, dass es Georg fast blendete. Im Mondlicht hatte es unglaublich gespenstisch gewirkt, jetzt war es einfach ein Kruzifix.

Gewissenhaft suchte Georg nun den Boden rund um das Grab ab. Die geisterhafte Gestalt musste doch Spuren hinterlassen haben! Oder hatte sich das Wesen etwa tatsächlich freischwebend über den Boden bewegt?

Doch sehr zu Georgs Leidwesen waren da jede Menge Fußabdrücke zu sehen, darunter wohl auch ihre eigenen. Keiner der Abdrücke war besonders auffallend.

Georg ging in die Hocke. Irgendetwas Außergewöhnliches muss es doch mit diesem Grab auf sich haben, dachte sie. Vielleicht ein Mechanismus? Gab es eine Platte unter den Bodendeckern, die man verschieben konnte? Oder konnte man gar den Grabstein verschieben? Gerade streckte

Georg die Hand aus, um nach dem Kruzifix zu greifen und es sich näher anzuschauen, da verdunkelte sich die Sonne und ein Schatten fiel über sie.

»Das würde ich an deiner Stelle sein lassen, Junge«, sagte eine tiefe Stimme.

Erschrocken fuhr Georg herum und hätte in ihrer Hockstellung beinahe das Gleichgewicht verloren. Tim fletschte die Zähne.

Warnungen

»Sag mal, gibt es eigentlich auch Vampirbabys?« Richard schoss seinem Bruder den Ball zu. Der war so verdutzt über die Frage, dass er den Ball verfehlte und dieser mitten im Blumenbeet landete.

Julius warf einen besorgten Blick zum Fenster. Zum Glück hatte niemand das Missgeschick beobachtet. Hastig klaubte er den Ball aus dem Beet. Eine sonnengelbe Blume hatte dran glauben müssen. Schnell brach er sie vollständig ab und tat sie zu den anderen Blumen in die Vase, die die Mutter auf den Gartentisch gestellt hatte.

»So, jetzt noch mal«, sagte Julius, als er, den Ball unter den Arm geklemmt, auf den Rasen zurückkehrte. »Hast du da eben allen Ernstes gefragt, ob es auch Vampirbabys gibt?«

Richard nickte. »Klar, Mann, das ist doch eine berechtigte Frage, oder nicht? Ich meine, wenn ein Vampirmann und eine Vampirfrau sich ineinander verlieben, warum sollen sie dann keine Vampirbabys bekommen?«

Julius tippte sich an die Stirn. »Ein Vampir ist

ein Vampir, weil er von einem anderen Vampir gebissen worden ist, der sein Blut saugen wollte. Man kommt nicht als Vampir zur Welt. Das weißt du doch selbst.«

Dennoch fand Julius die Frage seines Bruders nicht unberechtigt. Über so etwas fand man in den einschlägigen Geschichten nichts, geschweige denn über Vampirfamilien.

In diesem Moment erschien das Gesicht der Mutter am Küchenfenster hinter dem Fliegengitter. »Sagt mal, Jungs, habt ihr eine Ahnung, wo Anne steckt? Ich könnte ihre Hilfe gerade gut brauchen. Und Georg ist auch immer noch nicht wieder aufgetaucht. Ob wir uns Sorgen machen müssen? Wegen Tim, meine ich.«

Julius warf einen kurzen Blick auf seine Uhr. So viel Zeit war schon vergangen? Das war in der Tat merkwürdig, dass Georg so lange wegblieb.

»Ist Anne denn nicht in ihrem Zimmer?«, wunderte sich Richard.

Die Mutter schüttelte den Kopf.

»Die werden bestimmt beide gleich auftauchen«, beruhigte Julius sie und versuchte, so gleichgültig wie möglich zu klingen. Insgeheim machte auch er sich jetzt Gedanken.

»Also, sobald sie auftauchen, schickt Anne doch bitte zu mir in die Küche, ja? Und passt mit dem Ball auf – nicht dass er in meinen schönen Blumen landet!«, rief die Mutter.

Die Jungen versprachen, aufzupassen, und die Mutter schloss das Fenster. Julius wurde ein wenig rot und warf einen verstohlenen Blick auf die Blumenvase.

»Hast du mitbekommen, dass Anne weggegangen ist?«, fragte Richard.

Julius schüttelte den Kopf und lief zum Schuppen hinüber. »Ihr Fahrrad ist weg. Und das von Georg auch.«

Richard verdrehte die Augen und rief kichernd: »Wahrscheinlich sind sie jetzt gemeinsam auf Fledermausjagd gegangen.«

Julius boxte ihm gegen die Schulter. »Lass die faulen Witze. Wir sollten lieber nach ihnen suchen. Mir kommt die Sache langsam merkwürdig vor. Komm, fahren wir zum Friedhof.«

Richard riss die Augen auf. »Zum Friedhof?«

»Ja, Fledermäuse jagen!« Jetzt musste Julius über seinen Bruder lachen. »Warst du nicht derjenige, der behauptet hat, Georg hätte nur geträumt? Also, was guckst du so erschrocken?«

»Nein, schon gut«, stammelte Richard und schob sein Rad aus dem Schuppen.

»Oder hast du eine bessere Idee, wo wir suchen sollen?«, hakte Julius noch einmal nach.

»Nein, ist ja schon gut!«, maulte Richard.

Schweigend fuhren die Brüder nebeneinander her. Beide hingen ihren Gedanken nach und grübelten, was wohl vorgefallen war. Ob Anne Georg gefunden hatte und sie nun gemeinsam unterwegs waren und die Zeit vergessen hatten? Oder ob sie irgendwo in der Falle saßen? Hoffentlich war nichts Schlimmes passiert!

»Da!«, rief Julius plötzlich aufgeregt. Er hatte am Eingang des Friedhofes Georgs Fahrrad entdeckt. »Hatte ich also doch den richtigen Riecher.«

»Ja, aber wo ist Anne?«, fragte Richard und blickte sich suchend um. Ihr Fahrrad war nirgendwo zu sehen.

Julius schob sein Fahrrad in den Fahrradständer und eilte durch das schmiedeeiserne Tor. Zielstrebig lenkte er seine Schritte zum Grab von Thomas Black. Doch von Georg war weit und breit nichts zu sehen.

»Georg?«, rief Julius. Keine Antwort. »Georg, wo steckst du?«

»Sie kann nicht weit sein«, sagte Richard. »Sonst hätte sie ihr Fahrrad mitgenommen. Es sei denn…«

»Nun mal bloß nicht den Teufel an die Wand«, erwiderte Julius. »Es kann tausend Gründe haben, warum sie nicht hier ist. Und der aller unwahrscheinlichste wird sein, dass eine Riesenfledermaus sie entführt hat.«

Plötzlich traf ein Lichtreflex Richards Augen. Etwas lag auf dem Weg und glitzerte in der Sonne. Er bückte sich und hob es auf. »Julius, das ist der Minikompass, den Georg immer bei sich trägt. Was hat das wohl zu bedeuten?«

»Auf jeden Fall muss sie hier gewesen sein. Wahrscheinlich ist er ihr einfach aus der Tasche gefallen. Vielleicht wollte sie nur ein Taschentuch herausholen und…« Julius stutzte. »Sag mal, hatte Georg nicht davon gesprochen, dass sie heute Nacht auf dem Grabstein ein neues Kruzifix entdeckt hat, nachdem dieser Fledermausmensch hier war?«

Die Brüder gingen näher an den Grabstein heran, konnten aber nichts dergleichen entdecken.

»Ich sag doch, Georg hat das alles nur geträumt«, maulte Richard.

Doch Julius hatte sich bereits gebückt und klaubte etwas aus dem Gras. Ein neues, glänzendes Kruzifix. Er hielt es in die Höhe, sodass es in der Sonne funkelte. »Ist wie all die anderen hinter den Stein gefallen.«

»Moment mal.« Richard stockte der Atem, als er auf dem Grabstein eine Spur entdeckte. Drei Streifen waren in die Oberfläche geritzt. Sie sahen aus, als hätte ein riesiger Greifvogel sie mit seinen Krallen hinterlassen. Aber Richard sah noch etwas anderes und schrie auf. »Julius, ist das etwa Blut?«

Julius schlug erschrocken die Hand vor den Mund, als auch er die Lache neben dem Grab entdeckte. Hoffentlich war Georg nichts passiert!

»Hier ist noch mehr davon!«, rief Richard aufgeregt und zeigte auf den Boden, wo einiges von der dunklen Flüssigkeit in den Kies gesickert war. »Und da, siehst du?«

Julius blinzelte.

»Merkwürdig, die Spuren weisen Richtung Hecke«, stellte Richard fest und folgte leicht gebückt den dunklen Flecken. »Nein, sie führen gar nicht zur Hecke, sie führen durch die Hecke durch. Und hier«, er griff in die Hecke, »hier sind Zweige abgeknickt.«

Ehe Julius etwas einwenden konnte, war sein Bruder schon durch die Hecke verschwunden. Er seufzte. Was hatte er für eine andere Wahl, als ihm zu folgen? Spitze Zweige kratzten ihm übers Gesicht, als er sich durch die Ligusterhecke zwängte. Auf der anderen Seite war Richard schon ein gutes Stück weitergeschlichen.

Julius zögerte. Wenn das hier wirklich Blutflecke waren, dann mussten sie vorsichtig sein! Es war leichtsinnig, der Blutspur einfach zu folgen. Hier, auf der anderen Seite der Hecke, befanden sich zwischen wilden Sträuchern einige kleinere Wirtschaftsgebäude.

Plötzlich hörten sie ein leises Fiepen. Richard blieb stehen und horchte. Auf Zehenspitzen schlich er weiter und achtete sorgfältig darauf, nicht auf kleine Zweige zu treten, die unter seinen Sohlen hätten knacken können.

»Timmi!« Verblüfft blieb Richard stehen und winkte seinen Bruder heran.

Tim hatte ihn entdeckt, ließ sich auf den Boden nieder und wedelte mit dem Schwanz. Er konnte Richard nicht entgegenlaufen, denn er war sozusagen gefesselt und geknebelt. Jemand hatte ihm das Maul mit einem Band zugebunden und ihn mit einem Strick am Busch festgemacht.

»Wir müssen ihn befreien!«, zischte Richard und wollte gerade hinübereilen, um Georgs Hund loszubinden, als Julius ihn am Arm zurückhielt. »Nicht! Vielleicht ist es eine Falle!«

Georg hätte sich in den Hintern beißen mögen vor lauter Wut über sich selbst. Wie hatte sie sich nur so leicht überrumpeln lassen können! Und auch Tim hatte keine Chance gehabt zu reagieren. Kaum hatte er die Männer wahrgenommen, da hatte ihm der eine schon den großen Kescher über den Kopf gestülpt. Und auch Georg war so verdutzt gewesen, dass sie sich nicht einmal gewehrt hatte, als der andere Mann ihr einen riesigen Jutesack übergezogen hatte. Georg musste sich auch jetzt noch schütteln, wenn sie nur an den staubigen und muffigen Geruch dachte, der von dem rauen Gewebe ausgegangen war. Den Jutesack war sie inzwischen los. Dafür saß sie nun gefesselt in diesem dunklen Schuppen und hatte keine Ahnung, wohin sie Tim verschleppt hatten. Georg wusste nicht, welches Gefühl schlimmer war, die Wut über ihre eigene Leichtsinnigkeit oder die Sorge um Tim.

Das einzig Positive an der ganzen Sache war die Erkenntnis, dass sie ganz offensichtlich in ein Wespennest gestochen hatte. Und es amüsierte sie, dass die beiden Männer sie wirklich für einen Jungen gehalten hatten. Ja, und außerdem war der eine Mann bei dem kleinen Gerangel am Grab gestürzt. Was ihm genau passiert war, das hatte Georg in ihrem Jutesack nicht mehr sehen können. Sie hatte nur sein lautes Jammern und Fluchen gehört.

Aber das war es dann auch schon. Ansonsten

erschien ihr ihre Lage als ausweglos. Sie konnte nur darauf hoffen, dass die anderen sie möglichst schnell finden würden. Wie gut, dass sie ihr Fahrrad am Eingang zum Friedhof stehen gelassen hatte. Vielleicht entdeckten sie es ja. Andererseits hatte sie keine Ahnung, wie weit man sie vom Friedhof weggebracht hatte. Als der Mann sie mit dem Sack über dem Oberkörper durch die Gegend getragen hatte, hatte sie jedes Gefühl für Zeit und Entfernung verloren. Sein Klammergriff war extrem fest gewesen, sodass Georg es schnell aufgegeben hatte, sich zu wehren.

Mit hängendem Kopf ließ sie sich auf eine umgekippte Schubkarre nieder. Das war zwar nicht bequem, aber besser als der vollkommen verschmutzte Boden, auf dem jede Menge Spinnen herumkrabbelten. Der Strick, mit dem ihre Entführer ihr die Handgelenke gefesselt hatten, juckte wie wild. Zornig trat Georg gegen das Blech der Schubkarre, wohl wissend, dass das überhaupt nichts an ihrer Situation änderte.

Den einen Mann, den, der sie geschnappt hatte, hatte sie sehr wohl erkannt. Es war der Friedhofsgärtner gewesen. Den anderen hatte sie kaum sehen können, so schnell war alles gegangen. Ein wenig einfältig hatte er wohl ausgesehen, daran meinte sie sich zu erinnern, aber geschickt genug angestellt hatte er sich allemal, denn Tim zu fangen, das war nicht einfach. Und dass er das geschafft hatte, das ärgerte Georg umso mehr.

Auf einmal hörte sie Stimmen im Vorraum. Die beiden Männer waren zurückgekommen und unterhielten sich im Flüsterton. Leise stand Georg auf, schlich zur Tür und drückte die Ohrmuschel an das Türblatt. Es waren nur Satzfetzen zu hören: »... selbst schuld, der Bursche ...«, »... letztens schon beobachtet ...« und »... Dinge, die die Kinder nichts angehen ...«

Dann ertönte ein Quietschen. Die Stimmen erstarben. Dennoch waren weiterhin leise Geräusche zu hören. Offenbar war einer der Männer gegangen, während der andere dageblieben war.

Georg bekam eine Gänsehaut. Was hatten sie nur mit ihr vor? Warum hielten sie sie hier gefangen?

Anne war wirklich ratlos. Sie war sogar schon wieder bis nach Hause zurückgeradelt, nur um feststellen zu müssen, dass die Jungen nun auch verschwunden waren. Wo steckten die nur alle? Sie seufzte. Es würde ihr doch nichts anderes übrig bleiben, als allen Mut zusammenzunehmen und zum Friedhof zu fahren.

Gerade radelte sie ein weiteres Mal am Pfarrhaus vorbei, als sie auf einen Mann aufmerksam wurde, der eilig die Straße heruntergelaufen kam. Die Hacken seiner Gummistiefel ratschten bei jedem Schritt über das Pflaster.

Anne erkannte den Mann wieder. Es war der Friedhofsgärtner, der auf das Pfarrhaus zusteuerte. Zielstrebig näherte er sich der Tür, als Frau Webber aus dem Büro geschossen kam, um zu verhindern, dass er klingelte. Ach ja, der Pfarrer hatte ja Migräne!

Doch der Gärtner redete so lange wild gestikulierend auf die Sekretärin ein, bis diese schließlich mit erschrockener Miene zur Seite trat, um den Weg zur Haustür freizugeben.

Sofort kam Anne in den Sinn, wie auch Frau Webber mit dem Pfarrer gesprochen hatte, kaum, dass die Freunde das Pfarrbüro verlassen hatten.

Als sei das Pfarrhaus eine Geheimzentrale, in der die Fäden zusammenlaufen, dachte Anne schmunzelnd und beobachtete das Geschehen genau. Frau Webber zog sich mit Sorgenfalten auf der Stirn in ihr Büro zurück, während der Gärtner seine Gummistiefel auszog und das Pfarrhaus betrat.

Anne rang mit sich. Sollte sie zum Pfarrhaus hinüberschleichen? Vielleicht hatte sie Glück und das Fenster des Raumes, in dem sich die beiden Männer nun unterhielten, stand offen. So könnte sie herausfinden, worum es ging. Nach einigem Überlegen beschloss sie jedoch, es nicht zu wagen. Wenn sie jetzt nicht allein hier wäre, ja dann… So aber erschien ihr das Risiko zu groß. Außerdem war es besser, hier auf der Lauer zu bleiben, damit sie mitbekam, wann der Gärtner das Haus wieder verließ und wohin er ging.

Anne staunte, als der Gärtner schon nach kurzer Zeit wieder herausgestürzt kam, in seine Stiefel schlüpfte und davoneilte. Jetzt war sie hin und her gerissen. Sollte sie ihm folgen oder lieber hier auf der Lauer liegen bleiben und abwarten, ob sich im Pfarrhaus etwas tat?

Anne fluchte leise vor sich hin. Warum waren Richard und Julius gerade jetzt nicht zur Stelle! Doch dann entschloss sie sich, dem Friedhofsgärtner zu folgen, bevor er aus ihrem Sichtfeld verschwand. Schnell schob sie ihr Rad ins Gebüsch und machte sich auf den Weg. Dabei brauchte sie nicht einmal besonders vorsichtig zu sein, denn der Gärtner schritt kräftig und zielstrebig voraus und sah sich dabei kein einziges Mal um.

Zu ihrem Erstaunen lief er nicht bis zum Friedhof, sondern bog schon vorher in einen Schotterweg ein, auf den Anne bisher nie geachtet hatte. Anne sah, wie der Gärtner auf eine Art Schuppen zulief. Eilig folgte sie ihm.

Plötzlich sprang ihr ein kleiner Frosch vor die Füße. Beinahe hätte sie auf ihn getreten! Vor Schreck entfuhr ihr ein leiser Schrei.

Augenblicklich schlug ihr das Herz bis zum Hals. Hoffentlich hatte der Mann sie nicht gehört! Sie reagierte blitzschnell: Nicht einmal eine Sekunde später hatte sie sich in die Büsche geschlagen. Dort musste sie erst einmal durchschnaufen. Das war gerade noch mal gut gegangen!

Aber so ein Pech, der Mann war in der Zwischenzeit aus ihrem Blickfeld verschwunden. So angestrengt Anne auch durch die Zweige spähte, der Gärtner war nirgendwo zu sehen. Ob er in den Schuppen gegangen war? Hoffentlich schlich er nicht noch irgendwo herum.

Vorsichtig machte Anne einen Schritt. Vielleicht konnte sie sich jetzt aus ihrem Versteck wagen?

Plötzlich wurde sie von hinten bei den Schultern gepackt.

Nein!, fuhr es Anne durch den Kopf. Ich habe nicht aufgepasst. Jetzt hat mich der Kerl doch entdeckt und sich von der anderen Seite herangeschlichen.

»Anne, wie kommst du denn hierher?«, flüsterte da eine bekannte Stimme.

Anne fuhr herum. »Julius! Richard!«

Julius hielt sich den Zeigefinger vor den Mund. »Psst! Sei bloß leise!«

»Aber …« Anne war vollkommen verdutzt. »Wieso …?«

»Wir haben den Typen da gerade kommen sehen und sind selbst total baff, dass du dich ihm an die Fersen geheftet hast«, erklärte Julius im Flüsterton.

»Aber wie kommt ihr hierher?« Anne verstand noch immer nicht, was hier eigentlich los war.

Richard wies mit dem Daumen über die Schulter. »Wir kommen vom Friedhof rüber und sind von Thomas Blacks Grab aus einer Spur gefolgt, die uns hierher geführt hat. Unterwegs haben wir übrigens Tim gefunden. Er ist da drüben angebunden.«

»Ihr seid einer Spur gefolgt?«, fragte Anne. »Was für einer Spur denn?«

Die Jungen drucksten herum und wollten nicht so recht mit der Sprache heraus.

»Nun sagt schon«, drängte Anne.

Vorsichtig zog Richard den kleinen Kompass aus der Hosentasche und hielt ihn auf der flachen Hand. »Der lag neben dem Grab. Und dann waren da so Kratzer auf dem Grabstein und außerdem …«

Langsam wurde Anne ungeduldig. »Außerdem?«

»Blutspuren«, erklärte Julius endlich.

Beinahe hätte Anne aufgeschrien, hielt sich aber im letzten Moment zurück. »Blut? Oh, mein Gott!«

Richard legte ihr die Hand auf die Schulter. »Beruhige dich. Wir wissen ja nicht, was passiert ist. Vielleicht gibt es eine einfache Erklärung.«

»Wo sind denn die Blutspuren?«, wollte Anne wissen. »Und wo führen sie hin?«

»Komm, ich zeig sie dir«, sagte Richard und machte ihr ein Zeichen, ihm zu folgen.

»Ich bleibe hier und behalte den Schuppen im Auge«, flüsterte Julius.

Auf der anderen Seite des Gebüschs huschten Richard und Anne gebückt zu der Hecke hinüber, die den Friedhof begrenzte.

»Siehst du?« Richard zeigte auf die kleinen dunkeln Lachen auf der Erde. »Am Grab sind auch welche. Die Spur führt in Richtung Schuppen.«

Anne ging in die Hocke, um sich die Flecken genauer anzusehen. Die Sonne brach durch die Äste der darüber stehenden Bäume und plötzlich musste Anne kichern.

»Was ist denn daran so komisch?«, fragte Richard verdutzt.

Anne stand wieder auf und zeigte mit ausgestrecktem Zeigefinger auf den dunklen Fleck. »Mein lieber Bruder, wenn das da Blut ist, dann bin ich der Kaiser von China.«

»Die Kaiserin, wenn schon«, antwortete Richard

beleidigt, weil er das Gefühl hatte, dass Anne sich über ihn lustig machte.

»Hast du nicht gesehen, wie bunt diese Flüssigkeit in der Sonne schillert?«, fuhr Anne fort. »Wenn du mich fragst, dann ist das Öl, von irgendeiner Maschine vielleicht.«

»Wir haben uns, ehrlich gesagt, nicht die Zeit genommen, uns das Zeug genauer anzusehen. Sind einfach der Spur nach«, versuchte Richard eine Erklärung. Es war ihm ein wenig peinlich.

Aber Anne machte eine wegwerfende Handbewegung. »Geschenkt. Seien wir froh, dass es kein Blut ist. Aber wo steckt Georg denn nun?«

»Wie gesagt, die Blut… die Spur führt zu dem Schuppen. Deshalb haben wir gedacht, Georg ist da drin. Aber wenn es nicht ihr Blut ist, dann…«

Anne seufzte. »… dann kann es trotzdem sein, dass sie da drin ist. Irgendeinen Grund muss es ja haben, dass der Gärtner so dringend mit dem Pfarrer sprechen musste und jetzt so eilig in den Schuppen gerannt ist. Und vergiss Tim nicht.«

»Der Gärtner war beim Pfarrer?«, fragte Richard. »Das sollten wir Julius erzählen.«

Irgendwann war der Mann zurückgekommen. Das Gemurmel der beiden Entführer setzte wieder ein. Bald darauf wurde die Tür erneut geöffnet und eine weitere Stimme war undeutlich zu hören, eine tiefe Bassstimme.

Georg wusste nicht, welches Gefühl überwog: die Freude, dass nun endlich etwas passierte, oder die Angst vor dem, was vielleicht passieren könnte. Was blieb ihr anderes übrig, als einfach nur abzuwarten?

Jetzt waren die Stimmen näher vor der Tür zu hören. Georg hatte alle Antennen auf Empfang gestellt. Ihr stockte der Atem, als die Bassstimme plötzlich sehr deutlich sprach: »Du musst dem Burschen klarmachen, dass er zu seinem eigenen Schutz hier ist. Er soll sich fernhalten von dem Grab – und auch von dem Haus, wenn er nicht will, dass man ihm sein Leben aussaugt. Mit den Blutrünstigen ist nicht zu spaßen. Wenn er keine Einsicht zeigt, muss er eben hierbleiben.«

Georg war sofort klar, dass mit dem »Burschen« sie selbst gemeint war. Dennoch verstand sie nicht, warum der Mann mit der Bassstimme diese Warnung ausgesprochen hatte. Eine Warnung vor … ja, vor was? Vor Blutsaugern? Tatsächlich Blutsaugern? Schon wieder ein Hinweis auf Vampire! Jeder Mensch wusste doch, dass es keine Vampire gab, und dennoch konnte Georg nicht leugnen, dass sie plötzlich eine Gänsehaut auf den Armen spürte.

Sie schüttelte den Kopf wie ein nasser Hund. Das konnte doch alles nicht wahr sein. Aber eins war interessant. Thomas Black musste also ein Haus gehabt haben. Georg fluchte innerlich. Wie gern wäre sie dieser Spur jetzt nachgegangen, allen Warnungen zum Trotz. Aber sie war ja so dumm gewesen, sich gefangen nehmen zu lassen. Und nun saß sie in diesem blöden, miefigen Schuppen fest!

»Na, wenn man vom Teufel spricht!«, zischte Richard, als er zu Julius zurückgekehrt war, denn im selben Moment kam eine schwarze Limousine über den Schotterweg gefahren und hielt. Es war der Pfarrer, der dem Wagen schwerfällig entstieg. »Ich wollte dir gerade erzählen, dass Anne vorhin beobachtet hat, wie der Gärtner ganz aufgeregt beim Pfarrer angeklopft und mit ihm gesprochen hat, obwohl Frau Webber ihr heute erzählt hat, der Pfarrer liege mit Migräne im Bett.«

»Ja, und außerdem – das fällt mir gerade ein, wo ich das Auto sehe – habe ich noch etwas anderes Interessantes entdeckt«, flüsterte Anne und machte ein wichtiges Gesicht. »In dem Auto vom Pfarrer liegt so eine schwarze Pelerine. Wenn du die anhast und die Arme ausbreitest, dann gehst du im Dunkeln glatt als Riesenfledermaus durch.« Und dann fügte sie wie beiläufig hinzu: »Übrigens handelt es sich bei eurem vermeintlichen Blut um Öl.«

Julius wurde rot. »Der Pfarrer scheint also alarmiert zu sein, warum auch immer«, stellte er fest. »Da liegt die Vermutung nahe, dass Georg tatsächlich in dem Schuppen ist. Das beruhigt mich ein wenig.«

Richard zog die Augenbrauen hoch und zupfte nervös Blätter von einem Zweig, der vor seiner Nase hing. »Es beruhigt dich, dass unsere Cousine vermutlich in dem Schuppen da gefangen gehalten wird?«

Julius nickte. »Ja, weil der Pfarrer jetzt da drin ist. Er gilt als ein kluger, besonnener und gutmütiger Mensch. Wenn Georg auch da drin ist, dann wird ihr nichts geschehen.«

»Trotzdem müssen wir ihr helfen«, sagte Anne mit entschlossener Miene.

»Ich schleich mal rüber und sondiere die Lage«, entschied Richard.

»Warte, ich komme mit«, zischte Anne.

»Passt bloß auf!«, mahnte Julius.

»Nein, das hatten wir nicht vor«, erwiderte Richard grinsend. »Wir wollten den Kerlen direkt in die Arme rennen.«

Besorgt blickte Julius seinen Geschwistern nach, wie sie ein wenig abseits auf die Holzhütte zuschlichen. Jede Faser seines Körpers war jetzt angespannt.

Plötzlich hörte er Geräusche. Die Tür wurde geöffnet, im selben Moment, als Anne und Richard um die Hausecke verschwanden.

Julius atmete auf. Der Pfarrer, ein älterer grauhaariger Herr mit hängenden Schultern, kam heraus. Sein Gesicht wirkte angespannt, als habe er Schmerzen. Dann stimmte es also, dass er heute unter Migräne litt. Was war wohl so wichtig, dass er sich trotz der Schmerzen hierher begeben hatte?

Richard und Anne schlichen derweil um den Schuppen herum. Schnell hatten sie herausgefunden, dass er zweigeteilt war. Im vorderen Bereich gab es zwei Fenster, durch die man – auch

wenn sie stark verschmutzt waren – einen Vorraum erkennen konnte sowie eine Tür, die in den rückwärtigen Teil führte. In dem Vorraum befanden sich zwei Männer. Der Pfarrer war nirgendwo zu sehen. Das Aufheulen des Motors sagte ihnen, dass er gerade im Begriff war, wieder zu fahren.

Richard machte Anne ein Zeichen. »Vielleicht ist Georg im hinteren Teil des Schuppens. Komm, versuchen wir unser Glück.«

Richard presste sich dicht an die Bretterwand und flüsterte so laut, wie er sich traute: »Georg, bist du da drin? Georg?« Dabei hielt er sich so dicht an der Wand, dass die Holzfasern sich schmerzhaft in seine Ohrmuschel drückten. Ja, da war ein Rascheln zu hören. Hoffentlich war es wirklich Georg. Doch da hörte er schon ihre wohlbekannte Stimme. »Richard, bist du das?«

»Ja, geht es dir gut?«

»Endlich habt ihr mich gefunden, ich bin hier jetzt schon eine Ewigkeit drin«, antwortete Georg genervt.

»Na, hör mal, woher sollten wir denn wissen, wo du steckst?«, verteidigte sich Richard. »Es war der pure Zufall, dass …«

Aber Anne fiel ihm flüsternd ins Wort. »Hört auf damit, für so was ist jetzt keine Zeit, das können wir später klären«, mahnte sie. »Georg, wie können wir dich da rauskriegen?«

»Schwierig«, antwortete diese. »Ich bin leider an den Händen gefesselt und im Vorraum sind Männer, die mich bewachen.«

»Ja, der Friedhofsgärtner und sein Gehilfe«, sagte Richard.

Trotz ihrer Lage musste Georg kichern. »Dem hab ich's nicht leicht gemacht. Als er mich geschnappt hat, hab ich es immerhin geschafft, ihn noch zu Fall zu bringen. Dabei ist irgendein Gerät gegen den Grabstein gekracht und kaputtgegangen.«

Anne kombinierte. Daher die Kratzer und die Ölflecken! Dennoch, das tat jetzt nichts zur Sache. »Der Pfarrer war eben auch noch da. Hast du das mitbekommen?«

»Ach, der war das! Die Stimme kam mir bekannt vor. Hört zu!«, zischte Georg nun und erzählte den beiden durch die Holzwand hindurch, was der Pfarrer eben zu den anderen beiden Männern gesagt hatte.

»Ich sag doch, bei dem laufen die Fäden zusammen!« Jetzt berichtete Anne ihrer Cousine, was sie beobachtet hatte.

»Du meinst, der Pfarrer war die Riesenfledermaus?«, fragte Georg ungläubig.

»Schon. Aber ich frage mich immer noch, was das ganze Vampirspektakel soll.« Dabei verschwieg Anne, dass es sie trotzdem immer noch gruselte.

»Passt auf«, sagte Georg ernst. »Ich sitze hier erst einmal fest. Seht ihr zu, dass ihr das Haus ausfindig macht, das Thomas Black gehört hat. Es muss noch existieren.«

»Aber wie sollen wir …«, setzte Anne zu sprechen an, als Georg ihr wieder ins Wort fiel.

»Was ist eigentlich mit Tim?«

»Dem geht's gut«, antwortete Richard wahrheitsgemäß, verschwieg ihr aber, dass er noch immer »gefesselt« war.

»Worauf wartet ihr noch?« Georg wurde langsam ungeduldig. »Ich habe das Gefühl, dass da irgendwas im Gange ist. Ihr solltet keine Zeit verlieren. Los jetzt. Macht euch keine Gedanken um mich. Ich komm schon klar.«

»Die Kerle da drinnen werden dir sicher nichts tun«, sagte Richard. Er wollte damit nicht nur Georg, sondern auch sich selbst beruhigen. »Das meint Julius auch.«

»Da habt ihr ganz sicher recht«, erwiderte Georg. »Die wollen mich einfach nur hier festhalten, damit ich zur Besinnung komme.«

»Zur Besinnung?«, hakte Richard nach.

»Ja, ich soll nicht mehr rumschnüffeln, weil ich mich sonst angeblich in Gefahr begebe«, erinnerte Georg. »Also übernehmt ihr den Schnüffelpart und ich spiele die Reumütige. Also los, seht zu, dass ihr dieses Haus findet. Ich glaube, da liegt der Schlüssel zu dem Rätsel.«

Das Haus des Thomas Black

Anne hatte ein ungutes Gefühl, Georg ihrem Schicksal zu überlassen. Nur kurz hatten sie und Richard Julius erzählt, was sie von Georg erfahren hatten, und sich mit ihm beraten.

»Wie sollen wir dieses Haus denn finden?«, fragte Anne. »Wir werden schwerlich ein Adressbuch aus dem 19. Jahrhundert auftreiben.«

»Ja, und wir können schlecht aufs Geratewohl drauflossuchen«, meinte Julius. »Ich denke, wir werden noch einmal ins Pfarrbüro müssen. Vielleicht finden wir dort einen Hinweis auf den Wohnort des vermeintlichen Vampirs.«

»Das wird schwierig.« Richard verzog das Gesicht. »Frau Webber ist eh schon misstrauisch.«

»Und deshalb wäre es am besten, wenn Anne es versucht«, erklärte Julius. »Niemand anderer kann so unschuldig gucken wie sie.«

Anne musste schlucken. Jetzt rutschte ihr beinahe das Herz in die Hose.

Julius schien ihr anzusehen, dass ihr nicht wohl war bei dem Gedanken. »Richard kann dich ja bis dorthin begleiten, wenn dir das lieber ist.«

»Und was ist mit Georg und Tim?«, versuchte Anne einen letzten Einwand.

»Um die kümmere ich mich«, versprach Julius.

Anne seufzte. Widerstand war zwecklos. Wenn sie weiterkommen wollten, musste sie diese Aufgabe wohl oder übel übernehmen. Was für ein Chaos!, dachte sie. Und was wohl die Mutter denken würde, wenn sie alle vier so lange von zu Hause fort waren, ohne zu sagen, wo sie steckten, das wollte sie sich gar nicht erst ausmalen.

Anne musste sich ganz schön zusammennehmen, als sie schließlich am Pfarrbüro ankamen. »Bleib du außer Sichtweite«, bat sie Richard. »Es ist besser, sie meint, ich sei allein.«

Dann atmete Anne einmal tief ein, streckte den Rücken durch und trat in das Pfarrbüro ein. Jetzt war ihr schauspielerisches Talent gefragt.

»Anne, na so was, da bist du ja schon wieder!«, rief Frau Webber und lachte.

Anne ließ sich wie eine Marionette, der man die Fäden gekappt hatte, in einen der Besuchersessel fallen und verdrehte seufzend die Augen.

»Na, was hast du denn auf dem Herzen?«, fragte Frau Webber. »Du siehst nicht gerade glücklich aus.«

»Sie können sich nicht vorstellen, was für Trottel meine Brüder sind«, sagte Anne und beugte sich nun vor, als wollte sie Frau Webber in ein Geheimnis einweihen. »Ich will die beiden ja nicht schlechtmachen, aber manchmal könnte ich sie wirklich auf den Mond schießen.«

Auch Frau Webber beugte sich jetzt vor und senkte die Stimme. »Was haben sie denn angestellt?«

Anne verschränkte trotzig die Arme vor der Brust. »Sie haben gestern direkt damit begonnen, diesen Stammbaum anzufertigen. Richard hat eine Skizze gemacht, die sieht gar nicht mal schlecht aus. Dann wollten sie die Daten zusammentragen, die wir in dem Buch gefunden haben. Und was war? Julius hat einen der Zettel verloren. Offenbar ist er ihm aus der Hosentasche gerutscht. Sie haben sich gegenseitig angemault, und Richard hätte beinahe aus Wut seine schöne Skizze zerstört.«

»Typisch Jungs!«, kommentierte Frau Webber grinsend.

»Na ja, das Ende vom Lied ist, dass sich beide nicht trauen, Sie zu bitten, noch einmal in das eine Buch schauen zu dürfen. Die beiden meinten, Sie hätten so den Eindruck gemacht, das sei Ihnen nicht recht.«

»Und jetzt haben sie dich vorgeschickt?«, fragte die Sekretärin.

»Na ja, so mehr oder weniger«, antwortete Anne. »Ich habe ihnen gesagt, man muss doch wenigstens fragen. Und wenn sie sich nicht trauen – ich traue mich.«

»Du willst ihnen was beweisen, wenn ich das richtig sehe«, sagte Frau Webber verständnisvoll. »Hm, sag mal, wo sind denn deine Brüder jetzt?«

»Zu Hause«, flunkerte Anne. »Sie müssen im Garten einen großen Busch ausgraben und wissen gar nicht, dass ich hier bin.«

Frau Webber zögerte. Sie überlegte, schien die Fakten abzuwägen. Anne wusste ja, dass der Gärtner mit ihr gesprochen hatte. Sicher wusste Frau Webber daher, dass er Georg eingesperrt hatte. »Und deine Cousine? Georg? Hast du sie gefunden?«

Anne schüttelte den Kopf. »Nein, leider nicht. Aber das kommt schon mal vor, müssen Sie wissen. Georg ist so. Manchmal ist sie stundenlang weg, und keiner weiß, wo sie steckt. Unsere Tante Fanny nennt sie immer einen Wildfang.«

Anne blickte Frau Webber fragend an. »Dürfte ich denn noch einmal in das Buch gucken? Es geht auch ganz schnell, ich weiß ja, wo ich suchen muss. Sie können sich nicht vorstellen, wie ich damit bei meinen Brüdern punkten würde.«

Frau Webber war offensichtlich hin und her gerissen. »Na gut«, sagte sie schließlich.

Anne spürte, wie ihr Herz einen Takt schneller schlug, als Frau Webber das dicke Kirchenbuch vor sie auf den Tisch legte.

Vorsichtig begann Anne zu blättern und wartete darauf, dass die Pfarrsekretärin den Raum verließ.

Doch die machte gar keine Anstalten, zu gehen, sondern blieb wie angewurzelt hinter Anne stehen und blickte ihr aufmerksam über die Schulter.

Mist, dachte Anne. Was mache ich jetzt? Wenn ich die Stelle mit dem geschwärzten Datum aufschlage, weiß sie doch sofort, weshalb ich hier bin. Eine Idee musste her. Aber schnell.

»Ah, hier ist es ja«, sagte Anne und legte die Fingerspitze auf die Zeile, in der der Name des Urgroßvaters stand. »Hm, hoffentlich kann ich mir das merken und verdrehe nicht die Zahlen, bis ich zu Hause bin.«

Plötzlich kam ihr der rettende Gedanke. »Könnten Sie mir vielleicht einen kleinen Zettel geben und einen Stift leihen, damit ich die Daten aufschreiben kann?«, fragte sie und setzte die beste Unschuldsmiene auf, die man sich denken konnte.

Frau Webber zögerte kurz, doch dann nickte sie. »Ja, natürlich. Warte, ich hole schnell einen Zettel aus dem Büro.«

Sobald die Sekretärin den Raum verlassen hatte, begann Anne hektisch in dem großen Buch zu blättern. Wo war denn der Eintrag von Thomas Black noch mal gewesen? Nervosität machte sich in ihr breit, was die Suche nicht einfacher machte.

Endlich, da war die Stelle! Thomas Black, das Geburtsdatum, die geschwärzte Stelle und … nichts! Keine Adresse, kein Hinweis auf sein Haus.

Als Nächstes kam schon ein neuer Name. Ein Dusty soundso. Anne sah genauer hin. Die Schrift war schwer zu entziffern. Und jetzt näherten sich schon wieder Schritte.

Gerade wollte sie zur unverdächtigen Seite zurückblättern, als sie hörte, wie die Eingangstür aufging und jemand hereinkam. Welch ein Glück, dachte Anne, denn Frau Webber musste sich jetzt erst einmal dem neuen Besucher widmen.

Das war Annes Chance. Eilig schlug sie noch einmal die Seite mit der geschwärzten Stelle auf. Bei genauer Betrachtung erkannte Anne, dass das, was da unter Thomas Blacks Namen stand, Dusty Dunes hieß. Dusty Dunes? So hieß doch sicher kein Mensch! Das musste … In dem Moment ging vorn im Büro die Tür. Frau Webber würde jeden Moment zurücksein. Also blätterte Anne rasch zu der unverfänglichen Seite zurück.

Keine Sekunde zu früh! Schon stand Frau Webber im Türrahmen und hielt lächelnd Zettel und Stift in die Höhe.

Anne notierte schnell die Daten ihrer Vorfahren,

die sie angeblich gefunden hatte, und verabschiedete sich dann: »Also, vielen Dank noch mal für Ihre Hilfe. Meine Brüder werden staunen.«

»Gern geschehen«, erwiderte Frau Webber und schenkte ihr ein verschwörerisches Lächeln.

Draußen vor dem Pfarrbüro musste Anne erst einmal durchatmen. Flunkern war wirklich anstrengend.

»Und? Hast du etwas herausgefunden?« Richard konnte seine Aufregung nicht verbergen.

Anne machte ein wichtiges Gesicht. »Hast du schon mal was von Dusty Dunes gehört?«

»Dusty Dunes? Die staubigen Dünen?« Richard überlegte. »Noch nie gehört. Wo sollte das sein?«

Anne zuckte die Schultern. »Keine Ahnung! Das stand jedenfalls unter dem Namen Thomas Black. Könnte also ein Hinweis auf seinen Wohnort sein, meinst du nicht? Etwas anderes konnte ich jedenfalls nicht finden.«

Richard legte den Zeigefinger an seine Lippen und dachte nach. »Wer könnte uns da weiterhelfen? Wer könnte so was wissen?«

»Sag mal, gibt es nicht in dem Heimatverein, in dem Mutter sich engagiert, diesen Heimatforscher? Wie heißt der denn noch mal?«

»Du meinst Herrn Pfeiffer? Super Idee. Und ich weiß sogar, wo der wohnt, weil ich da mal was vorbeibringen sollte. Komm, wir fahren direkt hin. Vielleicht ist er zu Hause. Er ist ja schon Rentner, da könnten wir Glück haben.«

Anne musste lachen. »Ha, du weißt doch, die Rentner sind die, die immer am meisten Stress haben.«

Herrn Pfeiffers Haus, das sehr idyllisch am Rande der Ortschaft lag, hatten sie schnell gefunden.

»Halt!« Richard hielt Anne am Arm zurück, bevor sie durch die Gartenpforte trat. »Wir sollten uns erst eine Erklärung zurechtlegen, warum wir nach Dusty Dunes fragen.«

»Warum erzählen wir ihm nicht dieselbe Geschichte, die wir auch Frau Webber auf die Nase gebunden haben?«, schlug Anne vor und lächelte schelmisch. »Der Name könnte uns bei unseren Recherchen untergekommen sein. Und das wäre dann noch nicht mal gelogen.« Damit ging sie auf das kleine Haus zu und streckte die Hand nach dem Türklopfer aus. Doch noch ehe sie ihn betätigen konnte, wurde die Tür schon von innen aufgerissen.

»Ja, bitte?« Ein älterer, freundlich lächelnder Herr steckte seinen Kopf durch den Türspalt, so als hätte er schon hinter der Tür gelauert, um zu schauen, ob ihn heute mal jemand besuchen käme.

Richard trat nach vorn. »Guten Tag, Herr Pfeiffer, ich weiß nicht, ob Sie sich an mich erinnern, ich habe Ihnen vor einiger Zeit mal etwas im Auftrag meiner Mutter vorbeigebracht.«

Herr Pfeiffer schob sich die Brille zurecht und nickte dann. »Ja, ich erinnere mich. Du bist Richard. Ein gutes Namensgedächtnis habe ich allemal.«

»Und ich bin Anne, Richards Schwester.« Anne streckte ihm die Hand entgegen, woraufhin der Heimatforscher endlich die Tür richtig öffnete und die Kinder hereinließ.

»Wie kann ich euch denn helfen?«

Jetzt erzählten Anne und Richard auch ihm die Geschichte von der Aufgabe mit dem Stammbaum und der Datenrecherche. »Dabei sind wir auf einen Namen gestoßen, der vielleicht einen Hinweis auf den früheren Wohnort unserer Vorfahren geben könnte«, erklärte Richard und bemühte sich, möglichst sachlich zu klingen.

»Der Name ist Dusty Dunes«, fuhr Anne fort. »Uns ist das vollkommen unbekannt, daher dachten wir, wir fragen Sie, ob Sie wissen, wo das sein könnte.«

Herr Pfeiffer kratzte sich am Kopf und dachte nach. Dabei flüsterte er den Namen Dusty Dunes mehrmals vor sich hin. Er machte Richard und Anne ein Zeichen, ihm in sein Arbeitszimmer zu folgen. Dort zog er eine große Schublade auf, die vollgestopft war mit Landkarten. Er nahm die oberste Karte heraus, rückte wieder die Brille zurecht und runzelte nachdenklich die Stirn.

»Aber, das ist doch … Dusty Dunes, das ist doch … Kinder, seid ihr sicher, dass das der Name war? Wenn das so ist, muss ich euch sagen: Bleibt diesem Ort um Himmels willen fern!«

Richard und Anne warfen sich vielsagende Blicke zu. Schon wieder eine Warnung! Was hatte das zu bedeuten?

Herr Pfeiffer drehte sich zu ihnen um und blickte von einem zum anderen. »Wo, sagt ihr, habt ihr diese Angabe gefunden?«

»Wir …«, stotterte Anne. »Wir …«

»In einem der alten Familiendokumente wird dieser Name erwähnt«, kam Richard ihr zu Hilfe. Er hoffte, dass dem Heimatforscher diese unverbindliche Angabe reichen würde. Hoffentlich erklärte er ihnen, warum er sie so sehr vor diesem Ort warnte.

Jetzt nahm Herr Pfeiffer die Brille ab und machte ein ernstes Gesicht. »Hört zu, ihr beiden. Diese Dusty Dunes sind natürlich keine richtigen Dünen. Man nannte diesen Ort so, weil die Winde, die von der Küste her kamen, in trockenen Sommern den Staub über eine leichte Anhöhe geweht haben. In der kleinen Senke darunter fing sich dieser, sodass sich eine Art Staubdüne bildete. Dort standen einige wenige Häuser. Tagelöhner haben dort gewohnt, wenn ich mich recht erinnere.«

Der Mann machte eine kleine Pause und schien seine Gedanken zu sammeln. »Wie soll ich das sagen, ohne euch in Angst und Schrecken zu versetzen? Der Ort hat niemandem Glück gebracht. Alle sind fortgezogen. Zumindest die, die noch übrig waren. Man hat versucht, die Häuser zu verkaufen und andere Menschen herzulocken. Deshalb hat man den Flecken umbenannt. Heute heißt er Kettle-Park.«

Anne riss die Augen auf. »Der Kettle-Park. Ich weiß, wo das ist. Gar nicht weit von hier, direkt hinter dem …« Das Wort blieb ihr im Hals stecken. Der Park lag in unmittelbarer Nähe zum Friedhof!

»Aber ich kann mir nicht vorstellen, dass eure Vorfahren dort gewohnt haben sollen«, gab Herr Pfeiffer zu bedenken. »Nun, wie dem auch sei, bleibt dort lieber weg. Außerdem sind die Häuser, die dort noch stehen, baufällig. Es ist gefährlich, sich dort aufzuhalten. Und …«

Aber Richard winkte ab. »Machen Sie sich keine Sorgen. Jetzt, da wir wissen, dass es sich bei den Dusty Dunes um den Kettle-Park handelt, ist unsere Neugier befriedigt.«

Der Heimatforscher nickte. »Nun, ich freue mich immer, wenn ich anderen weiterhelfen kann. Wenn ihr mal wieder Hilfe braucht, ihr wisst, wo ihr mich findet.«

Richard und Anne bedankten sich artig und schoben ihre Räder gemächlichen Schrittes außer Sichtweite, als hätten sie es keineswegs eilig. Dann aber stiegen sie auf und traten ordentlich in die Pedale.

Allen Warnungen zum Trotz wollten sie nun natürlich erst recht wissen, welches Geheimnis in Dusty Dunes auf sie wartete.

Die staubigen Dünen

Schon lächerlich, diesen kleinen Wall aus unfruchtbarer Erde eine Düne zu nennen, dachte Richard. Kein Wunder, dass niemand hier wohnen wollte. Die Gegend sah trostlos aus, was aber vor allem daran lag, dass die zwei Häuser, die hier noch standen – alle anderen hatte man vor Jahren bereits abgerissen –, heruntergekommene Ruinen waren, von denen längst die Brennnesseln Besitz ergriffen hatten.

Anne zuckte die Schultern. »Was sollen wir hier schon finden? Das Haus, in dem Thomas Black gewohnt hat, war bestimmt eins von denen, die sie abgerissen haben.«

»Kann sein, kann aber auch nicht sein«, erwiderte Richard und näherte sich den Ruinen. Dabei achtete er auf jeden Schritt, um den Brennnesseln nicht zu nahe zu kommen, die ihren scharfen Saft auch durch den dünnen Hosenstoff schickten. Mit einem Stock schlug er die grünen Pflanzen zur Seite, um sich und Anne einen Weg zu bahnen. Seine Schwester erschrak, als aus einem der Fenster eine Eidechse gehuscht kam.

Schließlich standen sie nah vor den Häusern. Anne ließ die Schultern hängen. »Und was soll uns das jetzt bringen? Ich sehe nur zwei Ruinen, in denen sicher die Mäuse nachts Samba tanzen.«

»Nun warte es doch erst mal ab«, maulte Richard.

»Ich will da nicht reingehen«, gab Anne zu. »Außerdem weißt du, was Herr Pfeiffer gesagt hat. Es ist gefährlich.«

»Wenn man nicht aufpasst«, konterte Richard. »Also gut, warte du hier, ich werde mal sehen, ob es was zu entdecken gibt.«

Vorsichtig trat Richard in das erste Haus und sah aufmerksam in jede Ecke. Nein, hier gab es wirklich nichts zu sehen, außer heruntergefallenen Backsteinen, Unkraut und jeder Menge Dreck.

Er ging zu dem Loch, welches früher einmal die Hintertür gewesen war, und trat hinaus. Wieder sah er sich vor einem Brennnesselfeld. Die Haustür des zweiten Hauses befand sich an der Seite. Nachdem Richard sich durch das hochgewachsene Unkraut gekämpft hatte, staunte er. »Anne, komm mal her, das musst du dir ansehen!«

Zögernd kam Anne um die Hausecke. »Was ist denn?«

Statt zu antworten, zeigte Richard auf das hölzerne Türblatt, das im Unterschied zu dem des anderen Hauses noch vollständig erhalten war. Auf dem dunkelgrün lasierten Holz prangte ein großes weißes Kruzifix!

Anne riss die Augen auf. »Das gibt es doch gar nicht! Und schau mal da!«

Richard folgte mit dem Blick dem ausgestreckten Finger seiner Schwester und sah, dass über dem Türrahmen weitere kleine Kreuze angebracht waren. Kreuze, die denen auf dem Grabmal sehr ähnlich waren.

»Donnerwetter, hier will aber jemand alle Vampire dieser Welt fernhalten!«, grinste Richard.

Anne hingegen war gar nicht zum Lachen zumute. »Oder man will verhindern, dass sie aus dem Haus herauskommen. Denk doch mal nach, Richard. Wenn das das Haus von Thomas Black ist, dann wollte man über dieses Gebäude wahrscheinlich ebenso einen Bann verhängen wie über sein Grab. Thomas Black ist ein Vampir, der da bleiben sollte, wo er war. Erst in seinem Haus, dann in seinem Grab.«

Richard griff nach der Klinke. »Oder das Ganze ist ein riesengroßer Bluff!«

»Nein, Richard, geh da lieber nicht rein!«, rief Anne.

Vergebens: Ihr Bruder war bereits im Innern des Hauses verschwunden.

Julius war inzwischen natürlich nicht untätig geblieben. Zunächst sondierte er die Lage sehr genau. Der Pfarrer war weggefahren, also befanden sich außer Georg nur noch die beiden Männer im Holzhaus. Von dem einen Fenster aus hatten sie direkten Blick auf Tim, der sich brav auf den Boden gelegt hatte und mit der ihm eigenen Gelassenheit abwartete, was geschah.

Wenn es mir gelingt, die Aufmerksamkeit der Männer auf etwas anderes zu lenken, kann ich vielleicht zumindest Tim befreien, überlegte Julius.

Rasch schlich er in einem Bogen durch das Gebüsch auf die Rückseite der Hütte. Hier standen ein paar alte, offenbar ausrangierte Geräte herum. Alle sahen reichlich antiquiert aus. An der Wand lehnte eine Fräse mit zwei langen Griffen. Julius packte und schüttelte sie leicht hin und her. In dem kleinen Tank schien tatsächlich noch ein Rest Treibstoff zu sein.

Vielleicht könnte ich… Julius hatte noch nicht zu Ende gedacht, da griff er auch schon nach dem Starterseil und zog kräftig daran.

Der Motor knatterte und spuckte nur kurz, um dann sofort wieder auszugehen. Mist, fluchte Julius innerlich, während ihm üble Abgase in die Nase stiegen, dass er beinahe husten musste. Noch einmal zog er mit einer kräftigen und ruckartigen Bewegung. Dann noch einmal. Endlich, der kleine Motor lief, zwar unruhig, aber er lief.

Jetzt nichts wie weg, bevor die Männer kamen, um nach dem Rechten zu sehen!

Schon war Julius im Gebüsch verschwunden und duckte sich. Atemlos beobachtete er die Lage. Der Benzingestank kribbelte immer noch in der Nase. Er musste sich zwingen, nicht zu niesen, und rubbelte mit dem Handrücken über seine Nasenspitze.

Da, endlich! Einer der Männer kam um die Hausecke geeilt. Es war nicht der Friedhofsgärtner selbst, sondern sein Gehilfe.

Verflucht, warum nicht alle beide?, dachte Julius. So konnte er sich nicht aus seinem Versteck wagen. Zu allem Überfluss juckte es ihm jetzt so sehr in der Nase, dass er ein Niesen nicht mehr unterdrücken konnte.

Mist, jetzt habe ich mich verraten, fuhr es ihm durch den Kopf, während er beobachtete, wie der Mann kopfschüttelnd und mit ratloser Miene vor der Fräse stand. Sicherlich fragte er sich, wie so ein Gerät von selbst in Gang kommen konnte.

Aber nein. Julius stellte erleichtert fest, dass die Maschine solch einen Lärm machte, dass der Mann Julius' Niesen nicht gehört hatte.

Der Gärtnergehilfe ließ den Motor fleißig weiterrattern und rief laut: »He, Joel, das musst du dir angucken!« Dabei sah er so erschrocken aus, als glaube er nun selbst, dass Vampire ihr Unwesen trieben.

Kaum, dass der Friedhofsgärtner um die Ecke kam, gab Julius Fersengeld. Anstatt den Motor auszustellen, standen die Männer laut diskutierend davor und wunderten sich augenscheinlich über diese mysteriöse Geschichte. Das verschaffte Julius Zeit. Der Plan ging auf! Aber es musste verflixt schnell gehen.

Tim wollte Julius stürmisch begrüßen. »Nein, Tim, nicht jetzt, halt still!«, schimpfte Julius. »Erst müssen wir hier weg!«

Hektisch versuchte er den Knoten zu lösen, mit dem die Männer das Seil an einem Busch befestigt hatten. Doch die Zeit verrann, und die Gefahr, dass die Männer zurückkommen würden, wurde immer größer. Da erstarb auch schon das Brummen des Motors.

Panisch trat Julius gegen den Ast, an den das Seil geknotet war. Er wusste sich nicht anders zu helfen.

Der Ast brach! Erleichtert packte Julius ihn mitsamt dem Seil und zog Tim mit sich fort. Sie hatten keine Zeit, zu verschnaufen. Sobald die Männer entdeckten, dass der Hund fort war, würden sie sicher die Verfolgung aufnehmen.

Erst, als sie die Hauptstraße erreicht hatten und diese ein gutes Stück entlanggelaufen waren, entschied Julius, dass sie nun kurz ausruhen konnten.

Tim blickte Julius erwartungsvoll an. Er verstand nun gar nicht mehr, was los war. Warum waren sie denn fortgerannt, wenn sein Frauchen zurückbleiben musste?

»Keine Sorge, Tim, Georg passiert schon nichts«, sagte Julius außer Atem, als könnte Tim ihn verstehen. »Ich muss jetzt erst mal nachdenken. Wenn nur Richard und Anne schon zurück wären. Dann könnte ich mich mit ihnen beraten.«

Das war offenbar für Tim ein Zeichen, die Nase witternd in die Luft zu heben. Während Julius noch damit beschäftigt war, nun endlich den lästigen Ast loszuknoten, begann Tim plötzlich, an dem Seil zu ziehen.

»He, was soll das?«, schimpfte Julius. »So kriege ich den blöden Ast nie ab.«

Aber Tim ließ sich nicht beirren. Seine Botschaft war eindeutig. Komm mit!

Also folgte Julius dem Hund im Laufschritt. Am Straßenrand entlang ging es ein Stück geradeaus, bevor Tim zielstrebig in einen Seitenweg einbog. Dieser war von Unkraut überwuchert. Hier war offenbar schon lange niemand mehr entlanggefahren.

Oder doch! Deutlich erkannte Julius die schmalen Spuren von Fahrradreifen. Und dann sah er auch schon die beiden Räder. Richard und Anne mussten hier sein!

»Brav, Tim!«, lobte Julius und spürte gleichzeitig eine große Erleichterung. »Du bist wirklich eine Superspürnase!«

Tim zog ihn in Richtung zweier Hausruinen, die inmitten eines Brennnesselfeldes standen. Und da war auch schon der helle Schopf von Anne zu sehen, der gerade eben über das hochgewachsene Unkraut lugte.

»Tim!«, rief sie, als dieser angesprungen kam, um sie zu begrüßen. Auch ihr stand die Erleichterung ins Gesicht geschrieben.

»Wo steckt denn Richard?«, wollte Julius wissen.

Jetzt verfinsterte sich Annes Miene. »Der ist in dem Haus da.« Sie deutete auf die Ruine. »Er ist schon eine ganze Weile da drin und kommt einfach nicht wieder raus. Er antwortet auch nicht! Ich hab schon ein paarmal gerufen.«

»In dem Haus da?«, fragte Julius.

»Es ist das Haus von Thomas Black!«, erklärte Anne aufgeregt. »Wir sind uns sicher. Schau doch da, das Kruzifix auf der Tür und die kleineren darüber.«

Als Julius die Tür aufstoßen und ebenfalls das Haus betreten wollte, hielt Anne ihn entschieden zurück. »Nein, jetzt geh du nicht auch noch hinein!«

Julius blieb im Türrahmen stehen. Der Wind hatte den Staub, der sich hier überall rund um die Ruinen angesammelt hatte, auch in das Haus getragen. Auch in den Sonnenstrahlen, die durch das kaputte Fenster hereinfielen, tanzten feinste Staubkörnchen.

Richards Fußspuren waren deutlich zu sehen. »Richard?«, rief Julius. »Wo steckst du?«

Doch es kam keine Antwort.

Anne klammerte sich an Julius' Arm fest. »Hoffentlich ist ihm nichts passiert!«

In diesem Moment drängelte sich Tim an ihnen vorbei, blieb jedoch mit dem Ast zwischen dem Türrahmen und Julius' Bein hängen.

»Warte, Timmi, ich befreie dich.« Anne bückte sich und knotete das Seil von Tims Hals. »Das ist eine gute Idee. Such Richard!«

Sofort begann Tim zu schnüffeln und folgte zielstrebig den Fußspuren. »Hoffentlich findet er ihn!«, sagte Julius leise und blickte sich in dem Raum um, der vor ihnen lag. »Ich frage mich, was so besonders an diesem Haus sein soll.«

Anne knuffte ihn in den Arm. »Na, hör mal, in diesem Haus hat ein Vampir gelebt. Das ist das Besondere! Wahrscheinlich liegt ein Fluch darauf. Mit den Kruzifixen hat man versucht, den bösen Geist zu bannen.«

Julius sah seine kleine Schwester von der Seite an. Er war sich in diesem Moment einfach nicht sicher, ob sie einen Spaß machte oder die ganze Geschichte inzwischen ernst nahm. Tatsache war, dass sie gewarnt worden waren und dass Richard nun verschwunden war. Der Pfarrer hatte es zu Georg gesagt: »Haltet euch vom Grab und vom Haus fern!«

Mit einem Mal ging ein Ruck durch Julius. Er atmete tief ein, wobei er sich an der staubigen Luft beinahe verschluckte und heftig husten musste. »Mir ist das zu blöd«, sagte er schließlich. »Ich gehe jetzt nachsehen, wo unser Bruder steckt.«

Zögernd betraten Anne und er das verfallene Haus. Sie hatten gerade begonnen, sich in der Ruine umzusehen, da kam plötzlich Tim angerannt – und zwar durch die Haustür!

Anne und Julius sahen sich verdutzt an. »Aber Tim, woher kommst du denn jetzt? Und dein Fell ist ja ganz voll Erde!«, rief Anne.

Julius kratzte sich den Kopf. Das sollte mal einer verstehen.

Und da steckte auch schon Richard den Kopf zum Fenster herein. »Hallo! Wo Tim herkommt, wollt ihr wissen? Genau daher, woher ich gerade auch komme!«

Anne musste unwillkürlich lachen. Richard war ebenso mit Erde beschmiert wie Tim. »Du siehst aus wie ein Maulwurf!«, rief sie.

Richard verschränkte die Arme vor der Brust. »Das bin ich auch, wenn du es genau wissen willst.«

Julius zuckte die Schultern. »Erklärung?«

»Kommt mit, dann zeig ich es euch«, forderte Richard seine Geschwister auf, aber Anne winkte sofort ab.

»Also, wenn ich dann so aussehe wie du, dann lehne ich dankend ab. Mir würde es reichen, wenn du mir erklärst, wo du herkommst.«

Richard seufzte. »Ihr seid Spielverderber. Aber gut, ich komme geradewegs vom Friedhof, und wenn ihr es genau wissen wollt: Ich bin soeben dem Grab von Thomas Black entstiegen.«

Anne riss die Augen auf. »Du bist was?«

Julius schüttelte den Kopf. »Du willst uns wohl auf den Arm nehmen?«

»Keineswegs!«, rief Richard. »Es gibt einen unterirdischen Gang. Zugegebenermaßen ziemlich dreckig und voller Spinnweben.« Richard schüttelte sich. »Und am Ende ist eine Leiter, die zu einer Luke führt. Die ging ziemlich schwer auf, war eingerostet. Ich habe immer wieder dagegengedrückt, bis ich herausgefunden habe, dass man sie zur Seite schieben muss. Im Nachhinein finde ich es logisch, sonst würde ja die Erde hinunterfallen. Und als ich die Luke öffnete, habe ich nicht schlecht gestaunt, als mein Blick direkt auf den Grabstein von Thomas Black fiel. Anne, du kannst im Übrigen deine Kinnlade ruhig wieder hochklappen.«

Anne rieb sich die Arme. Der Gedanke, aus einem Grab zu steigen, verursachte ihr eine Gänsehaut, auch wenn ihr klar war, dass keine Zauberei dahintersteckte.

»Hm«, machte Julius nachdenklich. »Das ist ja allerhand. Es wird immer mysteriöser. Dass wir immer wieder ermahnt worden sind, uns von dem Grab und dem Haus fernzuhalten, muss also mit diesem Geheimgang zu tun haben.«

»Überlegen wir doch einfach mal, was für einen Grund man haben könnte, einen Geheimgang anzulegen«, schlug Richard vor und begann endlich, sehr zur Freude Annes, den Dreck von seiner Kleidung zu klopfen. »Es könnte ein Fluchtweg sein.«

Julius legte die Stirn in Falten. »Ein Fluchtweg vom Friedhof zu diesem Haus? Oder vom Haus zum Friedhof? Aber warum?«

Richard zuckte die Schultern. »Keine Ahnung. Oder es gehört zu der ganzen Inszenierung. Thomas Black geht durch den Geheimgang und steigt aus seinem Grab, um so zu tun, als sei er ein untoter Vampir und so die Leute in Angst und Schrecken zu versetzen.«

»...und wohnt ansonsten hier unbehelligt in seinem Haus?« Julius schüttelte den Kopf. »Das glaube ich nicht. Und dafür solch ein Aufwand? Ich meine, so ein Tunnel gräbt sich nicht von allein.«

Richard hob beide Arme zu einer hilflosen Geste. »Ansonsten war hier in der Ruine nichts zu entdecken. Rein gar nichts außer Staub, Trümmern und Unkraut.«

»Dann sollten wir noch einmal zum Grab gehen, was meint ihr?«, schlug Julius vor.

Anne nickte heftig. Alles war ihr lieber, als an diesem gruseligen Ort zu bleiben. Gierig hob sie die Nase der Sonne entgegen, als sie durch das Brennnesselfeld zurückgingen.

Die Räder ließen sie stehen, denn die Dusty Dunes grenzten ja tatsächlich direkt an die Rückseite des Friedhofes.

»Hier!« Richard zeigte ihnen eine Lücke im Gebüsch, durch die man bequem auf das Friedhofsgelände kam. Dabei achteten sie darauf, von keinem Friedhofsbesucher gesehen zu werden. Sie wollten schließlich nicht unangenehm auffallen.

Richard hatte die Platte auf dem Grab nicht ganz zurückgeschoben, was Julius augenblicklich nachholte. »Mensch, wenn der Gärtner kommt, sieht der das doch sonst sofort!«

»Ich hatte es aber doch eilig«, verteidigte sich Richard.

Jetzt, da die Platte wieder an Ort und Stelle lag, konnte man wirklich nicht erkennen, dass man sie zur Seite schieben konnte. Raffiniert, dachte Anne. Und dann kam ihr noch ein anderer Gedanke. »Was ist, wenn es diesen Thomas Black überhaupt nie gegeben hat?«

Damals

In Zeitlupe drehte Julius sich einmal um sich selbst. Er suchte nach irgendeinem Hinweis auf den Zweck des Geheimgangs. Hatte man ihn wirklich nur für die Inszenierung einer Vampirgeschichte gebraucht? Und wenn ja, was wollte man damit erreichen? Annes Worte schwirrten ihm im Kopf umher. Was war, wenn es diesen Thomas Black nie gegeben hatte?

Als Julius sich nach Südwesten wandte, musste er blinzeln, denn gerade lugte die Sonne über das Kirchendach und blendete ihn. Die Kirche! Warum war er nicht eher darauf gekommen? Vielleicht barg sie den Schlüssel zu dem Geheimnis.

Als Julius zusammen mit Richard und Anne die Kirche betrat, schien die Sonne durch die bunten Fenster und malte schöne Muster auf den Boden.

»Und du bist sicher, dass der Geheimgang etwas mit der Kirche zu tun hat?«, fragte Anne flüsternd.

»Ich weiß es natürlich nicht, aber ich finde es naheliegend«, erwiderte Julius.

Langsam gingen die drei durch das Mittelschiff. Jedes Mal, wenn sie an einem der Fenster vorbeikamen, sahen sie ihre Schatten auf dem Steinboden. Richard war der Erste, der anfing, mit seinen Fingern Schattenfiguren zu bilden. In den bunten Lichtreflexionen nahmen diese sich besonders interessant aus.

»Wir sind ja vielleicht gemein«, sagte Anne plötzlich. »Georg hockt gefangen in dieser stinkigen Hütte, und wir spielen hier Schattenspiele.«

Julius hob den Blick zu dem Fenster, vor dem sie gerade standen. Es hatte ein blau-gelbes Muster auf den Boden geworfen. Jetzt erst wurde ihm bewusst, dass die bunten Scheiben Motive aus der Geschichte der Pfarrkirche zeigten.

»Seltsam«, sagte er leise. »Nun bin ich schon so oft in dieser Kirche gewesen, aber was in den Fenstern dargestellt ist, habe ich noch nie so recht wahrgenommen.«

In diesem Fall war es die Einweihung der Kirche. Im Fenster davor war ihre Erbauung zu sehen. Das nächste Fenster zeigte einen Brand, der die Kirche offenbar beschädigt hatte. Und dann kam ein Fenster, das sie nicht so recht zu interpretieren wussten. Jedenfalls war darauf eine große Menge

Goldmünzen dargestellt, das war deutlich zu erkennen.

Die Freunde wollten schon weitergehen, als Richard plötzlich »Halt!« rief. »Seht ihr das? Die Jahreszahl, meine ich!«

Aufgeregt zeigte er hinauf zu dem rot-orangen Fenster. In einem Mosaikstück des bleiverglasten Fensterbildes stand die Jahreszahl 1897.

»Na, fällt jetzt der Groschen?«, rief Richard aufgeregt. »Das geschwärzte Datum im Kirchenbuch. 1897!«

»Aber…« Julius trat näher an das Fenster heran, das fast bis zum Chorgestühl hinabreichte. Er erkannte neben den Goldmünzen Menschen mit verzweifeltem Gesichtsausdruck, die die Hände zum Himmel hoben. Allen voran ein Geistlicher mit zorniger Miene. Über den Köpfen zuckte ein Blitz.

»Irgendein Unheil muss über die Leute gekommen sein in diesem Jahr«, stellte Julius fest.

»Vielleicht stimmt die Geschichte von dem Vampir«, flüsterte Richard kaum hörbar.

»Unsinn«, zischte Julius. »Was sollen die Goldmünzen dann?«

Plötzlich schrie Anne auf, die bereits zum nächsten Fenster vorangegangen war. Ein riesiger Schatten, wie von großen, schwarzen Flügeln, hatte sich über sie gelegt. Erschrocken rannte sie hinaus und umklammerte zitternd Tim, der draußen brav wartete. »Ein Vampir!«, flüsterte sie, die Nase in Tims Fell vergraben. »Tim, da drin ist ein Vampir. Wo bleiben Richard und Julius denn nur? Oh, nein, sie sind noch da drin!«

Der Hund wand sich aus Annes Umarmung und trottete schnüffelnd zum Kirchenportal. Dort begann er zu bellen. Gerade noch rechtzeitig konnte er zur Seite springen, als die schwere Tür aufgestoßen wurde und Richard und Julius herausgerannt kamen.

»Gott sei Dank!«, rief Anne. »Euch ist nichts passiert!«

Richard warf seiner Schwester einen verwirrten Blick zu.

»Warum auch? Schnell, wir müssen die Verfolgung aufnehmen! Einer rechts rum, einer links rum!«

Jetzt verstand Anne überhaupt nichts mehr. »Und was ist mit mir?«, rief sie und entschied, erst einmal an Ort und Stelle stehenzubleiben. Sie schüttelte sich wie ein nasser Hund. Was ging denn nun vor sich?

Plötzlich hörte sie lautes Scheppern, Hundegebell und aufgeregtes Rufen. Es war wohl doch besser, nachzusehen, was da los war.

Richard, Julius und Tim standen auf der anderen Seite der Kirche und hatten den Blick nach oben gerichtet. Auf einem Sims an der Kirchenwand stand eine riesige Fledermaus!

So sah es auf den ersten Blick zumindest aus, aber in Wahrheit war es der Pfarrer mit seiner schwarzen Pelerine, die sich irgendwie in seinen Armen verheddert hatte. Zu Füßen der Freunde lagen allerlei Gegenstände aus Silber und Gold.

»Sie sollten aufpassen, dass Sie da nicht runterfallen«, sagte Julius, der besorgt beobachtete, wie der Pfarrer versuchte, sich aus dem Stoffknäuel zu befreien.

Anne entdeckte eine offene Luke, durch die der Pfarrer vom Chorraum aus nach draußen geklettert sein musste.

Richard, der der beste Kletterer unter ihnen war, hatte schon ins Efeuspalier gegriffen und war auf dem Weg hinauf. »Warten Sie, Herr Pfarrer, ich helfe Ihnen.«

Oben angekommen griff er beherzt nach dem schwarzen Stoff. Mit seiner Hilfe gelang es dem Pfarrer endlich, sich zu befreien. Resigniert legte er Richard die Hand auf die Schulter und hielt sich mit der anderen an einem Mauervorsprung fest. »Ich danke dir, Junge. Am besten, wir klettern durch das Fenster zurück, das ist sicherer. Jetzt ist ohnehin alles egal.« Kurz bevor er durch die Luke stieg, drehte er sich noch einmal um und rief Julius und Anne zu: »Und ihr, seid bitte so gut und bringt die Sachen da mit, die mir eben runtergefallen sind.«

Julius und Anne dachten über diese Worte nach, als sie um die Kirche herum zum Hauptportal gingen, um in der Kirche mit Richard und dem Pfarrer zusammenzutreffen. »Jetzt ist ohnehin alles egal?« Was hatte das zu bedeuten?

Gerade kamen beide die Stufen vom Chorraum herab.

»Ich glaube, ich bin euch eine Erklärung schuldig«, sagte der Pfarrer und ließ sich erschöpft auf der Kirchenbank nieder, die dem Fenster mit der Jahreszahl am nächsten stand. Anne erinnerte sich an seine Migräne, und plötzlich tat ihr der Mann leid.

»Das Fenster ist euch vorhin ja schon aufgefallen, wie ich beobachten durfte«, sagte er. »Ich muss wirklich sagen, ihr seid ziemlich helle Köpfe. Und Angst kennt ihr wohl auch keine.« Er rang sich ein Lächeln ab.

»Na ja, Sie müssen wissen, dass uns die Warnung vor etwas immer besonders neugierig macht«, erklärte Julius grinsend.

»Das habe ich gemerkt«, erwiderte der Pfarrer und hob beide Hände.

»Was hat es denn nun mit dem Fenster da auf sich?«, wollte Anne wissen und stellte die Gegenstände ab, die sie vom Kirchhof eingesammelt hatte.

»Ich muss euch dazu sagen, dass unsere Gemeinde nicht immer von so wohlwollenden Menschen betreut wurde wie mir.« Jetzt musste er selbst lachen. »Gegen Ende des 19. Jahrhunderts herrschte hier Pfarrer Withold. Das ist der Griesgram, den ihr da auf dem Fenstermosaik sehen könnt. Er war ein ganz scharfer Hund, deshalb habe ich bewusst gesagt, er *herrschte* hier. Er schaffte es auf hinterlistige Art und Weise, den Menschen – und denen ging es damals wahrlich nicht gut – ihr Geld abzuluchsen. So sammelte er in kürzester Zeit wahre Schätze an, mit denen er aber rein gar nichts tat, außer sich daran zu ergötzen.« Er machte eine kleine Pause, und den Freunden entging nicht, dass sein Blick kurz auf den Gegenständen ruhte, die Anne und Julius mitgebracht hatten.

»Aber einer war da, der das böse Spiel durchschaute und ein paar Leute um sich scharte, die es sich zum Ziel setzten, diesem finsteren Treiben eine Ende zu bereiten.«

»Thomas Black?«, fragte Anne.

Der Pfarrer nickte. »Thomas Black.«

»Dann gab es ihn also doch!«, stellte Julius fest.

»Ja«, erklärte der Pfarrer. »Er war ein Kind dieser Gemeinde und hat seine Existenz hier geopfert, damit die Machenschaften Witholds ein Ende nahmen.«

»Aber …« Anne war entsetzt.

Doch der Pfarrer hob beschwichtigend die Hand. »Nicht, wie du jetzt denken magst. Er und seine Verbündeten haben seinen Tod vorgetäuscht und den Pfarrer und zugegebenermaßen viele andere Menschen dieser Gegend mit einem Schauspiel gruseligster Art das Fürchten gelehrt.«

»Eine Vampirgeschichte«, stellte Richard fest.

»Der Pfarrer war dermaßen eingeschüchtert, dass er sich nachts in seinem Zimmer verbarrikadierte, wenn er die Gestalt aus dem Grab steigen sah. Und das war die Gelegenheit für Thomas Black, ihm seinen Schatz zu entwenden und durch den unterirdischen Gang fortzuschaffen. Withold hatte dermaßen Angst, dass er es als eine Strafe des Himmels ansah. Der glückliche Zufall wollte es nämlich, dass in der Nacht heftige Blitze vom Himmel zuckten!« Jetzt musste der Pfarrer schmunzeln.

»Das war also im Jahr 1897«, staunte Julius und blickte auf die Blitze im Kirchenfenster.

»Ja, das Jahr, in dem Thomas Black sich freiwillig zur Vampirlegende machte und wenig später den Ort heimlich verließ, um woanders unter einem anderen Namen ein neues Leben zu beginnen. Er erfreute sich übrigens noch lange bester Gesundheit und starb als sehr alter Mann. Das war wohl der Dank für seine Wohltat. Aber die Geschichte musste natürlich weiterleben. Seine Verbündeten – auch Mitarbeiter der Kirche – mussten dafür Sorge tragen, dass die Vampirlegende immer wieder Nahrung fand. Zumindest so lange, bis Withold – inzwischen geistig verwirrt, aber immer noch gefährlich – starb.«

»Aber warum hat man danach nicht alles aufgeklärt?«, wollte Anne wissen. »Warum konnte Thomas Black dann nicht zurückkehren?«

Der Pfarrer lächelte bitter. »Nun, es gab natürlich Menschen, die es gar nicht spaßig gefunden hätten, dass man sie dermaßen übel hinters Licht geführt hatte. Und außerdem gab es an höherer Stelle andere, die einen Anspruch auf den Kirchenschatz erhoben hätten. Thomas Black und seine Leute aber haben dafür gesorgt, dass mit dem Schatz – behutsam und nach und nach, damit es nicht auffiel – Gutes getan wurde.«

Er erhob sich schwerfällig und ging zu den Gegenständen, die auf der nächsten Bank standen. »Das ist der Rest, der noch übrig ist von Witholds Reichtümern. Wie Thomas Black wollen wir damit Gutes tun, aber auch heute sollte möglichst keiner etwas davon wissen. Es könnte immer noch rechtliche Probleme geben.«

»Und als Sie durch Frau Webber und den Friedhofsgärtner erfuhren, dass wir von der Sache Wind bekommen haben, haben Sie die alte Geschichte wieder aufleben lassen, in der Hoffnung, uns von unseren Nachforschungen abzuhalten?«, fragte Julius ungläubig. »Und Sie haben sogar selbst in der Nacht, als Georg auf dem Friedhof war, den Vampir gespielt?«

»Warum haben Sie nicht einfach mit uns gesprochen?«, erkundigte sich Anne.

Der Pfarrer legte Anne die Hand auf die Schulter. »Liebe Anne, man weiß doch nie! Ja, ich habe den Vampir gespielt, aber nur weil mir die Sache wirklich wichtig ist.«

Anne musste zugeben, dass sie den Pfarrer ein wenig verstand. So gut kannte er sie ja in der Tat nicht, dass er wissen konnte, dass sie die weltbesten Geheimnisträger waren.

»Meine Mitarbeiter und ich hatten einfach gehofft, wir könnten euch so lange mit der Geschichte hinhalten, bis ich diese letzten Dinge hier ihrem Zweck zugeführt hätte. So wie ich euch inzwischen kenne, hättet ihr das Versteck auch noch gefunden.«

Richard verzog seinen Mund zu einem schiefen Grinsen. »Wir waren schneller. Aber wir halten Sie garantiert nicht von Ihrem Vorhaben ab.«

»Und wir werden kein Sterbenswort über die Geschichte verlieren«, versprach Julius.

Plötzlich hörten sie draußen vor der Tür Tim bellen.

»Apropos hinhalten!«, rief Richard. »Es ist höchste Zeit, Georg zu befreien!«

Julius schlug sich vor die Stirn. »Oh Mann, Georg habe ich bei all der Aufregung total vergessen.«

Der Pfarrer wischte sich die Haare aus der Stirn. »Ihr meint euren Cousin, der in der Obhut meines Gärtners ist?«

»Unsere Cousine«, klärte Anne auf.

»Eure Cousine?« Jetzt musste der Pfarrer trotz seiner heftigen Kopfschmerzen, die ihn offensichtlich noch immer plagten, lachen. »Na, so was!«

Er strich sich die Pelerine glatt. »Kommt, helft

mir rasch, die Gegenstände unauffällig im Auto zu verstauen. Dann fahren wir zum Gerätehaus und sehen zu, dass euer Cousin wieder an die frische Luft kommt… oh Pardon, eure Cousine. Ich habe mit Joel ausgemacht, dass ich ihm ein Zeichen gebe, sobald der Schatz in Sicherheit ist.«

Georg war stinksauer. Den ganzen Heimweg über sprach sie mit den anderen kein Wort. Sie beteiligte sich auch nicht an den Überlegungen, welche Erklärungen sie der Mutter präsentieren könnten, die sich sicher schon Sorgen machte. Inzwischen brach der Abend herein.

»Wir sollten ihr die Wahrheit sagen«, meinte Anne, als sie kurz von ihren Rädern stiegen, um zu beratschlagen.

»Die Wahrheit?«, rief Richard. »Du machst Scherze.«

»Ich meine, wir sollten ihr erzählen, dass wir Ahnenforschung betrieben haben und uns der Pfarrer so spannende Geschichten erzählt hat, dass wir darüber die Zeit vergessen haben. Sie kann ja beim Pfarrer nachfragen, ob das stimmt, und der wird das garantiert bestätigen.«

Julius seufzte. Sie hatten immer ein Problem damit, die Eltern anzuflunkern. Aber diese kleine Notlüge diente ja nun wirklich einem guten Zweck. »Ja, so machen wir das.«

»Und du, Georg?«, erkundigte sich Anne vorsichtig. »Willst du jetzt weiter die beleidigte Leberwurst spielen?«

»Pah!«, machte Georg. »Ich möchte nicht wissen, was du machen würdest, wenn du den ganzen Tag in diesem Miefloch gesessen hättest, während deine Freunde das Rätsel gelöst hätten, an dem du doch maßgeblich beteiligt warst.«

Julius winkte ab. »Ist ja gut, du hast ja recht. Aber wann hätten wir dich befreien sollen? Die Zeit drängte. Der Pfarrer wäre uns entwischt und mit ihm die Aufklärung der Vampirgeschichte. Sieh es doch mal so.«

Anne grinste. »Genau genommen bist du ein zweiter Thomas Black. Der hat sogar sein Leben hier für die gute Sache aufgegeben. Und du musstest nur einen Tag in einem miefigen Schuppen ausharren.«

Jetzt musste auch Georg grinsen. Die Märtyrerrolle war vielleicht nicht die schlechteste. Sie schnüffelte an ihrem Ärmel. Wenn auch ihre Sachen schrecklich nach Mief stanken. Aber so was kam bei ihren Abenteuern ja schon mal vor. Das gehörte dazu.

Georg hielt den anderen den Ärmel hin. »Wollt ihr mal schnuppern?«

Richard, Julius und Anne hielten ihre Nasen an Georgs Arm.

»Iiihhh!«, riefen sie im Chor und lachten, während Tim bellend um sie herum sprang.

Fünf Freunde
und der Fluch
der Wikinger

Grüße aus dem hohen Norden

»Ah ja, so liebe ich das!«, rief Georg. Mit ausgebreiteten Armen drehte sie sich auf der Wiese im Kreis. Vom Meer her wehte eine frische Brise und blähte ihre Windjacke. Ihr Hund Tim sprang laut kläffend um ihre Beine. Er freute sich ebenso wie Georg, dem Internat für einige Zeit entkommen und endlich wieder in der Felsenbucht zu sein.

Tante Fanny stand mit Anne auf der Terrasse des Felsenhauses und lachte. Auch sie hatte gute Laune. Wenn die Kinder zu Besuch waren, brachten sie Leben ins Haus.

Annes Brüder Richard und Julius waren bereits die Treppe hinaufgestürmt, um ihr Zimmer in Besitz zu nehmen und die Rucksäcke auszupacken. Leise waren sie dabei nicht. Das war jedoch nicht weiter schlimm, denn Georgs Vater, Onkel Quentin, der oft Ruhe zum Arbeiten brauchte, war heute nicht daheim.

»Und jetzt koche ich euch erst einmal etwas Feines«, sagte Tante Fanny und klatschte in die Hände. »Ihr seid von der Fahrt sicher hungrig.«

»Ich helfe dir natürlich«, rief Anne, die nur auf

das Stichwort gewartet hatte, denn die Arbeit in der Küche machte ihr großen Spaß. »Was soll es denn geben?«

»Ich hatte an Bratwurst gedacht – und dazu Kartoffeln und einen großen Topf Möhrengemüse«, erklärte Tante Fanny. »Was meinst du?«

Sogleich spurtete Anne los. Sie kannte sich im Haus der Tante gut aus und wusste, wo alles stand. Die Kartoffeln waren schnell aus dem Keller geholt und Anne begann eifrig mit dem Schälen.

Richard kam vorbeigeflitzt und bewegte die Finger wie Spinnen vor ihrem Gesicht. »Aber vergiss nicht, die Augen auszustechen, liebe Schwester«, rief er albern. »Ich mag es nicht, wenn mich die Kartoffeln angucken.«

Mit einem lauten Platsch ließ Anne eine dicke Kartoffel in den mit Wasser gefüllten Topf fallen, sodass ihr Bruder über und über nass gespritzt wurde.

Richard schüttelte sich wie ein Hund. »Das zahle ich dir heim!«, rief er lachend und drohte Anne mit der Faust.

Die griff nach einem Geschirrtuch und schlug damit nach ihm. »Mach, dass du fortkommst, du

Wicht!« Auch sie musste lachen. »Oder hilf beim Kartoffelschälen.«

Richard schlüpfte durch den Türspalt. »Bin schon weg.« Kartoffelschälen gehörte nicht unbedingt zu seinen großen Leidenschaften. Außerdem sahen die Knollen nachher eher geschnitzt aus als geschält.

Tante Fanny legte einen großen Kringel Bratwurst in eine Pfanne mit heißem Fett und trat einen Schritt zurück, um keine Fettspritzer abzukriegen.

Sogleich steckte Richard seine Nase wieder zur

Tür herein. »Was rieche ich da? Es gibt Bratwurst? Wie lecker!«

Zack! Anne hatte mit ihrem Handtuch genau das Gesicht ihres Bruders getroffen. »Deck lieber den Tisch, anstatt Unfug zu treiben!«

»Aber, Anne, das hab ich längst gemacht!«, rief Richard empört.

Anne schüttelte den Kopf. »Das hätte mir klar sein müssen, du tust schließlich alles dafür, um möglichst schnell an deine Mahlzeit zu kommen.«

»Also, ich freue mich immer über Richards gesunden Appetit.« Tante Fanny putzte sich die Hände an ihrer Schürze ab und nahm eine kleine Porzellanschüssel aus dem Schrank. »Hier, Richard. Ihr könntet in den Garten gehen und uns zum Nachtisch ein paar Erdbeeren pflücken. Einige sind noch da.«

Das ließ Richard sich nicht zweimal sagen und verschwand mit der Schüssel im Garten, gefolgt von Julius und Georg.

Die meisten Erdbeeren waren schon abgeerntet, aber wenn sie die kleinen Pflanzen gründlich absuchten, so sollte die Ausbeute für eine kleine Portion pro Person reichen.

»Wie ich meine Mutter kenne, hat sie auch noch

frische Schlagsahne dazu«, sagte Georg fröhlich, die es genoss, wieder im Felsenhaus zu sein. »Dann werden wir auf jeden Fall satt. Na ja, außer Richard vielleicht.«

Richard boxte sie lachend in die Seite. »Meine liebe Georg, du vergisst, dass der Nachtisch nicht dazu da ist, sich satt zu essen, sondern die Hauptspeise.«

Plötzlich wurde ihre Aufmerksamkeit von Motorenlärm in Anspruch genommen. Alle drei blickten wie auf Kommando auf und Tim spitzte die Ohren.

»Nanu!«, rief Julius, als sie in der Ferne mehrere schwer beladene Lastwagen die Küstenstraße hinaufkeuchen sahen. An ihren Türen prangte ein rot-grünes Emblem. Einer von ihnen hatte einen Bagger geladen. »Gibt es hier irgendwo eine Großbaustelle?«

Georg zuckte die Schultern. »Keine Ahnung, schließlich bin ich genauso lange nicht hier gewesen wie ihr.«

»Fragen wir Tante Fanny«, schlug Julius vor. Er wog die Schüssel in beiden Händen. »Ich glaube, wir haben jetzt auch alle Erdbeeren gefunden, die reif genug sind.«

Tante Fannys Gesicht war von der Arbeit am Herd gerötet, feine Haarsträhnen tanzten wie Spinnenweben um ihre Stirn. Doch das fröhliche Lächeln war nicht von ihrem Gesicht verschwunden. Gemeinsam setzten sie sich an den Esstisch. Tim machte es sich auf dem Boden bequem – immer bereit aufzuspringen, falls etwas für ihn abfallen würde. Jetzt fragte Georg ihre Mutter, was es mit dem Baustellenverkehr auf sich habe.

Tante Fanny überlegte einen kurzen Moment. »Die können nur auf dem Weg zu *Hunter's Farm* sein. Du weißt doch, wo *Hunter's Farm* ist? Ein gutes Stück die Küstenstraße hinauf.«

»*Hunter's Farm*?«, fragte Julius, der von diesem Ort noch nie gehört hatte. »Was wird denn dort gebaut? Ein neuer Stall oder eine Scheune?«

Tante Fanny wischte sich den Mund mit der Stoffserviette ab und schüttelte den Kopf. »Nein, das kannst du ja nicht wissen, aber *Hunter's Farm* wird schon lange nicht mehr als Hof bewirtschaftet. Ein paar Tiere halten sie noch, aber nur für den Eigenbedarf. Und Pferde, auf denen die Gäste reiten können. *Hunter's Farm* ist jetzt eine Gastwirtschaft, die sehr idyllisch an der Küste liegt. Wenn ich richtig informiert bin, wollen sie dort erweitern und ein richtiges Ausflugslokal daraus machen. Aber mehr weiß ich auch nicht. Übrigens finde ich, ohne mich selbst loben zu wollen, dass der Möhreneintopf sehr gut schmeckt.«

»Er schmeckt einfach köstlich!« Richard schob sich einen großen Löffel voll in den Mund und aß mit Genuss. »Wenn ich da an die Pampe denke, die man uns letztens im Internat als Möhrengemüse angeboten hat … als hätte man es mit Zweikomponentenkleber gekocht. Man konnte den Löffel senkrecht hineinstellen. Und geschmeckt hat es genau so, wie es aussah.«

»Ein Grund mehr, ins Felsenhaus zu kommen«, rief Anne.

Ein Geräusch ließ sie alle aufhorchen: Das musste Onkel Quentin sein, der mit dem Auto den Kiesweg entlanggefahren kam und nun vor dem Haus hielt.

»Er war bei einer Konferenz«, erklärte Tante Fanny. »Hoffen wir, dass er nicht allzu erschöpft ist.«

Georg wusste, was ihre Mutter damit meinte. Wenn ihr Vater müde war, wollte er seine Ruhe haben. Dann war es mit der ausgelassenen Stimmung vorbei und sie durften sich nur noch ganz leise durch das Felsenhaus bewegen. Seufzend sah sie ihrer Mutter hinterher, die in den Flur gegangen war, um ihren Mann zu begrüßen.

Aber Georgs Sorge war unbegründet. Onkel Quentin war nicht nur bester Laune, sondern für seine Verhältnisse sogar ziemlich überschwänglich: Den Jungen klopfte er kameradschaftlich auf die Schulter und Anne versicherte er, sie sei noch hübscher geworden. Dann ließ er sich am Tisch nieder. »Ich hoffe, ihr habt mir noch genug übrig gelassen. Ich habe nämlich einen Riesenhunger. Der Imbiss, der uns heute Mittag gereicht wurde, war einfach ungenießbar. Ich konnte noch nicht einmal herausfinden, was das sein sollte.«

»Na, dann lass dir jetzt Tante Fannys Möhreneintopf schmecken.« Anne gab ihrem Onkel eine große Kelle voll auf den Teller. »Er ist vorzüglich.«

Julius reichte ihm die Bratwurst. »Und die hier ebenfalls.«

Nur Tim verkrümelte sich nun in die Ecke. Er wusste genau, dass Onkel Quentin es nicht mochte, wenn er mit am Tisch war.

Onkel Quentin begann zu essen und lobte zwischen den einzelnen Bissen immer wieder Tante Fannys Kochkünste. Dann aber wechselte er das

Thema. »Eben sind mir Baustellenfahrzeuge entgegengekommen«, sagte er kauend. »Nun geht es wohl bei *Hunter's Farm* zur Sache, nicht wahr?«

»Ja, wir sprachen eben darüber«, sagte Tante Fanny.

»Eine vorzügliche Lage für ein Hotel«, erwiderte Onkel Quentin.

»Ein Hotel wollen sie dort sogar bauen?« Tante Fanny war erstaunt. »Nun, auf den Baustellenverkehr werden wir uns in den nächsten Wochen wohl einstellen müssen. So ein Komplex baut sich auch nicht von heute auf morgen. Hoffen wir, dass sie nicht so einen klobigen Kasten in die schöne Küstenlandschaft bauen.«

Zwei Tage später, als sie gerade beim Frühstück saßen, klingelte das Telefon. Onkel Quentin knurrte ungehalten, denn er mochte es nicht, bei den Mahlzeiten gestört zu werden.

Tante Fanny war bereits aufgesprungen, um das Gespräch entgegenzunehmen. Kurz darauf kam sie zum Tisch zurück. »Quentin, ich befürchte, du wirst dein Frühstück für einen Moment unterbrechen müssen. Da ist jemand vom Institut dran. Er sagt, es sei dringend.«

Unwillig wischte Onkel Quentin sich den Mund ab und verließ leise vor sich hin schimpfend den Raum.

Die Freunde blickten sich fragend an und Tante Fanny zuckte die Schultern. »Da bin ich aber mal gespannt, was da nicht warten kann.«

Aber Onkel Quentin verriet nichts, als er an den Tisch zurückkehrte. Rasch stürzte er seinen Kaffee hinunter und bat dann: »Fanny, sei so gut und packe mein Brot weg. Ich esse es auf, wenn ich wieder da bin. Ich muss jetzt leider sofort los.«

»Aber…« Tante Fanny sprang auf und rückte Onkel Quentin die Krawatte zurecht, die schief unter seinem Kragen saß. »Wohin denn so plötzlich?«

»Zu *Hunter's Farm*. Meine Fachkenntnisse werden dringend gebraucht.«

Georg war ebenfalls aufgesprungen, was Tim zum Anlass nahm, sich neben sie zu stellen und aufgeregt mit dem Schwanz zu wedeln, als würden sie auch jeden Moment aufbrechen. »*Hunter's Farm*? Das klingt spannend.«

»Ich weiß noch nicht so recht«, erwiderte Onkel Quentin unverbindlich und dann war er auch schon zur Tür hinaus verschwunden.

Nachdem die Freunde geholfen hatten, den Frühstückstisch abzuräumen und das Geschirr zu spülen, passte Richard einen Moment ab, in dem Tante Fanny außer Hörweite war. »Sag mal, Georg, kennst du den Weg zu *Hunter's Farm*?«

»*Hunter's Farm*?«, rief Georg, senkte aber sofort ihre Stimme. »*Hunter's Farm*? Willst du etwa meinem Vater hinterherschnüffeln?«

Richard rümpfte die Nase. »Also, schnüffeln würde ich das nicht nennen. Aber du hast doch bestimmt auch überlegt, was da Interessantes sein mag, oder? Und ich dachte, da wir heute noch nichts anderes vorhaben, könnten wir ...«

Georg winkte ab. »Vergiss es. Wenn mein Vater merkt, dass wir ihm gefolgt sind, kann er ziemlich ungnädig werden. Du kennst ihn doch.«

»Er muss es ja nicht merken.« Richard war überrascht. Normalerweise war Georg diejenige, die als Erste aktiv wurde, wenn irgendwo etwas Interessantes zu entdecken war. Irgendwie konnte er es aber auch verstehen, denn es ging in diesem Fall um Onkel Quentin, mit dem oft genug nicht gut Kirschen essen war. Wenn er sich durch die Freunde in irgendeiner Weise gestört fühlte, dann war Georg diejenige, die es abkriegte. Andererseits konnte man von Onkel Quentin eine Menge lernen und er hatte ihnen schon so manches Mal zu einem echten Abenteuer verholfen.

Seufzend gab Richard nach: »Okay, warten wir einfach ab, bis er wieder daheim ist, und fragen ihn, was es auf *Hunter's Farm* gegeben hat.«

Doch wie es in solchen Situationen immer zu sein scheint, war es auch diesmal. Wenn man auf etwas wartet, kommt einem die Zeit viel länger vor. Und tatsächlich wurde ihre Geduld auf eine harte Probe gestellt. Bis Onkel Quentins Auto endlich die Einfahrt hinaufschnaufte, hatten die Freunde schon allerlei getan: Sie hatten die Einkäufe für Tante Fanny erledigt, hatten den Rasen gemäht, zu Mittag gegessen und Fußball gespielt und Tante Fanny geholfen, eine alte Truhe vom Speicher zu schleppen, die nun auf der Terrasse stehen sollte, damit die Polster der Gartenmöbel darin Platz fanden. Schließlich hatten sie auch noch Tim gebadet, der sich auf dem Feld im Dreck gewälzt hatte. Ja, sie waren sogar schon dabei, das Abendbrot zu bereiten.

Es war nicht zu übersehen, dass Onkel Quentin angestrengt nachdachte. Er schloss die Haustür hinter sich und verschwand, die Stirn in tiefe Falten gelegt, sofort in seinem Büro. Er war so sehr in seine Gedanken versunken, dass er sogar vergaß, die Familie zu begrüßen.

»Oha«, kommentierte Georg diesen Auftritt.

Im selben Moment öffnete ihr Vater die Tür seines Arbeitszimmers wieder und sagte: »Georg, ich habe dir doch vor einiger Zeit ein Buch über die Wikinger ausgeliehen. Ich hoffe, du hast es aus dem Internat wieder mitgebracht.«

»Ich hatte es gar nicht mitgenommen«, antwortete Georg verdutzt. »Es liegt oben in meinem Zimmer.«

»Dann hol es bitte herunter«, sagte Onkel Quentin. »Und sei zukünftig so umsichtig und gib mir die Bücher unaufgefordert wieder zurück, wenn du sie nicht mehr brauchst.«

»Aber …«, wollte Georg protestieren, denn sie hatte durchaus vorgehabt, noch weiter darin zu lesen. Doch ihre Mutter machte ihr mit einem angedeuteten Kopfnicken klar, dass es besser war, jetzt keine Widerworte zu geben.

Also spurtete Georg hinauf und hoffte, das Buch rasch zu finden. Es war wohl nicht gut, ihren Vater warten zu lassen. Eilig durchsuchte sie ihr Zimmer. Wo hatte sie das Buch nur zuletzt hingelegt? Es war schon eine Weile her. Ah, da lag es ja, im Regal mit ein paar anderen Büchern.

Georg nahm es zur Hand und entdeckte, dass sie ein Lesezeichen hineingelegt hatte. Sie schlug die Seite auf.

Ein zotteliger, blonder Krieger, in der erhobenen Faust ein Beil, starrte ihr mit weit aufgerissenem Mund und blitzenden Augen entgegen. Das Bild war so lebensecht, dass Georg beinahe das Kampfgebrüll hören konnte. Eine Gänsehaut kroch ihr über den Rücken.

Was die Erde verbirgt

Später am Abend kam Onkel Quentin endlich aus seinem Arbeitszimmer und stellte sich den neugierigen Fragen der Freunde.

»Was gibt es denn nun so Aufregendes bei *Hunter's Farm*?«, fragte Georg ungeduldig. »Warum musstest du Hals über Kopf aufbrechen?«

Onkel Quentin, der ja das Abendessen verpasst hatte und nun noch einen späten Imbiss zu sich nahm, biss ein Stück Gewürzgurke ab und sagte dann kauend: »Nun, wir mussten die Baustelle stilllegen.«

»Was?« Julius rückte seinen Stuhl näher an den Onkel heran. Jetzt wurde es sicher interessant. »Aber warum denn? Erzähl doch mal. Oder darfst du darüber nicht sprechen?«

Onkel Quentin nickte. »Doch, schon. Ihr werdet es morgen ohnehin in der Zeitung lesen können, aber ihr gehört sozusagen zu den Ersten, die davon erfahren.« Doch dann spannte er die Kinder noch ein wenig auf die Folter, denn er aß erst in Ruhe die belegten Brote, die Tante Fanny ihm zurechtgemacht hatte. Dann lehnte er sich im Stuhl zurück. Das war ein sicheres Zeichen dafür, dass er weiter ausholen würde.

Die Freunde lauschten aufmerksam.

»Georg, sei doch so gut und hol mal deinen Zeichenblock und einen Bleistift, dann kann ich euch eine Skizze machen. Es ist nämlich wirklich interessant.«

»Warte!« Julius sprang auf und eilte zur Garderobe. »Ich habe meinen Skizzenblock hier in meinem Rucksack.«

Er holte den Block und einen Bleistift herbei und gab beides seinem Onkel. Anne räumte rasch das Geschirr in die Küche, damit Onkel Quentin genug Platz hatte.

Onkel Quentin war ein guter Zeichner. Anscheinend hatte Georg das Talent von ihrem Vater geerbt. Im Nu hatte er eine Skizze von *Hunter's Farm* aufs Papier gebracht. »So, im rechten Winkel liegen die beiden Gebäude von *Hunter's Farm*. Hier die Gaststätte und dort das große Wirtschaftsgebäude, an dessen Ende die Ställe liegen.« Dann setzte er die Bleistiftspitze auf der anderen Seite an und zeichnete mit einer gestrichelten Linie ein weiteres Haus ein, das sich so an die anderen anschloss, dass es mit diesen einen u-förmigen Gebäudekomplex bildete. »Und hier nun soll das neue Hotel entstehen. Leider soll es ein ziemlich großer Klotz werden – mit über vierzig Betten. Aber hier genau liegt das Problem.« Onkel Quentin hielt einen kurzen Moment inne und tippte mit dem Ende des Bleistiftes an sein Kinn. »Das heißt, nein, es ist eigentlich gar kein Problem. Im Gegenteil: Wenn es das ist, was ich vermute, dann ist es ein Geschenk. Aus meiner Sicht. Der Besitzer sieht das natürlich anders.«

Georg rutschte auf die vordere Kante des Stuhls und sah Onkel Quentin an. »Vater, könntest du uns vielleicht das Ganze auch so erklären, dass wir verstehen können, worum es geht? Bisher klingt es eher wie ein Rätsel.«

Onkel Quentin, der offenbar für einen kurzen Moment in Gedanken zu *Hunter's Farm* zurückgekehrt war, zuckte leicht zusammen. »Oh, entschuldigt bitte, ich bin noch so in den Ereignissen des heutigen Tages drin, dass ich ganz vergessen habe, das Wichtigste zu erwähnen. Also, die Sache ist die: Die Bauarbeiter haben heute damit begonnen, an der Stelle, an der das Hotel entstehen soll, das Erdreich auszuheben. Das Gebäude soll nämlich voll unterkellert werden. Zum Glück, denn sonst hätte man es nie entdeckt.«

»Was denn?« Langsam wurde Georg ungeduldig. »Spann uns doch nicht so auf die Folter!«

Onkel Quentin machte ein wichtiges Gesicht. »Wir können wirklich dankbar sein, dass der Baggerführer so besonnen war und die Arbeit unmittelbar eingestellt hat, als seine Baggerschaufel an etwas hängen geblieben ist, das ihm seltsam vorkam. Und er war sogar so besonnen, uns als Fachleute einzuschalten.«

Fast dachte Georg, ihr Vater wollte immer noch nicht mit der Sprache herausrücken und erzählen, was sie da nun gefunden hatten. Aber dann zog er den Block näher zu sich heran und begann zu zeichnen. »Das, was bisher freigelegt wurde, sieht in etwa so aus.«

Georg betrachtete die Skizze von allen Seiten. »Was soll das sein, Vater?«

Onkel Quentin lehnte sich zurück und verschränkte die Hände ineinander. »Wenn ich mit meinen Vermutungen richtig liege, dann handelt es sich um die Reste eines Wikingerschiffes.«

Georg sprang erregt auf und stieß dabei so heftig gegen den Tisch, dass etwas Tee aus der Tasse ihres Vaters schwappte. »Ein Wikingerschiff! Deshalb hast du auch das Buch gebraucht!«

Auch Julius war begeistert. »Wie geht es denn jetzt weiter? Erzähl doch mal.«

Onkel Quentin versuchte, die Kinder in ihrer Euphorie zu bremsen, indem er sagte: »Ruhig Blut. Zuerst einmal muss der Fund weiter freigelegt werden. Dann erst kann man sagen, ob es tatsächlich ein Schiff aus der Wikingerzeit ist. Und dann muss man entscheiden, wie man weiter verfährt.«

Tante Fanny brachte die Kehrseite dieses Er-

eignisses auf den Punkt. »Das wird Mr Jefferson von *Hunter's Farm* aber ganz und gar nicht freuen, denn das wird das gesamte Bauprojekt um Wochen zurückwerfen, nicht wahr? Wenn er Pech hat, sogar um Monate.«

Onkel Quentin griff nach Tante Fannys Hand. »Meine liebe Fanny, es geht sogar noch weiter. Wenn sich die ganze Sache als außerordentlicher und spektakulärer Fund entpuppt, dann kann es sein, dass er an der Stelle gar nicht wird bauen können.«

»Das wäre aber auch gemein«, meinte Anne. Dann begann sie zu kichern. »Ich stelle mir gerade vor, dass Mr Jefferson jetzt sauer auf den Baggerführer ist. Denn hätte der nicht genau hingeschaut und reagiert, sondern einfach weitergegraben, dann könnte das Hotel jetzt gebaut werden.«

»Und ein weltgeschichtlich bedeutendes Fundstück wäre für immer verloren«, ergänzte Richard.

Nachdem Onkel Quentin den verschütteten Tee mit der Serviette aufgetupft hatte, nippte er an seiner Tasse. »Das ist erst einmal alles reine Spekulation. Wie gesagt, zunächst muss das Objekt vorsichtig freigelegt werden und dann sehen wir weiter.«

»Und wer macht das?«, wollte Anne wissen. »Ich meine das Freilegen. Doch sicher nicht das Bauunternehmen, oder?«

Onkel Quentin schüttelte den Kopf. »Natürlich nicht. Schon morgen wird ein Trupp vom archäologischen Institut anrücken und das Fundstück weiter freilegen.«

»Wirst du auch dabei sein?«, fragte Richard.

»Ja, selbstverständlich, und falls ich mit meiner Ahnung richtig liege und es sich tatsächlich um das handelt, was ich vermute, dann werde ich bis zum Ende des Projekts beteiligt sein.«

Georg war begeistert. Ein waschechtes Wikingerschiff ganz in ihrer Nähe! Wer hätte das gedacht? Das eindrucksvolle Bild des jungen Wikingers in Kampfpose, das sie vorhin noch in dem Buch gesehen hatte, kam ihr wieder in den Sinn. Was müssen das für Zeiten gewesen sein, als diese die Küstenregionen unsicher machten und niemand vor ihren Überfällen sicher war.

Aufgeregt fragte sie ihren Vater: »Dürfen wir dabei sein, wenn das Schiff ausgegraben wird? Es ist so wahnsinnig spannend!«

Tante Fanny hob beschwichtigend die Hände. »Georg, Liebes, ich denke, das Letzte, was die Archäologen gebrauchen können, sind ein paar neugierige Kinder, die ihnen im Weg stehen.«

Aber zu ihrem Erstaunen willigte Onkel Quentin ein. »Lass nur, Fanny, ich finde es ja gut, wenn sich die jungen Leute für Historisches interessieren. Ich denke, es geht in Ordnung, wenn ihr mich morgen begleitet. Aber in einem hat deine Mutter recht, Georg, ihr dürft wirklich nicht im Weg herumstehen. Das müsst ihr versprechen.«

Julius versicherte, dass das nun wirklich kein Problem für sie sei. »Schließlich sind wir ja nicht das erste Mal bei Ausgrabungen dabei. Beim letzten Mal wurden wir sogar in die Arbeit mit eingespannt, erinnerst du dich, Onkel Quentin?«

Der Onkel lachte. »Ja, sicher erinnere ich mich. Wobei ich mich auch erinnere, dass es euch ganz schön gelangweilt hat, beim mühsamen und eintönigen Katalogisieren der kleinen Fundstücke zu helfen. Aber diesmal liegt der Fall ja anders.«

Tante Fanny klatschte in die Hände. »Wenn das so ist, schlage ich vor, dass ihr flugs schlafen geht. So wie ich die Sache einschätze, geht es morgen in aller Frühe los. Habe ich recht, Quentin?«

Onkel Quentin gähnte. »Ja, in der Tat. Ich werde jetzt auch ins Bett gehen. Ich bin doch zugegebenermaßen ziemlich müde.«

»So ein Pech, dass mein Vater das Buch über die Wikinger in seinem Arbeitszimmer hat«, sagte Georg, als sich die Freunde wenig später noch im Zimmer der Jungen zusammenhockten. Tim hatte sich in ihrer Mitte auf den Boden gekringelt. »Ich würde jetzt zu gern ein bisschen darin blättern und stöbern, um mehr über dieses Volk zu erfahren.«

Wie die Freunde wussten, mochte Onkel Quentin es nicht, dass die Kinder in sein Arbeitszimmer gingen, wenn er nicht dabei war. Und das Risiko, dass er es merkte, wenn sie sich das Buch holten, war einfach zu groß. Das Elternschlafzimmer befand sich nämlich im Erdgeschoss.

Richard sprang auf und trat an das Regal, in dem eine Reihe Bücher stand, unter anderem ein altes Lexikon seines Onkels. »Schauen wir doch wenigstens hier einmal hinein«, schlug er vor und nahm den entsprechenden Band heraus.

Anne, der von der ungewohnten Haltung im Schneidersitz der Rücken steif wurde, umfasste ihre Knie und lehnte sich ein Stück nach hinten. Ein wenig träumerisch sagte sie: »Ich stelle mir unter den Wikingern immer nur kräftige und wilde Männer mit Eisenhelmen vor, die struppige blonde Haare haben und brüllend durch die Gegend rennen, um irgendwelche Dörfer zu überfallen.« Sie musste grinsen. »Aber die Wikinger können ja schlecht nur solche Männer gewesen sein. Es muss doch auch Frauen gegeben haben, Kinder und Alte.«

»Hm«, machte Julius. »Wenn ich mich recht erinnere, haben wir mal in der Schule gelernt, dass es *die* Wikinger schlechthin sowieso nicht gab. Aber schauen wir doch, was das Lexikon uns sagt.« Er nickte Richard auffordernd zu, der inzwischen die richtige Seite aufgeschlagen hatte.

Richard überflog einen Abschnitt, bevor er zu sprechen begann. »Hier steht, es war ein zur See fahrendes Volk aus dem Nord- und Ostseeraum. Wie Julius schon richtig erklärte, gibt es die Wikinger schlechthin nicht. Zum einen gab es da junge Männer, die sich zusammentaten und aus ihrer Gemeinschaft ausbrachen, um auf Beutezug zu gehen, später aber irgendwo sesshaft wurden.«

»Ja, es gibt an den Küsten Nordeuropas mehrere solcher Wikingersiedlungen«, erinnerte sich Anne.

»Zum anderen gab es aber tatsächlich auch solche, die das Überfallen und Ausrauben der Menschen, die an den Küsten lebten, als ihren einzigen Lebensinhalt betrieben«, fuhr Richard fort.

Julius schüttelte den Kopf. »Das klingt sehr danach, dass diese Männer heimatlos waren. Die müssen doch unentwegt auf Beutezug gewesen sein.«

Anne fröstelte. »Das ist wieder so ein Moment, in dem ich froh bin, dass ich heute lebe und nicht damals. Stellt euch vor, man müsste hier an der Küste permanent Angst haben, von diesen Raubeinen überfallen zu werden. Spielen am Strand könntest du da getrost vergessen.«

Georg dagegen grinste verschmitzt. »Andererseits war das bestimmt auch eine spannende Zeit.«

»Stell dir das bloß nicht romantisch vor«, sagte Julius.

»Romantisch?«, rief Georg. »Aber keineswegs, lieber Julius!«

Richard tippte auf die Buchseite. »Hier steht, dass diese Überfälle bereits am Ende des achten Jahrhunderts begannen. Und diese zweite Gruppe, von der ich eben sprach, muss unvorstellbar grausam gewesen sein. Also, Georg, seien wir lieber froh, dass wir nicht in so einer Zeit leben.«

Julius pfiff anerkennend durch die Zähne. »Man muss sagen, dass diese Nordmänner schon sehr früh sehr firm in der Schifffahrt waren. Überlegt mal, dass die damals schon Schiffe hatten, mit denen sie so weite Strecken zurücklegen konnten.«

Anne hielt sich die Hand über die Augen, als sei sie ein Matrose, der im Mastkorb eines Segelschiffes Wache hielt. »Aber immer in Küstennähe. Und immer schön Ausschau halten, wo das nächste Dorf ist, das man überfallen kann, um den armen Fischern das letzte Hemd zu klauen.«

»Oder mit ihnen kurzen Prozess zu machen.« Richard fuhr sich mit dem Zeigefinger über die Kehle. »Pah, ich mag gar nicht dran denken!«

Julius winkte ab. »Aber wie wir wissen, waren sie ja nicht alle so. Die Nordmänner haben ja zum Beispiel auch Siedlungen gegründet, die sie als Handelsstützpunkte nutzten. Vollkommen friedlich.«

»Wenn ich das aus dem Geschichtsunterricht richtig in Erinnerung habe, dann endete die Wikingerzeit mit der Schlacht bei Hastings 1066«, sagte Georg. »Stimmt's?«

Richard nickte und klappte das Buch zu. »Und unsere Zeit endet für heute auch, befürchte ich. Ich bin sehr müde, und wenn wir morgen früh mit Onkel Quentin aufbrechen wollen, dann sollten wir ausgeschlafen sein.«

Anne streckte die Beine aus, die ihr vom langen Sitzen im Schneidersitz ganz steif geworden waren. »Da hast du sicher recht. Obwohl ich noch gar nicht so müde bin.«

»Dann lies halt noch ein bisschen«, schlug Georg vor und gähnte herzhaft.

Doch Anne konnte sich nicht auf ihr Buch konzentrieren und löschte bald das Licht. Lange lag sie noch wach und starrte in die Dunkelheit des Zimmers, aus der sich nur ganz schwach die Umrisse der Möbel abhoben. Morgen würden sie vielleicht miterleben, wie ein echtes Wikingerschiff, das über Jahrhunderte in der Erde verborgen gewesen war, wieder ans Tageslicht kam. Dieser Gedanke verlieh ihrer Fantasie Flügel. Wie das Schiff wohl dorthin gekommen war?

Zeitreise

Die schweren Bagger standen abseits der Baugrube wie träge Saurier, die darauf warteten, dass man ihnen Leben einhauchte. Doch es würde eine Weile dauern, bis sie wieder zum Einsatz kommen konnten. Denn nun waren erst einmal die Mitarbeiter des archäologischen Museums dabei, die Fundstelle auszumessen und dann das Holzteil, welches die Baggerschaufel nur um Zentimeter verfehlt hatte, fachmännisch freizulegen.

Es war noch empfindlich frisch und der Tau lag über dem gesamten Gelände. Die ersten Sonnenstrahlen reflektierten darin und ließen die Landschaft glänzen wie unter einer feinen Zuckerschicht.

Anne fror. Sie hatte so gut wie gar nicht geschlafen, und wenn sie müde war, war ihr immer besonders schnell kalt. Obwohl sie sich zusätzlich unter dem Anorak noch eine Strickjacke angezogen hatte, kam es ihr vor, als krieche ihr die Kälte in die Ärmel. Die Müdigkeit hatte sich ihr wie ein feines Spinnennetz auf das Gesicht gelegt, das sie nun mit der Hand fortzuwischen versuchte. Sie konnte ein Gähnen nicht unterdrücken.

Georg, Richard und Julius dagegen waren ausgeschlafen und munter und plapperten wild über das, was sie beobachteten. Nichts entging ihrer Aufmerksamkeit, obwohl Onkel Quentin ihnen strikte Anweisung gegeben hatte, sich abseitszuhalten, damit sie nicht im Weg standen.

Onkel Quentin hatte das Auto weiter vorn an der Zufahrt geparkt, sodass sie noch ein gutes Stück hatten laufen müssen, bis sie das Gelände erreicht hatten. Als sie ankamen, waren die Mitarbeiter des Instituts schon dabei, das rot-weiße Flatterband abzuwickeln und das Gelände abzusperren. Dabei war es Anne so vorgekommen, als seien sie mitten in der Nacht aufgestanden – so dunkel war es noch gewesen, als sie sich am Frühstückstisch versammelt hatten.

Nun liefen die Wissenschaftler geschäftig hin und her, hantierten mit Bandmaßen und Maßstöcken und riefen sich Zahlen zu.

Anne hüpfte bibbernd von einem Bein aufs andere. Am liebsten hätte sie ihren Onkel gefragt, ob sie sich zum Aufwärmen wieder ins Auto setzen dürfe, aber sie wollte nicht als Memme dastehen.

»Wenn doch nur endlich schon gegraben würde und wir nah dabei sein könnten«, jammerte sie und rieb sich über ihre eiskalte Nasenspitze.

Julius drehte sich überrascht zu seiner Schwester um, so als fiele ihm jetzt erst auf, dass sie auch da war. »Aber, nun sei doch nicht so ungeduldig, Anne. Du weißt doch, dass es wichtig ist, sehr genau bei der Arbeit vorzugehen.«

»Ja, ja«, erwiderte Anne nörgelnd. »Aber es ist wirklich nicht sehr spannend, zuzusehen, wie sie Stangen in den Boden rammen und das Band daran befestigen.«

»He, ihr!«, rief plötzlich jemand hinter ihnen.

Überrascht drehten sich die Freunde um.

Ein Mann in Lodenjoppe und Gummistiefeln winkte sie zu sich. »Quentin hat mir schon erzählt, dass wir heute Zuschauer haben«, erklärte er lachend und schüttelte einem nach dem anderen die Hand. »Und du bist sicher Tim.« Der Mann, der sich selbst als Caspar vorstellte, strubbelte dem Hund durch das Fell. »Aber bevor ihr einfach nur rumsteht und euch langweilt, könntet ihr besser helfen, denke ich mir.«

»Das ist aber nett, Herr Caspar«, erwiderte Julius freudig.

Jetzt lachte der Mann. »Caspar, einfach Caspar, nicht Herr Caspar. Das ist doch viel unkomplizierter, findet ihr nicht?«

Dann forderte er die Freunde auf, ihm zu folgen. Er hob das Absperrband an und einer nach dem anderen schlüpfte darunter hindurch. Dann öffnete Caspar die rückwärtige Klappe eines kleinen Lieferwagens, der mit Holzkisten in verschiedenen Größen beladen war. »Diese Kisten müssten zu meinen Mitarbeitern da drüben gebracht werden. Seid ihr so gut? Sie sind nicht schwer.«

»Klar!«, rief Richard, der auch froh war, etwas zu tun zu haben, und ergriff gleich die erste Kiste. »Oh, die ist ganz leicht. Hier, Anne, willst du die nehmen?«

Als sie mit den Kisten im Gänsemarsch hinübergingen zu der Stelle, an der der Bagger angefangen hatte zu graben, konnten sie zum ersten Mal einen Blick auf das hölzerne Teil werfen, das da aus dem Boden ragte. Von Weitem sah es recht unspektakulär aus, doch je näher sie kamen, desto deutlicher war die Kontur zu erkennen.

Anne spürte, wie ihr Herz plötzlich schneller schlug, und von Frösteln war nicht mehr die Rede. Das erdverschmierte, dunkle Holz sah in der Tat aus wie die löchrige Wand eines kleinen Schiffes!

Julius war von dem Anblick so fasziniert, dass er beinahe über einen Grasbüschel gestolpert wäre. Er empfand so etwas wie Ehrfurcht. Wenn es wirklich ein Schiff aus alten Zeiten war, dann hatten die Wissenschaftler viele Fragen zu klären. Das war einfach nur spannend!

Spannend fand Georg auch etwas anderes. Ihre Aufmerksamkeit wurde für einen Moment von einem Mann gefesselt, der etwas abseits stand, sich mit den Fingern durch sein schütteres Haar

fuhr und ein ratloses Gesicht machte. Georg erkannte ihn wieder. Es war Mr Jefferson, der Besitzer von *Hunter's Farm*.

»Ihr könnt die Kisten hier hinstellen«, sagte ein jüngerer Mann mit schwarzen Haaren und beachtete dann die Freunde nicht weiter. An den Stiefeln der Archäologen klebte Lehm. Zwar hatte es länger nicht geregnet, aber in der bereits ausgehobenen Grube kam schwere, feuchte Erde zum Vorschein. Man hatte eine Leiter hineingestellt und zwei Männer waren hinuntergestiegen, sodass man nur noch ihre Köpfe sah.

Nachdem Georg ihre Kiste abgestellt hatte, hielt sie wieder nach Mr Jefferson Ausschau. Wie lange es wohl dauern würde, bis man das Schiff komplett freigelegt hatte? Und dann? Wie würde man es von hier fort und in ein Museum verfrachten?

Das wird sicher eine Riesenherausforderung werden, dachte Georg. Und Mr Jefferson? Einerseits kann er stolz sein, dass ausgerechnet auf seinem Grund und Boden eine solche Entdeckung gemacht wurde. Das ist bestimmt eine gute Reklame. Andererseits: Was nutzte ihm die Reklame, wenn ihm das Hotel für die Gäste fehlte, weil es noch nicht gebaut werden konnte?

Julius stieß sie an. »He, Georg, willst du dich vor der Arbeit drücken?«

Georg hatte gar nicht mitbekommen, dass die anderen sich schon wieder auf den Weg zum Lieferwagen machten, um die nächsten Kisten zu holen.

Nachdem alle Kisten an Ort und Stelle waren, wagten sich die Freunde näher an die Grube heran und staunten. Die beiden Männer hatten begonnen, mit kleinen Handschaufeln die Erde entlang des Holzstückes abzutragen.

»Pah, das kann ja ewig dauern«, kommentierte Richard. »Wenn die so das ganze Schiff freilegen wollen.«

»Warten wir erst einmal ab, wie viel davon noch übrig ist«, sagte plötzlich eine Stimme neben ihnen. Es war Caspar, den sie gar nicht kommen gehört hatten.

»Immerhin: Alle Anzeichen sprechen dafür, dass es sich tatsächlich um ein Schiff aus der Wikingerzeit handelt«, erklärte er. »Und wenn alle Teile so gut erhalten sind wie das, was wir bereits sehen können, dann ist der Fund sensationell. Ihr wisst, dass man sehr behutsam vorgehen muss.«

»Aber müssen die Schaufeln denn so klein

sein?«, hakte Richard nach, den die kleinen Geräte eher an die Schippchen erinnerten, mit denen sie früher im Sandkasten gespielt hatten.

Caspar nickte. »Leider ja. Das Holz scheint zwar durch den lehmigen Boden relativ gut konserviert worden zu sein, aber dennoch ist es sicher ziemlich marode und damit sehr empfindlich. Wir wollen ja nicht noch mehr Löcher verursachen, als der Zahn der Zeit ohnehin schon hineingefressen hat.«

»Stimmt es, dass es nun, nachdem es an die Luft gekommen ist, schneller verrottet?«, wollte Julius wissen.

»Ja, das ist in der Tat so«, antwortete Caspar. »Wenn es jedoch im Wasser gelegen hätte, wäre dieser Effekt noch ernster zu nehmen. Dennoch müssen wir uns schleunigst Gedanken darüber machen, wie wir das Holz so bald wie möglich konservieren und für die Nachwelt erhalten.«

Inzwischen hatte die Sonne endlich den Morgendunst aufgelöst und schickte die ersten wärmenden Strahlen hinab. Anne atmete auf. Und als dann auch noch jemand zur Frühstückspause rief und heißer Tee ausgeschenkt wurde, war die Welt für sie wieder in Ordnung.

Onkel Quentin hatte sich mit Caspar an einen Campingtisch gesetzt. Sie beugten sich über einen Lageplan und berieten sich.

»Ihren entspannten Gesichtern und dem häufigen Kopfnicken nach zu urteilen, scheinen sie ganz zufrieden zu sein«, meinte Julius.

Georg zeigte lässig mit dem Daumen über die Schulter. »Kein Wunder. Es geht zwar langsam voran, aber das, was sie bis jetzt freigelegt haben, sieht doch ganz vielversprechend aus. Zumindest soweit ich das mit meinen laienhaften Kenntnissen beurteilen kann, versteht sich.«

Richard breitete die Arme aus. »Na hör mal, so ein Stück ist bisher zu sehen. Wie viel mag noch in der Erde verborgen sein?«

Der Schwarzhaarige, der, ebenso wie seine Kollegen, die Freunde bisher kaum beachtet hatte, hatte Richards Frage gehört. »Jedenfalls kann es dauern, bis wir alles freigelegt haben. So ein Schiff ist locker um die zwanzig Meter lang.«

Anne kniff die Augen zusammen und versuchte abzuschätzen, wie viel Arbeit noch vor den Wissenschaftlern lag. Wollte sie nun tatsächlich jeden Tag herkommen, um ihnen bei der Arbeit zuzusehen? So spannend fand sie das nun auch nicht, dass sie die kompletten Ferien damit zubringen wollte. Die anderen konnten ja tun und lassen, was sie wollten, sie für ihren Teil würde sicher auch jede Menge Beschäftigung im Felsenhaus bei Tante Fanny finden.

Doch als am späten Nachmittag die Sonne schon wieder tiefer stand und man beschloss, Feierabend zu machen, staunte Anne. Was die Wissenschaftler bisher freigelegt hatten, war wirklich beachtlich. Und noch beachtlicher war, dass das Schiff nun wirklich Konturen annahm. Vor ihrem inneren Auge sah Anne die wilden Männer aus dem Norden darin sitzen und die Fäuste recken. Plötzlich war die Spannung wieder da. Anne freute sich auf den kommenden Tag.

»Ich habe sie förmlich vor mir gesehen!«, rief sie begeistert, als sie alle beim Abendbrot beisammensaßen, und schüttelte sich. »Wie diese Wikinger mit ihrem Boot auf die Küste zusteuern, um Beute zu machen.«

Onkel Quentin lachte. »Oder Geschenke.«

»Wie meinst du das, Geschenke?«, fragte Anne. »Ich dachte ...«

»Die Wikinger hatten im Laufe der Zeit ein großes Netzwerk über ganz Nordeuropa gesponnen, bei dem vor allem die sogenannten Häuptlinge eine große Rolle spielten«, erklärte Onkel Quentin. »Und der Austausch von Geschenken hatte da eine besondere Bedeutung.«

»Wie ein Ritual meinst du?« Auch Julius hörte gespannt zu. »Dann hatten die Geschenke auch immer Symbolcharakter?«

»Ja, und du kannst dir vorstellen, dass man dabei eine Menge falsch machen konnte. Es gab für den Austausch von Geschenken strenge Regeln. Dem König durfte man zum Beispiel nur ganz bestimmte Geschenke machen, wie etwa Pferde oder Jagdvögel. Ansonsten musste das Schenken immer von dem ausgehen, der die höhere Position im sozialen Gefüge einnahm.«

»Puh, das klingt kompliziert.« Richard verdrehte die Augen. »Dann kam es also drauf an, das richtige Geschenk zur richtigen Zeit parat zu haben.«

Anne lachte. »Da haben wir es heute einfacher. Geschenke gibt es zu Weihnachten und zum Geburtstag.«

»Wenn ihr lieb seid«, ergänzte Tante Fanny schmunzelnd.

»Also, ich fände es total spannend, wenn man

eine Zeitreise machen und das Leben der Wikinger einfach mal hautnah erleben könnte«, sagte Georg.

»Nun, dann hätte man für euch Mädchen sicher schon den passenden Gemahl ausgesucht, dem ihr dann in Bälde zur Frau gegeben würdet. Und für euch Jungen wäre die Kinderzeit auch längst vorbei«, erklärte Onkel Quentin und lächelte verschmitzt. »Ihr müsst bedenken, dass die Menschen damals nicht alt wurden. Meist nicht älter als vierzig, fünfzig Jahre.«

Für einen Moment herrschte betretenes Schweigen. Darüber hatten sie gar nicht nachgedacht.

»Ich möchte euch die unangenehmen Details ersparen«, fuhr Onkel Quentin fort. »Aber vielleicht reicht es, wenn ich euch erkläre, dass bei den menschlichen Überresten, die man bei Ausgrabungen gefunden hat, Knochendeformationen nicht selten waren und die meisten Menschen schon frühzeitig große Zahnlücken aufwiesen.«

Anne schüttelte sich wie ein nasser Hund. »Das klingt gruselig.«

»Es lag wohl an der Mangelernährung, nicht wahr?« Tante Fanny griff demonstrativ nach der Salatschüssel und reichte sie herum. »Hier, nehmt euch noch ein paar Vitamine. Wie gut, dass man heute so viel über gesunde Ernährung weiß.«

»Und dass man sich regelmäßig die Zähne putzen muss«, fügte Anne hinzu.

Onkel Quentin nahm sich gern noch etwas Salat. »Dennoch kann ich Georgs Wunsch sehr gut nachvollziehen. Aber es ist auch schon spannend, was einem die Fundstücke über die alten Zeiten erzählen. Seid ihr morgen wieder dabei?«

»Aber ja!«, riefen die Freunde durcheinander.

»Ich habe allerdings morgen Vormittag noch einige wichtige Telefonate zu erledigen und werde erst gegen Mittag zu *Hunter's Farm* hinüberfahren.«

Gott sei Dank, dachte Anne und unterdrückte ein Gähnen.

Am Lagerfeuer

Die Aufregung war groß, als sich die Archäologen einige Tage später am Bug des kleinen Schiffes bis zum Boden vorgearbeitet und dort weitere Fundstücke entdeckt hatten: einige Keramikschalen und dicke Scherben von grobem Glas sowie eine Schnalle.

»Ist das Beute?«, fragte Anne ihren Onkel, der ihr aber erklärte, das sei nicht so ohne Weiteres zu sagen. »Es kann sich auch um Handelsware oder Geschenke handeln.«

»Ist es nicht sonderbar, dass man das Schiff hierhergebracht hat, ohne es vorher komplett auszuräumen?«, fragte Richard.

Doch Georg wartete die Antwort des Onkels nicht ab. Ihr war aufgefallen, dass sich plötzlich alle am Fundort tummelten, um die neuen Fundstücke zu bestaunen. Alle außer einem. Von Mr Jefferson war wieder nichts zu sehen.

Das fand Georg sonderbar, und so schlenderte sie hinüber zur Gaststube, um zu sehen, ob er sich dort aufhielt.

Der Holzboden knarrte unter ihren Schritten,

als sie durch die Schwingtür eintrat. Die Gaststube war düster. Georg blinzelte, bis sich ihre Augen an das schummrige Licht gewöhnt hatten.

Noch hatten nur wenige Gäste ihren Weg zu *Hunter's Farm* gefunden, um dort einen kleinen Mittagsimbiss zu sich zu nehmen. Die Saison hatte gerade erst begonnen und die Zahl der Ausflügler würde in den nächsten Wochen sicher noch anwachsen. Zwar hatte in der Zeitung schon ein Artikel über das Wikingerschiff gestanden, doch offenbar hatte er weniger Aufsehen erregt als zunächst angenommen. Bisher waren nur wenige Schaulustige auf dem Gelände erschienen – und die wenigen waren stets brav hinter der Absperrung geblieben, von der aus man nicht allzu viel sehen konnte.

Georg blickte sich suchend um. Mr Jefferson stand in der Tat hinter der Theke und kümmerte sich um die Getränke für seine Gäste.

An einem der Tische saßen drei Männer in Arbeitskleidung. Georg erkannte auf ihren Jacken dasselbe rot-grüne Emblem, das auch auf dem Bagger und den anderen Maschinen zu sehen war. Sie gehörten offensichtlich zur Baufirma.

Als er Georg bemerkte, blickte Mr Jefferson auf.

»Die Herrentoilette ist da hinten rum«, knurrte er und zeigte auf den rückwärtigen Teil der Gaststube. »Der Hund muss aber draußen bleiben.«

Georg hatte gar nicht bemerkt, dass Tim ihr gefolgt war. Sie wunderte sich zwar, dass in diesem Gasthaus keine Hunde geduldet wurden, machte ihm aber ein Zeichen, an der Tür auf sie zu warten.

Ich suche gar nicht die Toilette und schon gar nicht die Herrentoilette, dachte Georg amüsiert, durchquerte dann aber doch den Raum und verschwand in der Damentoilette. Wenn sie schon einmal hier war, konnte sie das gleich mit erledigen.

Als sie die Gaststube wieder betrat, entdeckte sie unter einer Bank in der Ecke eine Bulldogge, die mit triefäugigem Blick das Geschehen beobachtete. Aha, dachte Georg, bestimmt verträgt sie sich nicht mit anderen Hunden.

Und noch etwas fiel Georg auf. An der Wand über der Bank hingen Bauzeichnungen. Es war leicht zu erkennen, dass es sich um die Pläne für das neue Hotel handelte.

Gerade kehrte Mr Jefferson mit einem leeren Tablett von den besetzten Tischen zurück.

»Entschuldigung, ich wollte nur eben Bescheid geben, dass die Seife alle ist«, sprach Georg den Wirt an.

Dieser stieß eine Tür neben dem Tresen auf und rief: »Ella, auf der Herrentoilette ist die Seife alle. Kümmer dich mal drum.«

»Nein, Verzeihung«, korrigierte Georg. »Auf der Damentoilette ist die Seife alle.«

Mr Jefferson hielt mitten in der Bewegung inne und musterte Georg von oben bis unten. »Potz Blitz, jetzt habe ich dich tatsächlich für einen Jungen gehalten«, prustete er los. »Du musst schon entschuldigen.«

»Kein Problem«, versicherte Georg, der dieses Verwirrspiel immer wieder Spaß machte. »Ich heiße übrigens Georg.«

Einen ganz kurzen Moment stutzte Mr Jefferson, der nach einem Geschirrtuch gegriffen hatte, um Gläser abzutrocknen.

Aber Georg wollte ihn nicht allzu sehr verwirren und fügte vorsichtshalber hinzu: »Eigentlich Georgina.«

Daraufhin griff der Wirt nach dem nächsten Glas. »Was war da drüben denn eigentlich vorhin los?«

Mr Jefferson wies mit dem Kinn Richtung Ausgrabungsstätte. »Ich hab laute Stimmen gehört und so.«

»Ich habe mich schon gewundert, dass Sie gar nicht herausgekommen sind, um zu gucken«, sagte Georg. »Sie haben wirklich etwas gefunden. Im Bug des Schiffes liegen auf den Planken allerlei Gegenstände. Keramikgefäße vor allem. Mein Vater sagt, das erleichtert die Datierung des Schiffes. Er ist übrigens als Wissenschaftler an der Ausgrabung beteiligt.«

»Hm, interessant«, knurrte Mr Jefferson und

konzentrierte sich sehr auf das Glas, das er gerade abtrocknete. »Ich konnte leider nicht rauskommen, weil ich Gäste hatte.«

Diese Antwort fand Georg sonderbar, denn sie hatte ja gesehen und gehört, dass die Servicekraft Ella da war. Oder konnte es tatsächlich sein, dass sich der Wirt nicht für die Ausgrabungen auf seinem Grundstück interessierte?

In diesem Moment begann Tim ungeduldig zu fiepen. Er hatte keine Lust mehr, so lange zu warten!

»Ja, Tim, ich komme ja schon!«, rief Georg, hob grüßend die Hand und verließ die Gastwirtschaft. Beim Hinausgehen ließ sie noch einmal den Blick durch den Gastraum wandern. Irgendetwas war hier sonderbar, aber was?

Draußen wurde eifrig weitergearbeitet. Der Fund der Gegenstände hatte die Wissenschaftler motiviert. Alle schienen bester Laune zu sein. Und der Tag hatte für die Freunde noch eine weitere Überraschung parat. Gerade als es hieß, die Mannschaft würde für heute Feierabend machen, wehte plötzlich ein Brandgeruch herüber. Einige der Mitarbeiter hatten ein Lagerfeuer entfacht und Bänke herbeigeschafft. Man wollte in gemütlicher Runde noch einmal den Tag Revue passieren lassen.

»Bleibt doch auch noch ein bisschen hier, Quentin«, forderte Caspar seinen Kollegen auf. »Der Abend ist lau und die Leute sind bester Laune.«

»Ich weiß nicht«, zögerte Onkel Quentin. »Fanny wird auf uns warten und …«

Doch Georg klatschte vor Freude in die Hände und rief: »Bitte, Vater, dürfen wir? Ich könnte rasch hineingehen und im Felsenhaus anrufen, damit Mutter sich keine Sorgen macht.«

Onkel Quentin seufzte einmal auf, dann aber nickte er, denn auch er war mit dem heutigen Tag zufrieden und daher milde gestimmt. »Also gut, aber wir bleiben nicht so lange.«

Georg spurtete sofort los, und als sie außer Atem zurückkehrte, hatten die Freunde sich schon einen Platz am Feuer gesucht. »Mutter ist gar nicht so böse darum, dass wir noch ein Weilchen hierbleiben«, berichtete Georg ihrem Vater. »Sie hat Kopfschmerzen und möchte früh zu Bett gehen.«

»Arme Fanny«, sagte Onkel Quentin. »Die Kopfschmerzen machen ihr so oft zu schaffen. Aber Ruhe hilft ihr immer am besten.«

Das Holz knackte und zischte und immer wieder stiegen kleine Funken in den dunkler werdenden Himmel.

Caspar hatte im Lokal noch eine Suppe für jeden bestellt. Diese wurde nun von Ella und einer weiteren Bedienung serviert.

Nun, da die Sonne untergegangen war, waren die Freunde froh, ihre Hände an den heißen Suppenschüsseln wärmen zu können. Um sie herum war die Luft erfüllt von Gemurmel, die Archäologen redeten über allerlei, vor allem aber über die Arbeit des heutigen Tages.

»Wagst du schon eine Prognose? Aus welcher Zeit stammen unsere Funde?«, fragte Caspar Onkel Quentin.

Dieser nahm eine Schale entgegen, die der schwarzhaarige Mann ihm herüberreichte. »Nun, wir wissen, dass die meisten Überfälle der Wikinger in dieser Gegend in der zweiten Hälfte des neunten und in der ersten Hälfte des zehnten Jahrhunderts stattfanden. Man kann von einer Invasion sprechen. Es wäre also naheliegend, wenn auch unser Schiff hier aus der Zeit stammte.«

»Auch die ersten Wikingersiedlungen entstanden hier in dieser Zeit«, ergänzte der Schwarzhaarige.

»So lange ist das schon her?«, fragte Anne und warf einen Blick über die Schulter in die Richtung, in der die Überreste des Schiffes lagen. Doch es war schon so dunkel, dass sie fast nichts mehr erkennen konnte.

»Ja, mehr als ein Jahrtausend. Einer ihrer Anführer hieß Erik Blutaxt«, erklärte ein anderer Mann, dessen Gesicht vom Feuerschein orangerot leuchtete. »Der Name sagt sicher eine Menge über diesen Mann aus dem Norden.«

»In Horden sind sie hier über die Dörfer hergefallen und haben alles an sich gerissen, was sie nur forttragen konnten. Und mit der Beute haben sie ihre weiteren Plünderfahrten finanziert«, ergänzte ein anderer. »Wie wilde Tiere müssen sie den Menschen vorgekommen sein, wenn sie so grobschlächtig und grausam über sie hergefallen sind.«

»Sie haben auch Sklaven genommen«, sagte einer nun leise und alle starrten gebannt in die Flammen.

Richard stellte sich vor, wie die Blondschöpfe aus ihren Schiffen sprangen und grölend über den Strand rannten, die Streitaxt in der gehobenen Faust.

Auch Georg hatte sofort wieder das Bild aus dem Wikingerbuch vor Augen und spürte, wie langsam eine Gänsehaut über ihren Rücken kroch. Sofort schlürfte sie noch einen Schluck Suppe aus der Schale. Sie war froh, als die Wärme sich in ihr ausbreitete.

Doch das Schaudern kehrte unmittelbar zurück, als einer der Männer von den Zauberritualen der Wikinger erzählte. Von Zauberzeichen wusste er zu berichten, die die Männer sich vor dem Kampf auf die Haut malten, weil sie glaubten, dass sie so unbesiegbar seien. Und es gab auch Zauberrituale, die schwere Unwetter hervorrufen sollten.

»Immer mehr Männer aus dem Norden kamen hierher und ließen sich hier nieder«, schloss der Mann seine Erzählung. »Und wir haben nun die Ehre, eines ihrer Schiffe aus seinem Grab zu befreien.«

Anne musste sich eingestehen, dass ihr diese Formulierung ein gehöriges Gruseln verursachte. Sie war froh, dass Onkel Quentin nun beschloss, es sei spät genug geworden, und rief: »So, Kinder, Zeit, zum Felsenhaus zurückzukehren.«

Jetzt bettelten die Freunde nicht mehr, noch

länger bleiben zu dürfen. Sie hatten einen ereignisreichen Tag und einen spannenden Abend genossen und waren nun alle miteinander müde.

Sie verabschiedeten sich und stiegen brav ins Auto. Anne wäre beinahe auf dem Heimweg schon eingeschlafen.

Da Tante Fanny bereits zu Bett gegangen war, zogen auch die Freunde sich direkt in ihre Zimmer zurück.

Georg öffnete das Fenster. Den ganzen Tag hatte die Sonne auf die Scheibe geschienen und nun war die Luft im Raum warm und stickig.

»Danke«, sagte Anne. »Zum Schlafen brauche ich frische Luft.«

Auch Tim schien das zu gefallen, denn er ließ sich sogleich auf seinem Flickenteppich nieder und streckte sich wohlig brummend aus.

Doch die Nacht wehte ihnen eine Überraschung durch das geöffnete Fenster herein.

Georg und Anne wurden von einem heftigen Donnergrollen geweckt, und kaum dass sie aus ihren Betten gesprungen waren, um rasch das Fenster zu schließen, fegte auch schon ein Sturm durch die Felsenbucht, der starken Regen mit sich brachte. Dicke Tropfen prasselten gegen die Fensterscheibe und der Wind rüttelte heftig an den geöffneten Fensterläden.

Tim, der Gewitter nicht mochte, hockte wimmernd auf dem Flickenteppich.

»Schon gut, Tim«, versuchte Georg ihn zu beruhigen, hockte sich neben ihn und legte den Arm um ihn.

Julius und Richard indes verschliefen das Gewitter komplett.

Im Morgengrauen schrillte das Telefon durch das Felsenhaus. Wieder waren es die Mädchen, die als Erste aus ihren Betten sprangen und aus ihrem Zimmer stürmten. Über das Treppengeländer gebeugt, sahen sie, wie Onkel Quentin, sich den Morgenmantel zubindend, quer durch den Flur Richtung Telefon eilte und dabei vor sich hin schimpfte.

Georg und Anne schlichen die Treppe hinunter und horchten angestrengt. Sie konnten nicht verstehen, was Onkel Quentin sagte, doch seine Stimme klang sehr aufgeregt.

Kurz darauf kam er aus dem Wohnzimmer zurück und blieb überrascht stehen, als er die Tür aufriss und Georg und Anne im Flur sah. »Wir sind's nur!«, rief Georg. »Ist etwas passiert?«

Onkel Quentin schob seine Tochter sanft beiseite. »Ja, in der Tat. Entschuldigt, ich muss mich beeilen. Auf *Hunter's Farm* ist die Hölle los. Der Sturm hat die gesamte Ausgrabungsstätte verwüstet.«

»Wir kommen mit!«, rief Georg sofort.

»Ich wüsste nicht, was …«, setzte Onkel Quentin an, doch Anne wagte es, ihm ins Wort zu fallen.

»Vielleicht ist Wasser in die Grube gelaufen und wir können helfen, es herauszuschöpfen. Wir ziehen unsere Gummistiefel an und …«

Onkel Quentin hob beide Hände zu einer abwehrenden Geste. »Schon gut, schon gut, aber beeilt euch. Ich warte nicht auf euch.«

Und er machte seine Drohung wahr. Anne und Georg, die sich sogar noch die Zeit genommen hatten, Julius und Richard zu wecken, um ihnen die Neuigkeiten zu berichten, waren gerade zur Abfahrt bereit, als Onkel Quentin aufbrach. Tante Fanny hatte ihnen noch ein paar Brote geschmiert, und so saßen sie pünktlich im Auto, während die beiden Jungen diesem verschlafen hinterhersahen. Sie mussten nun selbst zusehen, wie sie zu *Hunter's Farm* kamen.

Die Bulldogge

Der Sturm hatte ganze Arbeit geleistet. Die Ausgrabungsstätte war verwüstet und in der Grube stand kniehoch das Wasser. Es würde einige Mühe erfordern, bis man in dem schlammigen Untergrund weitergraben konnte. Sogar die Vermessungsmarkierungen waren zum Teil aus ihren Verankerungen gerissen und das Absperrband flatterte irgendwo in der Gegend herum, nur nicht dort, wo es sein sollte.

Doch die wichtigste Frage stellte Onkel Quentin: »Hat das, was von dem Schiff bereits freigelegt worden ist, Schaden genommen?«

»Leider ja«, beantwortete Caspar die Frage. Er war bereits seit über einer Stunde mit seinen Leuten vor Ort. Alle machten ein betrübtes Gesicht und waren schon jetzt über und über mit Schlamm bespritzt. Die Stimmung der Wissenschaftler passte zum Himmel, der noch immer wolkenverhangen und düster war.

Onkel Quentin ließ den Blick über das Gelände schweifen. »Junge, Junge, man könnte meinen, die Wikingerhorden, von denen wir gestern

Abend am Lagerfeuer erzählt haben, wären über die Gegend hergefallen.«

»Allerdings«, erwiderte Caspar. »Die Wettervorhersage kündigt übrigens für heute Abend keinen weiteren Regen an.«

»Das ist ja schon mal ein kleiner Trost«, brummte Onkel Quentin, doch Caspar zuckte die Schultern.

»Darauf kann man sich leider nicht immer verlassen. Der Sturm der letzten Nacht war auch nicht als so stark angekündigt worden, wie er uns dann erwischt hat.« Caspar nahm seinen Hut vom Kopf und kratzte sich die Stirn.

»Wir hätten die Plane, die wir über die Grube gespannt haben, besser festzurren sollen«, meinte Onkel Quentin.

Caspar schüttelte energisch den Kopf. »Das hätte auch nichts genutzt, Quentin. Der Sturm war so stark, dem hätte keine Plane standgehalten – egal, wie gut wir sie festgezurrt hätten.«

Georg und Anne schlenderten über das Grundstück und nahmen die ganze Misere in Augenschein.

»Das ist ja wirklich unglaublich«, sagte Anne leise und ließ ihre Blicke verwundert umherschweifen. »Ich hätte nie gedacht, dass der Sturm solch einen Schaden anrichtet.«

Georg nickte zustimmend. »Da haben wir hier in der Felsenbucht wahrlich schon schlimmere Stürme erlebt.«

Anne verdrehte die Augen. »Daran kann ich mich lebhaft erinnern. Weißt du noch damals, als der riesige Baum auf das Felsenhaus gekracht ist? Dagegen war das letzte Nacht doch gar nichts.«

Ein kurzer Blick in die Grube reichte, um zu erkennen, dass das Wikingerschiff am Bug schwer beschädigt war. Die oberen Planken sahen aus, als hätte sie ein wütender Riese mit seiner Faust eingedrückt.

Der Schwarzhaarige und zwei weitere Männer standen mit ratlosen Mienen drum herum. Das schlammige Wasser war so hoch, dass es den oberen Rändern ihrer Stiefel gefährlich nahe kam.

»Schau mal, da ist Mr Jefferson«, sagte Anne. »Sein Haus hat es offensichtlich auch erwischt.«

Jetzt entdeckte auch Georg den Wirt, der auf einer Leiter stand und versuchte, die Markise über der Sonnenterrasse zu reparieren, die an der Seite eingerissen war. Ella war dabei, die Erde von einem Blumentopf wegzufegen, den der Sturm umgeworfen hatte.

»Guten Tag, Mr Jefferson!«, rief Georg und winkte.

»Ah, guten Tag, Georg«, antwortete der Wirt, der sich mühte, auf der Leiter das Gleichgewicht zu halten.

»Verfluchter Sturm heute Nacht. So heftig war es schon lange nicht mehr. Jetzt schaut euch das an! Die Markise war noch fast neu!«

»Können wir Ihnen irgendwie helfen?«, fragte Georg.

Doch Mr Jefferson winkte ab. »Nein, danke für das Angebot, aber ich komm schon klar.«

In dem Moment rief Caspar die Mädchen zu sich.

»Ich glaube, dort werdet ihr mehr gebraucht«, stellte Mr Jefferson fest.

Und in dem Moment entdeckte Georg auch die Bulldogge, die träge neben dem Eingang lag. Hoffentlich blieb sie an Ort und Stelle! Georg warf einen besorgten Blick auf Tim. Es war wohl besser, sich in sichere Entfernung zu begeben.

»Seid doch bitte so lieb und wickelt das Absperrband auf«, bat Caspar Georg und Anne. »Es ist leider an einigen Stellen gerissen. Könnt ihr es wieder zusammenknoten? Wir setzen währenddessen die Metallpfosten neu.«

»Ist gut«, rief Anne, die froh war, etwas zu tun zu haben, und stiefelte voller Elan auf ein Ende des Bandes zu, das wild im Wind flatterte. Sie packte es und begann fröhlich, es zwischen Hand und Ellenbogen aufzuwickeln, während sie das Gelände großräumig umrundete. Georg fing auf der anderen Seite an. Wann immer sie an eine Stelle kamen, an der das Band gerissen war, knoteten sie die beiden Enden wieder zusammen.

Brummen und ein rhythmisches Plätschern begleiteten sie bei der Arbeit, denn die Männer hatten eine kleine Motorpumpe besorgt, um die Ausgrabungsstelle trockenzulegen. Außerdem hatten sie eine Kette gebildet und reichten sich Eimer hin und her, mit denen sie das Wasser aus der Grube schöpften. Als Georg und Anne das Band aufgewickelt hatten, war auch die Ausgrabungsstätte wieder so weit hergestellt, dass die Wissenschaftler weiterarbeiten konnten, wenn sie auch wegen des matschigen Bodens ihre Mühe hatten.

Zwei Männer hatten die Metallstangen neu in den Boden geschlagen und nahmen dankend von den Mädchen das Absperrband entgegen, um es neu zu befestigen.

Anne erkannte in ihnen die beiden wieder, die am Vorabend von den Überfällen der Wikinger erzählt hatten. Einen Moment lang wog der eine das Band in der Hand. Dann blickte er den anderen besorgt an. »Damit werden wir die Horden sowieso nicht abhalten können.«

Die Horden?, fragte sich Anne. Was meinte er damit? Glaubte er etwa, dass so viele Schaulustige den Weg hierher finden würden?

Doch der andere antwortete etwas, das in Annes Ohren noch sonderbarer klang: »Ich würde mich auch wehren, wenn man mich nicht in Frieden ruhen lassen würde.«

Doch Anne traute sich nicht, den Mann zu fragen, was er damit meinte.

Währenddessen spähte Georg immer wieder die Zufahrt zu *Hunter's Farm* hinauf. Von Julius und Richard war nichts zu sehen.

Die Jungen hatten keine Lust gehabt, den recht weiten Weg zu *Hunter's Farm* mit dem Rad oder dem Bus anzutreten, und deshalb beschlossen, in den Ort zu fahren. Das kam Tante Fanny gerade recht, denn so konnte sie ihnen eine Einkaufsliste mitgeben. Julius klemmte sich den Einkaufskorb auf den Gepäckträger und sie radelten los.

Im Ort stellten sie die Räder ab und schlenderten zusammen über den Marktplatz vor der Kirche. Das Kopfsteinpflaster glänzte schwarz vom Regen der vergangenen Nacht.

»Die Steine sehen aus, als hätte jemand sie mit einer Speckschwarte eingerieben«, flachste Richard. »Also pass auf, dass du nicht ausrutschst.«

Witzigerweise drang Julius im selben Moment, als Richard von Speck sprach, der Geruch von Räucherschinken in die Nase. Das erinnerte ihn daran, dass sie für Tante Fanny auch zum Metzger gehen sollten. »Hey, hier sind wir schon richtig in Sachen Suppenfleisch!«, rief er und öffnete die Tür zur Fleischerei. Ein oben an der Tür angebrachtes Glöckchen verkündete, dass Kunden gekommen waren.

Durch eine schwere eiserne Tür im hinteren Teil des Ladens kam eine dicke, mit einer weißen Kittelschürze bekleidete Frau. Offenbar war sie im Kühlhaus gewesen. Julius konnte sehen, dass da mehrere Schweinehälften hingen. Dann fiel die

Tür zu und die pausbackige Frau verschloss sie mit einem großen Hebel.

»Was darf es denn sein?«, erkundigte sie sich höflich.

»Suppenfleisch bitte«, antwortete Julius.

»Was hättest du denn da gern?«, erkundigte sie sich. »Eine Beinscheibe oder etwas aus der Rippe? Und wie viel brauchst du?«

Julius, der nicht mehr genau wusste, was Tante Fanny gesagt hatte, drehte sich nach Richard um, um diesen zu fragen, stellte aber fest, dass der gar nicht mit in den Laden gekommen war. Wo er nur steckte? Auch durch das Schaufenster war er nicht zu sehen. »Was nimmt man denn am besten für eine leckere Suppe für sechs Personen?«, fragte er unsicher.

Die Frau lächelte freundlich. »Oh, da packe ich dir was Schönes ein. Das kriegen wir schon hin.«

Als Julius aus dem Laden kam, sah er Richard sofort. Er stand ein Stück weiter vor einem Schaufenster und betrachtete mit großem Interesse die Auslagen.

»Da steckst du also!«, rief er vorwurfsvoll. »Ich hätte gerade deine Hilfe gebraucht. Oder mochtest du die Schweinehälften da nicht hängen sehen?«

Richard, der immer noch wie gebannt in das Schaufenster starrte, drehte sich verwirrt um. »Schweinehälften? Was für Schweinehälften?«

Julius zeigte mit dem Daumen über seine Schulter. »Da, in der Metzgerei. Wir sollten für Tante Fanny Suppenfleisch kaufen. Du erinnerst dich vielleicht?«

Richard nickte abwesend. »Ja, ja, dann kauf doch welches.«

Julius klopfte seinem Bruder mit dem Fingerknöchel gegen die Schläfe. »Hallo? Jemand zu Hause? Hab ich doch schon längst!«

Richard schob Julius' Hand fort. »Na, dann ist doch alles gut. Was faselst du dann von Schweinehälften?«

Julius winkte ab. Manchmal war sein Bruder wirklich ein hoffnungsloser Fall. »Was gibt es denn hier so Interessantes zu gucken?«, fragte er stattdessen. »Was ist das eigentlich für ein Schaufenster?« Er blickte umher und entdeckte über dem Schaufenster das Hinweisschild der Touristeninformation.

»Du wirst staunen! Schau dir das mal an!« Richard tippte mit dem Zeigefinger so heftig gegen die Glasscheibe, dass sie leicht erzitterte.

Als Erstes fiel Julius die Überschrift auf. *Buchen Sie schon jetzt!*, stand da in großen Lettern. *Gute Luft und frische Brise, Erholung und Entspannung, alles garantiert!* »Aber das ist ja *Hunter's Farm*!«, rief er.

»Ich sag dir, der liebe Mr Jefferson steht ganz schön unter Zeitdruck«, sagte Richard. »Wenn er jetzt schon feste Buchungen annimmt, dann bedeutet das ja, dass das Hotel auch zum veranschlagten Zeitpunkt fertig sein muss.«

Julius legte die Stirn in Falten. »Ich weiß nicht, ob so etwas üblich ist, aber vermutlich sind die erwarteten Einnahmen auch schon Teil seiner Finanzierung.«

»Wie auch immer«, erwiderte Richard und wandte sich zum Gehen. »Zum Glück ist das nicht unser Problem. Wir müssen uns ja nicht seinen Kopf zerbrechen. Was hast du da eigentlich im Korb liegen?«

Julius stieß ihm den Ellenbogen zwischen die Rippen. »Eine Schweinehälfte natürlich! Und jetzt schauen wir mal, was Tante Fanny uns noch so auf den Einkaufszettel geschrieben hat.«

Nachdem die Jungen in dem kleinen Supermarkt an der Ecke eingekauft hatten, steuerten sie das Postamt an, denn sie sollten für Onkel Quentin Briefmarken mitbringen.

Der Vorraum des alten Postamtes wirkte wie immer grau in grau: grau gesprenkelter Steinboden, graue Wände, graue Vorhänge. In der Mitte stand ein grau lackierter Tisch, auf dem, mit dünnen Ketten gesichert, mehrere dicke Telefonbücher aus der Region lagen.

Julius hatte schon die Klinke in der Hand, um weiter in den Schalterraum zu gehen, als Richard ihn am Ärmel zupfte. »Schau mal!«

In der engen Telefonkabine, die sich an der Stirnseite des Vorraumes befand, stand ein Mann. Er drehte ihnen den Rücken zu.

»Was ist mit dem? Wer soll das sein?«, fragte Julius.

»Keine Ahnung, wer genau das ist«, flüsterte Richard. »Aber hast du nicht bemerkt, was der für Kleidung trägt? Das Emblem auf seinem Ärmel!«

Jetzt sah auch Julius das rot-grüne Schild auf der Jacke. »Ach so, der gehört zu dem Bautrupp!«

Der Mann führte ganz offensichtlich ein hitziges Gespräch. Er stand ein wenig gebückt da und gestikulierte wild. Seine aufgeregte Stimme war

nur zu erahnen, denn die Kabine war einigermaßen schalldicht.

»Vielleicht heimst er gerade Schelte von seiner Frau ein, weil er ihr beibringen muss, dass er länger von zu Hause fortbleiben muss als geplant.«

Richard rümpfte die Nase. »Ich frage mich sowieso, warum der Bautrupp noch komplett am Platz ist, wo die doch im Moment ohnehin nichts ausrichten können.«

»Auch das ist zum Glück nicht unser Problem.« Julius zuckte mit den Achseln und schob dann die Tür zum Schalterraum auf.

Sie mussten nur kurz in der Schlange anstehen. Trotzdem stand der Mann nicht mehr in der Telefonzelle, als Julius und Richard das Postamt wieder verließen. Durch den Vorraum zog sich eine dunkle Spur. Die Arbeitsschuhe hatten auf den grauen Steinplatten matschige Lehmflecken hinterlassen.

Im Laufe des Tages gab der Schlamm noch weitere Fundstücke frei. Schließlich beauftragten Caspar und Onkel Quentin ihre Mitarbeiter, ein größeres Areal abzustecken. Nun staunten Georg und Anne doch.

»Warum soll denn nun auch noch woanders gegraben werden, wenn doch das Schiff da drüben liegt?«, fragte Anne ihren Onkel.

»Nun, liebe Anne, es stellt sich ja nicht nur die Frage, warum das Schiff ausgerechnet an dieser Stelle liegt. Möglicherweise befand sich hier so etwas wie eine Werft«, erklärte Onkel Quentin. »Des Weiteren sagen uns die Fundgegenstände, dass es sich lohnen würde, nach weiteren Anzeichen einer Siedlung zu suchen.«

Anne riss die Augen auf. »Ihr vermutet eine ganze Siedlung hier?«

Onkel Quentin fasste Anne bei den Schultern und drehte sie so, dass ihr Blick über das Gelände gerichtet war. »Siehst du, diese Landschaft hier wäre ideal für eine Siedlung: Du hast freie Sicht zur einen und Schutz durch die Hügel auf der anderen Seite. Die Nähe zum Meer nicht zu vergessen.«

»Dazu kommt die Tatsache, dass wir es hier bei *Hunter's Farm* mit einem Anwesen zu tun haben, dessen Tradition viele Jahrhunderte zurückverfolgt werden kann. Das könnte ein Hinweis darauf sein, dass hier schon seit sehr langer Zeit Menschen siedeln«, fügte Caspar hinzu.

Vor ihrem inneren Auge sah Anne plötzlich, wie es hier einmal ausgesehen haben mochte: Dort, wo sich die Ländereien von *Hunter's Farm* erstreckten, fügten sich unzählige Holzhäuser und Hütten in die sanfte Hügellandschaft, weit genug entfernt von den schroffen Felsen, die weiter unten ins Meer ragten. An einem Brunnen hing ein Eimer, und Rauch zeigte an, wo sich die Feuerstellen befanden. Es herrschte geschäftiges Treiben, das aber mit den brutalen Übergriffen der rauen Nordmänner nichts zu tun zu haben schien.

Auf einmal wurden wütende Stimmen laut und rissen Anne aus ihren Gedanken.

»Was ist denn mit dem los?«, fragte Georg, als sie sah, dass Mr Jefferson mit dem Schwarzhaarigen lauthals diskutierte.

»Hm, es wird ihm nicht recht sein, dass wir auf seinem Grund und Boden weitere Kreise ziehen, aber er wird sich dagegen nicht wehren können«, sagte Caspar, als Mr Jefferson schon energischen Schrittes mit seiner Bulldogge im Schlepptau näher kam.

Schäden

Georg und Anne redeten wild durcheinander und fielen sich gegenseitig ins Wort, als sie beim Abendbrot erzählten, was vorgefallen war.

»Mr Jeffersons Kopf war vor Wut so rot, dass es aussah, als ob er jeden Moment platzen würde!«, rief Anne. »Der meinte wohl, wenn er nur laut genug brüllt, dann löst sich das Schiff in Luft auf!«

»Den hättet ihr mal sehen sollen.« Georg war sogar von ihrem Stuhl aufgesprungen. »Ich habe gedacht, der geht glatt auf Caspar los. Und am übelsten war, dass er diesen Hund dabeihatte.«

»Was für einen Hund?«, fragte Tante Fanny, die ja die Gegebenheiten an der Ausgrabungsstelle nicht kannte.

»Eine Bulldogge!«, rief Georg und breitete die Arme aus. »So ein riesiges Vieh!«

Jetzt mussten die anderen schmunzeln. Georg übertrieb maßlos. Auch wenn Mr Jeffersons Hund Furcht einflößend aussah und böse geknurrt hatte, so war er doch von ganz normaler Größe.

»Aber Timmi hat sich nicht beeindrucken

lassen und ist ganz ruhig geblieben«, fuhr Georg fort. »Schließlich ist er ein kluger Hund.«

»Mir war das trotzdem nicht geheuer«, gab Anne offen zu. »So ein Hund kann eine echte Kampfmaschine sein. Wenn der ausrastet, dann kann auch sein Herrchen nichts ausrichten.«

Tante Fanny richtete sich ruckartig im Stuhl auf. »Aber er wollte den Hund doch nicht auf euch hetzen, oder? Also, Kinder, ich weiß nicht, ob das gut ist, wenn ihr euch dort aufhaltet.«

Onkel Quentin legte ihr beschwichtigend die Hand auf den Arm. »Keine Sorge, Fanny, das war nur Säbelrasseln. Und dieser Hund liegt die meiste Zeit träge in der Sonne, so diese denn scheint.«

»Ja, und wie ist das Spektakel nun ausgegangen?«, wollte Julius wissen. »Hat sich Mr Jefferson denn beruhigt?«

»Klar!«, rief Georg. »Obwohl es erst nicht danach aussah. Caspar hat ihm alles doppelt und dreifach erklärt, aber er wollte keine Ruhe geben.«

»Da brauchte es erst eine besonnene Frau!«, rief Anne lachend. »Die gute Ella ist gekommen und hat ihn zum Schweigen gebracht und wieder mit ins Haus genommen. Punkt.«

Richard grinste. »Dann sollten wir uns Ella warmhalten. Ist sie eigentlich Mr Jeffersons Tochter?«

Anne zuckte die Schultern. »Keine Ahnung.«

»Wie dem auch sei«, ergriff Onkel Quentin das Wort. »Georg und Anne haben auf jeden Fall heute fleißig angepackt und mitgeholfen, dass es nun wieder zügig weitergehen kann.«

»Und ihr seid heute schon so weit gekommen, dass ihr sicher sagen könnt, dass dort nicht nur das Schiff im Boden verborgen ist?«, staunte Richard. »Ihr vermutet eine ganze Siedlung?«

Onkel Quentin nickte. »Ja, in der Tat, wir haben sogar schon Mauerreste gefunden.«

»Na ja, ich kann irgendwie auch verstehen, dass Mr Jefferson wütend ist«, wandte Richard ein. »Wenn da jetzt eine ganze Siedlung ausgegraben werden soll, dann verzögert sich der Bau des Hotels ja noch weiter. Da kommt er richtig in die Bredouille, weil … « Richard wollte von dem Aushang in der Touristeninformation erzählen. Doch Onkel Quentin ließ ihn nicht ausreden.

»Nein, Richard, dann wird es keine Verzögerung geben«, erklärte er sachlich.

»Nein?« Richard verstand nicht recht, was sein Onkel sagen wollte.

»Dann wird er das Hotel überhaupt nicht bauen können – zumindest nicht dort«, fuhr Onkel Quentin fort.

»Ja, schließlich kann man schlecht das ganze Dorf in ein Museum bringen, nicht wahr?«, mischte Anne sich ein.

»Auf jeden Fall ist das phänomenal! Eine ganze Siedlung!«, rief Julius begeistert. »Dann sind wir morgen wieder dabei, was, Richard?«

»Erik Blutaxt, wir kommen!«, grölte Richard und hob die Faust.

»Hm«, machte Georg. »Das wäre übrigens ein prima Name für die blöde Bulldogge.«

Jetzt mussten alle lachen und Tim stimmte mit einem kräftigen Wuff-Wuff ein.

Bevor die Freunde zu Bett gingen, packten sie schon für den nächsten Morgen ihre Sachen, damit alles griffbereit parat stand. Sogar ein Fernglas und Julius' Skizzenblock packten sie mit ein, außerdem robuste Arbeitshandschuhe.

»Und denkt bloß dran, morgen früh Gummistiefel anzuziehen«, mahnte Georg. »Das ist die reinste Schlammschlacht da.«

Wie gut, dass die Freunde vorgesorgt hatten, denn noch vor dem Morgengrauen schrillte das Telefon wieder durch das Felsenhaus. Es hatte in der Nacht erneut Verwüstungen an der Ausgrabungsstätte gegeben!

»Aber wir hatten in der Nacht doch gar keinen Sturm!«, rief Anne verwirrt.

Es dauerte nur wenige Minuten, bis die Freunde startklar waren. Sie warteten bereits am Auto, als Onkel Quentin verschlafen und missgestimmt aus dem Haus kam. Als er sie so dastehen sah, rang er sich immerhin ein Lachen ab.

Doch spätestens, als sie die Ausgrabungsstätte erreichten, verging ihm das Lachen.

Caspar kam ihnen schon in der Zufahrt entgegen und rang verzweifelt die Hände. »Das Gelände sieht aus, als sei schon wieder ein Orkan darüber hinweggefegt!«, rief er Onkel Quentin durch das heruntergekurbelte Seitenfenster zu.

Sobald das Auto hielt, sprangen die Freunde hinaus und eilten zum Wikingerschiff.

Julius, der ja noch nicht einmal die Verwüstungen der vorherigen Nacht gesehen hatte, pfiff durch die Schneidezähne. »Auweia! Das sieht hier ja übel aus.«

»Alle Arbeit umsonst!«, jammerte Anne, als sie sah, dass das Absperrband wieder an mehreren Stellen gerissen war und wild umherflatterte. Diesmal waren die Eisenstangen, an denen es befestigt gewesen war, sogar verbogen.

Georg wagte es kaum, über den Rand der Grube zu schauen, überwand sich aber doch. Was sie sah, trieb ihr beinahe die Tränen in die Augen. Das, was die Archäologen mühsam freigelegt hatten, lag nun gänzlich auf der Seite und ähnelte kaum noch einem Schiffsbug. Diesmal sah es aus, als hätte ein Riese es eingetreten.

Nachdenklich trat sie einen Schritt zurück und blickte in die ratlosen Gesichter von Julius, Richard und Anne. »Ist euch auch was aufgefallen?«

»Klar«, plapperte Richard drauflos. »Hier sieht es aus, als wäre ein Orkan über das Gelände gefegt und hätte alles plattgemacht, was nicht niet- und nagelfest war und …«

»Ich meine etwas anderes«, fiel Georg Richard ins Wort. »Als wir gestern Morgen hier ankamen, da waren alle wie die fleißigen Bienen damit beschäftigt, die Schäden zu beseitigen, die der Sturm angerichtet hatte. Alle waren ganz emsig und arbeiteten Hand in Hand.«

Anne nickte zustimmend.

Georg breitete die Arme aus. »Und wo sind die heute alle? Ich sehe nur Caspar!«

»Und er ist auch da.« Julius machte eine unauffällige Handbewegung in die Richtung des Schwarzhaarigen, der lässig an einem Baum lehnte und auf einem Grashalm kaute.

»Ja, und die anderen?«, wiederholte Georg.

»Vielleicht kommen die noch«, antwortete Anne.

Georg schnaubte nur verächtlich.

»Wir könnten ja den Typen mit den schwarzen Haaren fragen«, schlug Julius vor. »Weiß übrigens einer von euch, wie der heißt?«

»Keine Ahnung«, sagte Richard. »Aber er sollte wohl wissen, wo die anderen stecken.«

Der Schwarzhaarige warf den Grashalm auf den Boden, als er die Freunde auf sich zukommen sah. »Hört zu, ihr solltet von hier abhauen«, sagte er, ohne sie zu grüßen. »Glaubt mir, das ist besser.«

Damit drehte er sich um und verschwand eiligen Schrittes, ohne dass die Freunde ihre Frage stellen konnten.

»Aber wo sind denn die anderen?«, rief Anne

und wollte ihm schon hinterherlaufen, doch Georg hielt sie am Arm zurück.

Der Schwarzhaarige drehte sich im Gehen noch einmal kurz um und rief: »Haut einfach ab, okay?«

Richard zog eine Grimasse. »Ich befürchte, den Tipp hat er den anderen auch gegeben. Er hat dabei nur eins nicht bedacht. Wenn er *uns* so etwas sagt, nehmen wir das als Aufforderung, erst recht hierzubleiben und uns gründlich umzuschauen.«

Er hielt den anderen die Hand hin. Julius, Georg und Anne schlugen ein.

Georg stemmte sich die Hände in die Seiten. »Das ist doch alles sehr sonderbar. Kommt, schauen wir mal nach, ob die Gaststube von *Hunter's Farm* schon geöffnet ist. Vielleicht kriegen wir da was raus.«

Auf dem Weg zum Gebäude mussten die Freunde das Areal halb umrunden. Plötzlich blieb Georg stehen, sodass Julius beinah in sie hineingekracht wäre.

»Mensch, pass doch auf!«, schimpfte er.

»Sorry«, sagte Georg. »Aber ich dachte gerade … Ach egal.« Irgendwie schien es ihr, als habe sie etwas übersehen. Aber was?

Die Tür zur Gaststube war noch verschlossen, und als sie anklopften, konnten sie durch die dunkel getönte Scheibe erkennen, dass die Bulldogge herangetrabt kam. Ihr heiseres Kläffen ließ nicht lange auf sich warten.

»Au Mann, der schon wieder!«, stöhnte Georg und war froh, dass die Tür zwischen ihnen war. »Erik Blutaxt persönlich.«

Richard ignorierte das aggressive Bellen, lehnte sich an die Hauswand und verschränkte die Arme. »Was zum Teufel hat den Schwarzhaarigen wohl veranlasst, uns zu sagen, wir sollten lieber abhauen?«

»Ja, das frage ich mich auch«, sagte Julius. »Wer weiß, vielleicht ist zwischen den Männern ein Streit ausgebrochen und wir sollen nicht zwischen die Fronten geraten.«

Georg zuckte die Schultern. »Klingt ein bisschen unwahrscheinlich, oder? Ich denke, wir sollten uns mal ganz genau umsehen. Bestimmt finden wir die Antwort, wenn wir die Ausgrabungsstätte intensiver unter die Lupe nehmen.«

Mit einer Kopfbewegung deutete Julius auf Onkel Quentin und Caspar, die heftig diskutierend beieinanderstanden. »Die beiden sind gut beschäftigt, die werden für uns kein Auge haben.«

»Wo fangen wir an?«, fragte Richard.

»Da, wo auch hier alles angefangen hat, beim Schiff«, schlug Georg vor. Das heisere Kläffen von Erik Blutaxt begleitete sie ein Stück des Weges.

Dummerweise hatten die Arbeiter die Leiter entfernt. Anne stand am Rand der Grube und kratzte sich die Schläfe.

»Und wie sollen wir da runterkommen?«

»Dein großer Bruder denkt an alles!« Julius nahm ein Hanfseil, das er umsichtigerweise eingepackt hatte, aus seinem Rucksack. Dann blickte er sich nach einer Möglichkeit um, es festzuknoten. Die Bäume standen alle zu weit weg, so blieb nur der Bagger, der mit seiner großen Schaufel auf seinen Einsatz wartete.

Als Julius sich daran machte, das Seil an dem Gestänge festzuknoten, fiel bei Georg plötzlich der Groschen. »Jetzt weiß ich's!«, rief sie.

»Was weißt du?«, wollte Anne wissen.

»Ich habe vorhin schon gedacht, dass irgendetwas anders ist.«

»Klar, ist etwas anders«, erwiderte Anne spöttisch. »Alles ist mal wieder kaputt.«

»Ja, aber siehst du das denn nicht auch?«, fragte Georg.

Anne konnte es nicht leiden, wenn Georg wieder ihre Rätselspielchen spielte. »Sag schon, was du meinst«, maulte sie genervt.

»Na, der Bagger!«, rief Georg. »Schau genau hin, sie haben sich zwar größte Mühe gegeben, ihn wieder so hinzustellen wie vorher, aber er steht eben doch nicht genau da, wo er gestern noch stand.« Georg zeigte auf die Spuren im weichen Boden. »Außerdem kann man eindeutig sehen, dass er bewegt worden ist, wenn auch nur ein kleines Stück.«

»Aber wozu?«, fragte Anne. »Die Bauarbeiten sind doch gestoppt worden.«

Und jetzt fiel Georg auch ein, was ihr in der Gaststube von *Hunter's Farm* so merkwürdig vorgekommen war. »Die Leute vom Bautrupp haben gestern da drinnen gesessen. Ich dachte, die haben hier erst mal nichts mehr zu tun.«

Julius hatte das Seil festgeknotet. »Wer steigt als Erster runter?«, fragte er in die Runde.

Alle Blicke richteten sich auf Richard, der der beste Kletterer von ihnen war. Seufzend packte er das Seil und schlang es sich um den Oberkörper.

Der Schlamm schmatzte unter seinen Stiefeln, als er den Grund erreichte. Es hatte zwar nicht mehr geregnet, doch der Boden war nach dem Gewitter der vorletzten Nacht noch nicht wieder getrocknet, sondern zu einer glitschigen Angelegenheit geworden.

»Puh, was für ein Matsch!«, rief er und sah sich um. Vorsichtig bewegte er sich auf den Schiffsrumpf zu. »Da hat sich aber einer echt Mühe gegeben. Wenn das ein Sturm war, dann bin ich der Kaiser von China.«

Jetzt wurde Georg neugierig und griff ebenfalls nach dem Seil, um sich in die Grube hinabzulassen. Damit war Tim allerdings gar nicht einverstanden. Er mochte es nicht, wenn er nicht alle unter Kontrolle hatte. Am liebsten wäre er Georg hinterhergesprungen. »Du musst schön dableiben!«, rief Georg ihm zu.

Beim Klettern stellte Georg sich nicht viel ungeschickter an als ihr Cousin. Doch als ihre Füße den Boden erreicht hatten, wurde sie unvorsichtig und wollte zu Richard hinübereilen. Gleich, als sie den ersten Schritt machte, spürte sie, wie ihr der Fuß wegrutschte, und dann saß sie auch schon im Schlamm!

»Du hättest besser eine Watthose angezogen!«, frotzelte Julius, als Georg sich umständlich aufrappelte und dabei ordentlich in den Matsch packen musste, um sich abzustützen.

Tim begann zu kläffen. Was machte Georg denn da!

Auch Anne musste lachen. »Du weißt doch, Georg: Wer den Schaden hat, braucht für den Spott nicht zu sorgen. Ich befürchte nur, dass dein Vater dich so nicht im Auto mitfahren lässt. Du wirst leider nach Hause laufen müssen.«

Georg schenkte Anne und Julius ein breites

Grinsen und versuchte notdürftig, ihre Hände an der Vorderseite der Hose abzuwischen. Nun war es ja auch egal.

Auch Richard konnte sich einen Kommentar nicht verkneifen. »Wenn du jetzt nicht dunkelhaarig wärst, sondern blond, dann könnte man dich glatt als Wikinger durchgehen lassen.«

Georg winkte ab. Zwar ärgerte sie sich über ihre eigene Unachtsamkeit, aber es gab wahrlich Schlimmeres, als mit Matsch beschmiert zu sein. Das war schließlich nicht das erste Mal. Man brauchte nur Tante Fanny zu fragen! Lediglich die Feuchtigkeit, die nun durch ihre Hose drang, war unangenehm auf der Haut.

Aber das alles war jetzt nicht wichtig.

Als sie die Trümmer des Schiffsbugs vor sich sah, war ihr eins schnell klar: »Wenn das da von einem Sturm herrühren soll, dann war das ein Hagelschauer mit so großen und spitzen Hagelkörnern!« Georg maß zwischen den Fingern die Größe eines Hühnereis ab.

»Für mich sieht das aus, als hätte der Urzeitvogel Archäopteryx mit seinem spitzen Schnabel auf dem Holz rumgehackt«, sagte Richard und richtete den Blick auf den Boden. »Aber ich sehe keine Abdrücke von gigantischen Vogelkrallen.« Dann stutzte er. »Moment mal! Schau mal, was für merkwürdige Spuren!«

»Na, waren da doch Dinosaurier am Werk?«, rief Anne vom Rand der Grube hinunter.

Georg kratzte sich am Kopf, wo ihre Finger kleine Lehmbröckchen in den Haaren hinterließen. »Du wirst lachen, aber ich glaube fast, ja. Jedenfalls habe ich so komische Spuren noch nie gesehen.«

Richard zeigte auf die anderen Fußabdrücke. »Die hier sind eindeutig von den Leuten, die hier gearbeitet haben. Schau, dicke Profilsohlen von Gummistiefeln und Arbeitsschuhen. Aber die anderen?«

»Was sind das denn für Spuren?«, fragte Anne.

»Sie haben die Form von sehr großen Menschenfüßen, sind aber irgendwie … glatt«, versuchte Georg die Spuren zu beschreiben. »Und sie sind frischer als alle anderen. Außer unseren natürlich.«

»Glatt?«, hakte Julius nach.

»Ja, Georg hat recht, anders kann ich es auch nicht beschreiben.« Richard ging in die Hocke, um die Spuren von Nahem zu betrachten. »Glatt und in der Form grob zugeschnitten. Da sind ganz viele davon.«

Traurig betrachtete Georg die verwüstete Ausgrabungsstelle. »Es ist wirklich ein Jammer. So ein phänomenales Fundstück, und dann wird es zerstört.«

Plötzlich stieß Richard einen Pfiff aus. »Georg! Die Spuren, guck sie dir noch mal genau an. Ich meine, woher sie kommen und wohin sie führen!«

Georg blickte zu Boden. Mit einem Mal überkam sie ein heftiges Schaudern.

Die Warnung

»Georg, du bist ja total blass um die Nase!«, rief Anne besorgt, als ihre Cousine mühsam an dem Seil aus der Grube stieg.

Oben angekommen, ließ Georg sich auf den Hosenboden nieder, ungeachtet der Tatsache, dass das Gras noch feucht war. Ihre Hose war ja ohnehin klamm. Schweigend beobachtete sie, wie Richard nach ihr aus der Grube kletterte. Auch er machte ein ratloses und zugleich erschrockenes Gesicht.

»Könntet ihr uns mal erklären, was euch solch einen Schrecken eingejagt hat?«, bat Julius.

»Die Sache ist die«, begann Richard. »Diese merkwürdigen Spuren sehen aus, als kämen sie direkt aus dem Schiff.«

Anne glaubte, falsch gehört zu haben. »Bitte was?«

»Ja! So, als seien da welche mit so großen Füßen aus dem Schiff gestiegen und zum anderen Ende der Grube gelaufen.« Richard zeigte mit den Händen eine beeindruckende Schuhgröße. »Und wie gesagt, die Spuren sind frischer als alle anderen, sind ganz glatt, vollkommen ohne Profil oder so was, wie von … wie von …«

»Ganz einfachen Sandalen mit Ledersohle«, sagte Georg plötzlich.

Betretenes Schweigen stellte sich ein.

Anne konnte es beinahe vor sich sehen, wie eine Horde von jungen Wikingern aus ihrem Schiff sprang und laut brüllend über das Gelände jagte.

Julius fand als Erster die Sprache wieder. »Jetzt mal langsam, Leute. Wollt ihr damit sagen, dass die Spuren von Wikingern stammen, die mit einfachen Sandalen an den Füßen aus ihrem schönen Schiff gestiegen sind, um hier die Ausgrabungen zu verwüsten?«

Gedankenversunken betrachtete Anne das Absperrband, das im Wind tanzte, und plötzlich stellte sich eine Erinnerung ein. Was hatte einer der Mitarbeiter des archäologischen Instituts gestern gesagt? *»Damit werden wir die Horden sowieso nicht abhalten können«*, flüsterte sie.

»Was hast du da gesagt?«, fragte Julius.

Anne begann zu frösteln und zog sich den Anorak enger um die Schultern. »Nicht ich habe das gesagt, sondern einer der Wissenschaftler gestern.«

Jetzt musste Julius lachen. »Ihr glaubt doch wohl nicht an Gespenster! Die Rückkehr der Wikinger aus dem Totenreich! Und angenommen, es gäbe solche Geisterwikinger, warum sollten sie dann ausgerechnet ihre eigene Siedlung plattmachen?«

»Ich glaube in erster Linie an das, was ich sehe«, erklärte Georg und sprang auf die Füße. Sie versuchte, sich den Lehm von der Hose zu wischen, was aber ein sinnloses Unterfangen war. »Und ich kombiniere es mit dem, was ich höre. Diese Spuren da sind auf jeden Fall sehr real. Und außerdem stimmt das, was Anne sagt. Die Archäologen haben gestern solche Bemerkungen gemacht. Einer hat auch noch was von *im Frieden gestört* gefaselt oder so ähnlich.«

»Und vergessen wir nicht die Warnung von Helgi Schwarzhaupt«, erinnerte Richard.

»Helgi Schwarzhaupt?« Georg grinste. »Na gut, warum sollen wir ihn nicht so nennen?«

»Trotzdem, das ist doch alles Humbug«, empörte sich Julius.

Georg tippte ihm mit der Spitze ihres Zeigefingers auf die Brust. »Wenn das Humbug ist, dann sollten wir mal herausfinden, was dahintersteckt, meinst du nicht?«

Richard zeigte hinab in die Grube. »Ja, und dann sind da ja auch noch die Spuren im Holz. Wenn du mich fragst, dann sehen die aus, als hätte jemand auf dem Holz rumgehackt mit einer… ja, mit einer Streitaxt.«

Julius zeigte seinem Bruder einen Vogel. »Jetzt geht aber deine Fantasie mit dir durch, Brüderchen!«

Georg trat zwischen Richard und Julius. »He, he, bevor das hier zum Bruderzwist ausartet, schlage ich vor, dass wir uns mal weiter umsehen.«

Julius hob abwehrend beide Hände. »Schon gut, ihr habt ja recht. Gehen wir also weiter.«

»Ich müsste vorher mal wohin«, sagte Anne mit verkniffener Miene. »Aber die Gaststube scheint immer noch nicht geöffnet zu sein.«

Julius zeigte auf die Seite des Gebäudes. »Da hinten bei der Sonnenterrasse gibt es auch noch von außen zugängliche Toiletten, habe ich gesehen. Vielleicht hast du Glück und sie sind nicht verschlossen.«

»Wir können ja währenddessen eine kleine Pause machen und die Brote essen«, schlug Richard vor und erntete damit missbilligende Blicke.

»Du kannst doch unmöglich schon wieder Hunger haben!«, rief Georg empört.

Richard legte seiner Cousine die Hand auf die Schulter. »Falls du es immer noch nicht verstanden haben solltest, liebe Georg: Ich habe immer Hunger.«

Georg schubste ihn lachend vor sich her.

Sie wollten die Stelle aufsuchen, an der die ersten Mauerreste freigelegt worden waren. Anne würde sie schon finden, so unübersichtlich war das Gelände ja nicht.

Tim lief schnüffelnd hin und her. Hier gab es offenbar jede Menge Spuren, die ihn interessierten, und außerdem Kaninchen in Hülle und Fülle! »Wag es ja nicht, ihnen hinterherzujagen!«, mahnte Georg.

»Da sind wir ja schon«, stellte Julius fest, als sie das Areal erreicht hatten. Hier musste nicht so viel Erde abgetragen werden wie bei der Fundstelle des Schiffes. Die Mauerreste lagen nicht so weit unter der Oberfläche.

»Hatten die denn Häuser aus Stein?«, fragte Richard ungläubig. »Ich mag es kaum glauben.«

»Was du aber glauben kannst, ist, dass der Großteil der Holzkonstruktionen über die vielen

Jahrhunderte längst verrottet ist. Dass das Holz des Schiffes so gut konserviert wurde, grenzt an ein Wunder«, erinnerte Julius. »Natürlich hatten die Wikinger Holzhäuser, aber die Fundamente waren solider gebaut, aus Stein also. Sie haben aber auch viel mit Lehm gearbeitet. Davon gibt es hier ja reichlich.«

»Seht euch das an!« Traurig betrachtete Georg die Misere. Auch hier sah es aus, als seien die Gestalten mit den großen Füßen einfach ohne Rücksicht auf Verluste über die Ausgrabungen hinweggerannt. Zwar war hier der Schaden nicht so groß, da die Steine selbst nicht kaputtgegangen waren, doch einige waren aus den Mauerresten herausgebrochen und lagen wild verstreut herum.

Ein Stück weiter Richtung Westen befanden sich die nächsten Mauerreste. Zwischen ihnen hatte sich eine kleine Senke gebildet.

Plötzlich blieb Georgs Blick an etwas hängen. Etwas Helles, Längliches ragte aus dem linken Teil der Mauer. »Was ist das? Könnt ihr das erkennen?«

Ohne eine Antwort abzuwarten, ging sie auf den Gegenstand zu, der da in dem Mauerrest steckte. Schon beim Näherkommen ahnte Georg, um was es sich handeln könnte, und das fesselte ihre Aufmerksamkeit dermaßen, dass sie nicht mehr darauf achtete, wohin sie trat. Auf einmal gab der Boden unter ihrem linken Fuß nach und sie versank beinahe knietief in einem Matschloch. Braunes Wasser schwappte ihr in den Stiefel und füllte diesen im Nu. Beinahe hätte Georg das Gleichgewicht verloren, sodass sie den linken Fuß rasch nachziehen musste. Weil der Stiefel fest im Matsch steckte, rutschte ihr Fuß heraus und schon trat Georg in Socken in den Schlamm.

»Iiihhh!«, rief sie, musste dabei aber selber über ihr eigenes Missgeschick so heftig lachen, dass sie beinahe doch noch gestrauchelt wäre. Schon allein das Gefühl, wie sich der Matsch zwischen die Zehen drückte, war einfach nur lustig.

Julius kam ihr zu Hilfe und packte sie am Arm. »Heiliger Odin! Jetzt siehst du wirklich aus wie ein Wesen aus der Unterwelt. Ich frage mich wirklich, wie du deinen Vater dazu bringen willst, dich im Auto mitfahren zu lassen.«

»Aber was ist denn nun mit dem Teil da?«, erinnerte Richard.

Georg musste immer noch kichern, als sie mit

viel Kraft den Gummistiefel aus dem Matsch zog und dann die letzten Meter zu der Mauer zurücklegte, den einen Fuß im Socken, den anderen im Stiefel und den zweiten Stiefel in der Hand.

Es war wirklich das, was sie vermutet hatte: In der Mauer steckte eine altertümliche Streitaxt!

Doch das war nicht das einzige Bemerkenswerte. Mit der Axt war eine Botschaft in der Mauer fixiert. Zwischen Schneide und Mauer klemmte ein Stück dünnes Leder, auf das ein Zeichen eingebrannt war!

Georg konnte nicht genau erklären, warum

sie die Streitaxt nicht anfassen mochte. Es hatte sicher nichts damit zu tun, dass diese schmutzig, alt und verwittert war. Es war etwas anderes, was sie davon abhielt.

Doch Julius hatte sich bereits den Rucksack vom Rücken genommen und den Skizzenblock und einen Bleistift hervorgeholt. Obwohl Georg diejenige von ihnen war, die am besten zeichnen konnte, scheute er sich, ihr Bleistift und Block zu geben – schmutzig, wie sie war. Stattdessen versuchte er sich selbst daran, das sonderbare Zeichen auf das Papier zu übertragen. Schließlich handelte es sich auch um keine komplizierte Zeichnung.

Was von Weitem anmutete wie eine Schneeflocke, sah von Nahem aus wie sechs Spieße mit Querverstrebungen, die sich in der Mitte trafen. Da die Schneide der Axt mitten hindurchgegangen war, war das Zeichen nicht vollständig zu sehen.

»Das wird ja immer rätselhafter.« Richard legte die Stirn in Falten, während er Julius' Zeichnung betrachtete. »Wenn ihr mich fragt, dann sollten wir uns mal eine Übersicht verschaffen und alles aufschreiben, was wir wissen. Und eine Skizze sollten wir anfertigen. Wir haben noch die, die Onkel Quentin von *Hunter's Farm* gemacht hat, die könnten wir ergänzen.«

Georg ließ den einen Stiefel fallen und sah sich suchend um. »Was ich auch rätselhaft finde, ist, wo Anne bleibt. Sie müsste doch längst hier sein. Ob sie uns nicht gefunden hat?«

Auch Julius blickte suchend umher. »Kann nicht sein. Das Gelände ist übersichtlich genug.«

»Hä?« Georg drehte sich einmal um die eigene Achse. »Und Tim ist auch weg. Habt ihr mitbekommen, ob er sich aus dem Staub gemacht hat?«

»Ehrlich gesagt, nein«, gab Richard zu. »Ich war gerade abgelenkt von einem ziemlich amüsanten Schauspiel.«

»Schauen wir also, wo sie bleiben. Bestimmt ist Tim bei Anne«, sagte Georg und zog sich auch den anderen Stiefel und beide Socken aus. Dann lief sie barfuß zurück zum Gasthof.

Julius verstaute den Skizzenblock und schulterte den Rucksack. Dann zeigte er auf Georgs Füße. »Erkälte dich bloß nicht.«

Georg warf lachend den Kopf in den Nacken. »Jetzt klingst du wie meine Mutter. Von Anne hätte ich eine solche Bemerkung ja erwartet, aber von dir? Außerdem härtet es ab, mal barfuß durch das Gras zu laufen. Das regt den Kreislauf an.«

»Georg hat recht«, mischte Richard sich ein. »Das ist sicher allemal besser, als mit Matschfuß im Stiefel rumzulaufen.«

»Matschfuß im Stiefel fühlt sich obendrein unangenehm an und man läuft sich bestimmt schnell Blasen«, fügte Georg hinzu und fand, dass es nun genug Argumente waren.

Julius zuckte gleichgültig die Schultern. »Wenn ihr meint.«

Rasch hatten sie die Sonnenterrasse erreicht, doch von Anne und Tim war weit und breit nichts zu sehen.

Die Tür der Damentoilette stand offen. Georg warf einen Blick hinein. »Keiner drin.«

Durch ein Seitenfenster erkannte Richard, dass in der Gaststube nun Licht brannte. »Vielleicht ist sie doch hineingegangen und hat sich festgequatscht.«

Als die Freunde die Gaststube betraten, war zunächst niemand zu sehen, doch aus dem hinteren Raum waren eilige Schritte zu hören. Im nächsten Augenblick kam Ella hinter der Theke zum Vorschein. Sie wirkte abgehetzt und aufgebracht.

»Ach, ihr seid das«, sagte sie schlicht. »Ist etwas Dringendes? Weil … ich muss …«

»Können wir Ihnen irgendwie helfen?«, fragte Julius spontan.

»Nein. Ja. Das heißt…«, stammelte Ella. »Habt ihr den Schnuffi irgendwo gesehen? Ich kann ihn nirgendwo finden. Ich kriege einen Heidenärger, wenn der ausgebüxt ist, weil …«

Georg, Richard und Julius warfen sich amüsierte Blicke zu. Schnuffi? Sie meinte damit doch wohl nicht Erik Blutaxt?

Ella fuhr sich nervös durch die Haare, die ihr wirr vom Kopf abstanden. »Wenn der Chef nicht da ist, dann ist der Schnuffi immer angebunden, da drüben in seiner Ecke.« Sie drehte sich fahrig von einer Seite zur anderen. »Ich hatte kurz hinten zu tun, und als ich wieder in den Schankraum kam, da war er weg. Muss sich losgerissen haben. Aber die Tür war doch zu und …«

»Wir helfen Ihnen suchen«, entschied Richard, wobei er sich sehr angestrengt ein Grinsen verkneifen musste. Wie konnte man einen Hund wie Erik Blutaxt Schnuffi nennen? »Wissen Sie, wir sind nämlich sowieso gerade auf der Suche.«

»Ja, nach unserer Schwester Anne und unserem

Hund Tim«, erklärte Julius. »Die haben Sie nicht zufällig gesehen, oder?«

Im selben Augenblick war von draußen erst zorniges Kläffen zu hören, dann folgte ein sonderbares Bellen, das eher verzweifelt klang. Das waren eindeutig zwei Hunde!

»Tim!«, rief Georg.

»Schnuffi!«, rief Ella.

Und dann stürmten sie schon alle miteinander hinaus.

»Das kam von da drüben!«, rief Richard und rannte zur Schiffsgrube hinüber.

Und da stand Anne am Rande der Grube und hielt Tim am Halsband fest. Beide schauten hinunter in die Grube und Tim bellte in einer Tour.

»Anne, wo hast du denn nur gesteckt?« Julius war als Erster an ihrer Seite, und dann wusste er nicht, ob er einen Schrecken kriegen oder lachen sollte. Er entschied sich für das Zweite. Denn unten in der Grube hockte Erik Blutaxt und ließ die Lefzen hängen. Sogar das Kläffen war ihm vergangen. »Wie kommt der denn da rein?«

Georg befahl Tim, leise zu sein, damit sie hören konnten, was Anne ihnen zu erzählen hatte. Der saß ein gehöriger Schreck in den Knochen, das war nicht zu übersehen. Aber dennoch schien auch sie sich zu amüsieren.

»Tim ist ein tapferer und kluger Hund«, begann sie. »Als ich vorhin aus der Toilette wollte, konnte ich nicht hinaus. Direkt vor der Tür saß Erik Blutaxt und knurrte mich mit gefletschten Zähnen an.«

»Erik Blutaxt?«, fragte Ella.

Doch keiner ging auf ihre Frage ein.

»Ich hatte schreckliche Angst«, fuhr Anne fort. »Ich wusste nicht, was ich machen sollte. Ich saß in der Falle.«

Georg kniff die Augen zu schmalen Schlitzen zusammen. »Das muss Tim gemerkt haben«, schlussfolgerte sie.

»Ja«, rief Anne. »Tim ist mir zu Hilfe gekommen.«

Julius kratzte sich am Kopf. »Ja, aber ich verstehe nicht ganz. Tim hat es doch sicher nicht gewagt, sich mit diesem Hund da anzulegen.«

Anne schüttelte energisch den Kopf. »Ich sage doch, Tim ist ein kluger Hund. Er hat einfach nur geknurrt und Erik Blutaxt ist immer wieder ein Stück zurückgewichen. Stückchen für Stückchen Richtung Grube, bis er schwuppdiwupp mit den Hinterbeinen keinen Halt mehr hatte und runtergerutscht ist.« Anne zeigte auf die Stelle am Rand, wo man deutlich sehen konnte, wie die Bulldogge verzweifelt versucht hatte, mit den Krallen Halt zu finden, und schließlich in die Grube gerutscht war. Da saß sie nun wie ein Häufchen Elend und wirkte keineswegs mehr Furcht einflößend.

Ella warf einen Blick über den Rand und hielt sich die Hand vor den Mund. »Ach, du lieber Himmel, wie kriegen wir denn Erik ... äh, Schnuffi da wieder raus?«

Richard, der immer für einen Spaß zu haben war, deutete auf den Bagger. »Vielleicht fragen Sie mal einen vom Bautrupp, ob er ihn wieder rausschaufelt.«

In dem Moment stieg Ella die Röte ins Gesicht. »Aber ... die sind doch ... also, die sind doch gar nicht mehr da. Sind ... äh, abgezogen worden.«

Das amüsierte Richard nun noch mehr. Dachte Ella etwa, sein Vorschlag sei ernst gemeint gewesen?

Julius klaubte erneut das Seil aus dem Rucksack. »Also, wenn Sie einen Sack oder so was haben und sich nicht fürchten, den Hund anzufassen, dann sollte es kein Problem sein, ihn da rauszukriegen.«

Ella seufzte. »Dann hole ich mal einen Kartoffelsack und die Leiter bring ich auch gleich mit.«

Als Schnuffi aus der Grube gerettet war und die Freunde nun meinten, es sei Zeit, einmal zu sehen, wo Onkel Quentin überhaupt steckte, machte sich Georg in Gedanken zwei Notizen. Zum einen mussten sie der Frage nachgehen, wie und warum der Hund vor die Toilettentür gekommen war. Und zum anderen mussten sie herausfinden, warum Ella gerade auf Richards Bemerkung mit dem Bagger so seltsam reagiert hatte.

Da wurde sie von Richard aus den Gedanken gerissen. »Sagt mal, bevor wir jetzt nach Onkel Quentin suchen, könnten wir nicht erst mal die Brote essen? Da, wo mein Magen ist, fühlt es sich an, als sei da ein Vakuum.«

Warum lügt Ella?

Mit einer großen Kanne Tee hatten es sich die Freunde auf dem Fußboden im Zimmer der Mädchen gemütlich gemacht. Georg hatte zunächst ein ausgiebiges Bad genommen und verströmte jetzt, in ihren Bademantel gewickelt, einen angenehmen Duft nach Badeschaum.

»Da hast du ja noch mal Glück gehabt, dass Onkel Quentin dich doch im Auto mitgenommen hat«, sagte Richard. »Wie gut, dass er noch die alte Pferdedecke im Kofferraum hatte.«

Georg zuckte die Schultern. »Tja, sonst hätte *ich* halt in den Kofferraum gemusst.«

Sie zog die beiden Skizzen zu sich heran und tippte auf die Zeichnung, die Julius angefertigt hatte. »Was könnte das sein? Das muss doch eine Botschaft sein. Etwas, das die Leute vom archäologischen Institut erkannt haben. Vielleicht war es das, was ihnen solche Angst eingejagt und sie dazu veranlasst hat, die Arbeit niederzulegen.«

»Wie geht es denn nun überhaupt weiter?«, fragte Anne. »Ich habe das vorhin nicht mitbekommen.«

»Onkel Quentin ist zusammen mit Caspar zum Institut gefahren«, erklärte Julius. »Dort findet eine Krisensitzung statt. Für die nächste Nacht haben sie eine Wache aufgestellt.«

»Oh«, staunte Richard. »Dann hat sich jemand dazu bereit erklärt, obwohl sie doch alle so großen Respekt vor den mysteriösen Dingen haben, die dort passiert sind? Das erstaunt mich jetzt aber.«

»Trotzdem stellt sich die Frage, wie wir herausfinden können, was es mit diesem Zeichen da auf sich hat«, erinnerte Julius.

»Hm«, machte Georg, sprang auf die Füße und warf einen Blick aus dem Fenster. »Ihr meint, mein Vater ist zum Institut aufgebrochen, während ich in der Badewanne saß? Tatsächlich, sein Auto ist fort. Beste Gelegenheit also, das Wikingerbuch aus seinem Büro auszuleihen.«

Weil Onkel Quentin es ja nicht duldete, dass sie in seiner Abwesenheit in sein Arbeitszimmer gingen, durfte Georg keine Spuren hinterlassen. Sie mussten zusehen, dass das Buch wieder an Ort und Stelle war, wenn Onkel Quentin zurückkam. Und da sie nicht wussten, wie lange er fortbleiben würde, hieß es, sich zu sputen.

Georg eilte die Treppe hinunter und kam wenige Minuten später mit dem Buch zurück, das zum Glück leicht zu finden gewesen war. Die anderen hatten die Zeit genutzt und Onkel Quentins Skizze ergänzt. Jetzt waren auch die Fundorte der Mauerreste eingezeichnet und alle Stellen, an denen sie Spuren gefunden hatten, waren markiert.

Georg hockte sich wieder zu den anderen auf den Boden und schlug das Inhaltsverzeichnis auf. Einer spontanen Eingebung folgend, suchte sie ein bestimmtes Stichwort. »Ah, da ist es ja.« Georg blätterte und fand schließlich die gesuchte Seite. »Zauberkult«, las sie die Überschrift vor. »Mal sehen.« Dann überflog sie den Artikel, während ihr die anderen gebannt über die Schulter lugten.

Als Georg die nächste Seite umblätterte, hielten sie plötzlich die Luft an.

»Na, wenn das kein Volltreffer ist!« Wie ein Raubvogel im Sturzflug landete Georgs Fingerspitze auf einer Zeichnung, die der von Julius ziemlich ähnlich war.

»Zauberzeichen, die im Kampf verwendet wurden«, las Georg vor. »Sie sollten dem Feind Unglück bringen, zum Beispiel durch Herbeiführung schweren Unwetters oder durch Niederlagen in der Schlacht. Wurde darüber nicht auch unlängst am Lagerfeuer gesprochen?«

»Natürlich!«, rief Julius. »Andererseits: Um welchen Feind soll es denn hier gehen? Warum Kampf?«

Georg überlegte einen Moment. »Erinnern wir uns noch einmal an das, was die Männer gesagt haben. Wenn ich das alles richtig interpretiere und eins und eins zusammenzähle, dann sind sie der Überzeugung, dass sich die Geister der Wikinger, die hier ihre Siedlung hatten, durch die Ausgrabungen in ihrer Totenruhe gestört fühlen. Die Wikingerhorden wurden sozusagen geweckt, sind, wie damals, als sie zum ersten Mal hier an Land gingen, aus ihrem Schiff gestiegen und haben Spuren der Verwüstung hinterlassen. Und eine Botschaft, die für einen archäologisch bewanderten Menschen leicht zu deuten ist.«

»Und diese Botschaft sagt: Unheil wird über dich kommen«, ergänzte Julius.

Anne ließ sich rücklings auf den Boden sinken, was Tim als Aufforderung verstand, ihr durch das Gesicht zu schlecken. »Igitt, Tim, lass das!« Anne schob ihn sanft, aber energisch beiseite. »Ich bin nicht so dreckig, wie dein Frauchen es vorhin

war.« Dann wischte sie sich mit dem Ärmel über das Gesicht und sagte: »Aber wir wissen doch, dass es keine Geister gibt, wenn das auch zugegebenermaßen alles sehr rätselhaft ist. Ich frage mich zum Beispiel, wie diese Spuren entstanden sein sollen, wenn sie wirklich so aussehen, als kämen sie geradewegs aus dem Schiffswrack. Und ich wundere mich, dass gestandene Archäologen sich davon einschüchtern lassen.«

Georg winkte ab. »Das sind auch nur Menschen. Und du hast ihre Schauergeschichten am Lagerfeuer doch gehört. Vielleicht haben sie sich zu viel mit diesen Dingen beschäftigt, und nun geht die Fantasie mit ihnen durch.«

»Kann möglich sein«, gab Julius zu. »Wenn wir uns also einig sind, dass wir es hier nicht mit Zauberei zu tun haben, dann fragt sich, wer diesen Unfug gemacht hat und warum.«

»Apropos Drohung. Gehen wir mal davon aus, dass Erik Blutaxt sich auch nicht allein losgebunden und die Tür geöffnet hat«, erinnerte Georg. »Dann denke ich also, dass derjenige, der den Hund vor der Toilettentür platziert hat, Anne und damit uns alle erschrecken wollte. Das war auch eine Drohung!«

Anne setzte sich ruckartig auf. »Du meinst, da hat jemand mitbekommen, dass wir uns für die Angelegenheit interessieren. Und nun hat er es auf uns abgesehen? Dann hat Helgi Schwarzhaupt wohl recht und wir sollten uns besser von dort fernhalten.«

Aber Georg wollte davon nichts wissen. »Papperlapapp! Bestimmt ist das alles nur Säbelrasseln.«

Anne schlang die Arme um die Beine. »Ich weiß nicht. Das mit der Dogge hat mir schon ganz schön viel Angst gemacht. Ehrlich.«

In diesem Moment zog ein herrlicher Duft nach gebratenen Eiern durch das Treppenhaus, und Richard hob sofort witternd die Nase in die Luft.

Tante Fannys Rufen ließ nicht lange auf sich warten. »Kinder, kommt runter, das Abendessen ist fertig!«

Das ließ Richard sich nicht zweimal sagen und wollte schon zur Tür hinaus. »Vergesst nicht, das Wikingerbuch mit hinunterzunehmen!«

Georg lag noch wach, als sie spät am Abend ihren Vater heimkehren hörte. Die Sitzung hatte wirklich lange gedauert. Georg war etwas in den Sinn gekommen, was ihr vorhin nicht eingefallen war. Jetzt schlüpfte sie aus dem Bett und schlich auf Zehenspitzen die Treppe hinunter. Sie begegnete ihrem Vater noch im Flur, wo er gerade seinen Mantel aufhängte. Er sah müde und erschöpft aus. »Nanu, Georg, du schläfst noch nicht?«

Georg schüttelte den Kopf. »Aber bestimmt gleich. In der Küche steht noch etwas zu essen für dich.«

Als er an ihr vorbei in die Küche ging, strubbelte er ihr kurz über den Kopf. »Ich hoffe, du bist wieder richtig sauber. Aber wie ich sehe, läufst du noch immer barfuß durch die Gegend. Das ist auf den kalten Fliesen nun wirklich nicht zu empfehlen.«

Georg lächelte. »Ich bin auch gleich wieder im warmen Bett. Ich wollte dich nur etwas fragen. Du hast doch vorhin gesagt, dass die Ausgrabungen heute Nacht bewacht werden. Wer hält denn dort eigentlich Wache?«

Georgs Vater biss in ein belegtes Brot und antwortete mit vollem Mund, was sonst so gar nicht seine Art war. Er musste wirklich Hunger haben. »Nun, das erledigen ein paar Arbeiter der Baufirma. Sie sind ohnehin noch da und haben nichts zu tun, weil sie die nächste Baustelle noch nicht in Angriff nehmen können und warten müssen, bis sie erfahren, wo sie ihre Baufahrzeuge hinbringen sollen.«

»Ach so, die machen das«, antwortete Georg und versuchte, ihre Verblüffung nicht zu zeigen.

»Warum fragst du?«, fragte ihr Vater kauend.

»Ach, nur so«, antwortete Georg ausweichend. »War eine Wette zwischen den Jungs und mir.«

»Und? Hast du gewonnen?«, wollte ihr Vater wissen.

»Leider nein«, gab Georg vor.

»Tja, dann ab mit dir ins Bett. Gute Nacht, Georgina.«

»Gute Nacht, Vater.«

Und wieder lag Georg wach und starrte an die Zimmerdecke, die sich im Dunkeln nur erahnen ließ. Warum hatte Ella gelogen?

Georg ärgerte sich. Sie hatte ihre Kräfte doch mächtig überschätzt und vor allem den Gegenwind nicht einkalkuliert. Er wehte zwar nicht besonders heftig, dafür aber konstant von vorn. Ihr war vom Radfahren ganz warm – und gleichzeitig fröstelte sie in der Nachtluft. Diesmal hatte sie selbst Sorge, sie könnte sich erkälten. Tim trottete brav neben ihrem Rad her. Sie war auf dem Weg zu *Hunter's Farm*.

Nun war sie schon zu weit gefahren, als dass es Sinn hatte, doch noch umzudrehen. Außerdem hatte sie den Ehrgeiz, das, was sie sich einmal in den Kopf gesetzt hatte, auch zu tun. Dafür war sie ja schließlich bekannt.

Je länger sie nachgedacht hatte, desto sicherer war sie sich gewesen, dass der Schlüssel zum Rätsel irgendwo beim Bautrupp lag oder dass die Männer zumindest etwas damit zu tun hatten.

Und wenn diese heute Nacht die Überwachung übernommen hatten, dann würde es sich sicher lohnen, wenn sie ihrerseits die Wachmänner überwachte. Georg musste nur aufpassen, nicht selbst ins Visier zu geraten.

Auch Mr Jeffersons Verhalten war ihr schleierhaft. An einem Tag war er förmlich ausgerastet und am nächsten war er gar nicht zu sehen gewesen. Seltsam!

Nicht ein einziges Auto war Georg auf der Küstenstraße begegnet, und nun, da sie langsam die Kräfte verließen, tanzte das Licht der Fahrradlampe auf dem Asphalt immer heftiger hin und her.

Endlich erblickte Georg im schwachen Licht ihres Fahrradscheinwerfers das Hinweisschild, das die Einfahrt zu *Hunter's Farm* anzeigte. Erleichtert atmete sie auf. Sie stieg kurz ab und gönnte sich eine kleine Verschnaufpause. »Jetzt sind es nur noch ein paar Hundert Meter, Tim.«

Auf halber Strecke zwischen Hauptstraße und *Hunter's Farm* versteckte Georg ihr Fahrrad im Gebüsch. Ihre Hand tastete in der Jackentasche nach der kleinen Taschenlampe.

Je näher sie dem Gelände kam, desto stärker

spürte sie ihren Herzschlag. Sie horchte so angespannt, dass sie bald meinte, nur noch das Rauschen ihres Blutes in den Ohren wahrzunehmen.

Weil der linke Gummistiefel noch nicht getrocknet war, hatte Georg ihre Wanderschuhe angezogen. Darüber war sie jetzt froh, denn sie gaben ihr festen Halt. Vorsichtig setzte sie Fuß vor Fuß. Sie wollte die Taschenlampe nicht anknipsen, um nicht entdeckt zu werden.

Bald aber konnte sie die Lichter von *Hunter's Farm* sehen, die zwischen den Stämmen einiger Bäume schimmerten. Nachdem Georg das kleine Wäldchen passiert hatte, lag das ehemalige Gehöft auf freier Fläche vor ihr.

Auch dort war schon weitgehend Ruhe eingekehrt. Nur in einigen Zimmern brannte noch gedämpftes Licht, ebenso in der Gaststube. Vielleicht war es auch nur ein Nachtlicht. Das konnte Georg auf die Entfernung nicht erkennen.

Sie wusste nicht, was sie erwartet hatte. Eine Horde Wikinger, die über das Gelände stürmte? Sicher nicht. Aber irgendein anderes geschäftiges Treiben? Menschen, die Sabotage betrieben an der Ausgrabungsstätte? Schon eher. Oder dass einer der Nachtwächter aus dem Dunkel gesprungen kam und sie packte, weil sie vielleicht doch zu unvorsichtig gewesen und entdeckt worden war?

Nein, sie wusste nicht genau, was sie erwartet hatte, doch ganz sicher nicht das, was sie hier vorfand. Nämlich nichts als die Lichter von *Hunter's Farm* und das Rufen einiger Seevögel in der Ferne. Nur eins wurde ihr in diesem Moment bewusst: Sie begann zu frieren.

Instinktiv steuerte sie auf das Gebäude zu, das Wärme und Gemütlichkeit ausstrahlte. Tim blieb dicht an ihrer Seite. Er hatte verstanden, dass er keinen Mucks von sich geben durfte.

Jetzt, als sie näher kam, hörte Georg die Wetterfahne auf dem Stallgebäude leise quietschen. Eines der Pferde schnaufte, und Georg hoffte inständig, dass Erik Blutaxt ihnen nicht irgendwo auflauerte.

Sie schlich zu einem der Gaststubenfenster und verfluchte das getönte Glas, das nur einen verfälschten Blick in den Innenraum zuließ. Immerhin war zu erkennen, dass da vier Männer um einen Tisch saßen. Sie spielten Karten und unterhielten sich. Georg konnte nicht verstehen, was sie sagten, doch nun schien einer einen Witz zu reißen, denn die Männer begannen grölend zu lachen und auf die Tischplatte zu klopfen.

Jetzt stand einer auf und lief Richtung Toilette. Dabei kam er nahe am Fenster vorbei. Georg duckte sich, konnte aber noch erkennen, dass der Mann auf dem Ärmel das Zeichen der Baufirma trug. Georg ging in die Hocke, lehnte sich mit dem Rücken an die Wand und dachte nach. Anstatt hier draußen Wache zu schieben, saßen die Männer also dort drin und spielten Karten. Und dennoch war alles ruhig und leise. Das konnte nur eins bedeuten.

»Timmi, wir müssen nach Hause«, flüsterte sie. »Der Rückweg wird nicht so schlimm, wir haben Rückenwind«, fügte sie mehr für sich selbst hinzu. »Tim?«

Georg fühlte Panik in sich aufsteigen. Tim war doch eben noch bei ihr gewesen. Hier, direkt neben ihr!

»Verdammt, Tim, wo steckst du?«, zischte sie, so laut sie sich traute.

Keine Reaktion.

Georg wusste sich keinen anderen Rat, als die Taschenlampe anzuknipsen.

Im Lichtschein erkannte sie ein Paar grobschlächtige Füße, und die steckten in einfachen Ledersandalen!

Oh nein, bitte nicht schon wieder, dachte Anne, als sie aufwachte und Georgs Bett leer vorfand. Die einfachste Erklärung war immer, dass Tim in aller Frühe hinausgemusst hatte und Georg mit ihm eine Runde drehte. Aber wie oft schon hatte etwas ganz anderes dahintergesteckt!

Seufzend schwang Anne die Beine über die Bettkante. Verschlafen rieb sie sich die Augen und lief zum Zimmer der Jungen hinüber. Beide schlummerten noch friedlich vor sich hin.

Anne packte Julius bei den Schultern und rüttelte ihn. »Julius, wach auf, Georg ist verschwunden.«

Stöhnend blinzelte Julius nach dem Wecker auf seinem Nachttisch. »Anne, es ist noch nicht mal sechs Uhr!«

»Eben drum!«, zischte Anne aufgeregt.

»Vielleicht musste Tim mal raus«, brummte Julius, zog sich die Decke über den Kopf und drehte sich auf die Seite.

»Das hätte ich bestimmt mitbekommen«,

wandte Anne ein. »Wenn Tim rausmuss und Georg deshalb weckt, dann kratzt er an ihrem Bett und fiept laut. Das kriege ich immer mit. Fast immer jedenfalls.«

»Siehst du«, hörte Anne gedämpft Julius' Stimme. »Und diesmal hast du es eben nicht mitbekommen. Schlaf weiter. Georg wird schon gleich wieder auftauchen.«

»Hör zu«, sagte Anne. »Ich schleiche mich jetzt raus und gucke, ob ihr Fahrrad im Schuppen steht, und wenn nicht, dann komme ich wieder.«

Jetzt drehte Julius sich wieder um. »Schon gut, ich gehe mit dir zum Schuppen.«

Julius stand auf und schlüpfte in seinen Morgenmantel. Gemeinsam schlichen sie die Treppe hinunter und zur Hintertür hinaus, in der Hoffnung, Tante Fanny und Onkel Quentin nicht zu wecken.

Sie hielten die Luft an, als die Schuppentür in den Angeln quietschte. Wenn alles um einen herum noch still und leise war, dann hörten sich die leisesten Geräusche an, als seien sie ein gewaltiger Lärm.

»Verdammt, das hätte ich mir doch denken können«, sagte Anne, als sie sah, dass Georgs Fahrrad nicht da war.

»Vielleicht wollte sie mit Tim mit dem Rad eine Runde drehen«, versuchte Julius eine Erklärung zu finden.

Doch Anne zeigte ihm einen Vogel. »Wenn sie so früh mit ihm rausmuss, dann stromert sie mit ihm immer nur ein wenig durch die Felder oder zu den Dünen hinüber.«

»Aber ihre Gummistiefel stehen da!«

Anne zuckte die Schultern und fühlte in den linken Stiefel. »Ja, und? Ist doch klar. Der ist immer noch nass.«

Julius holte einmal tief Luft. »Also gut, wecken wir Richard. Ich fürchte, ich weiß, wo wir nach ihr suchen müssen.«

Anne machte ein verzweifeltes Gesicht. »Ich weiß nicht, ob ich es schaffe, bis *Hunter's Farm* mit dem Rad zu fahren.«

Julius überlegte nicht lange. »Dann fahre ich mit Richard allein und du kommst später mit Onkel Quentin nach«, entschied er kurzerhand.

Als sie zum Haus zurückschlichen, blieb Anne plötzlich wie angewurzelt stehen. »Julius, sieh nur!« Sie zeigte auf die Haustür. Etwas steckte im Querbalken über dem Eingang!

Als sie näher kamen, erkannten sie sofort, was das war.

»Ich denke, wir sollten uns beeilen«, sagte Julius, als er die Streitaxt aus dem Balken zog.

Falsches Spiel

Natürlich ging den Brüdern der Gedanke an die Streitaxt nicht aus dem Kopf, als sie, heftig in die Pedale tretend, auf dem Weg zu *Hunter's Farm* waren. Das Zeichen war eindeutig gewesen. Es war eine Warnung, die sie nun sträflich missachteten. Aber konnten sie ihre Cousine im Stich lassen? Ganz sicher nicht.

Julius war froh, dass sie die Axt entdeckt hatten, bevor Onkel Quentin sie finden konnte. Oder gar Tante Fanny. Das wäre nicht auszudenken gewesen. Sie hätte sich sicher die größten Sorgen gemacht.

Doch Richard und Julius waren sich sicher, dass auch dieses Zeichen ebenso wenig mit einem Zauber oder Fluch aus der Vergangenheit zu tun hatte wie die anderen Vorkommnisse und stattdessen eine ganz irdische Erklärung hatte. Und der würden sie jetzt auf den Grund gehen.

»Wenn wir doch nur wüssten, wie lange Georg schon weg ist«, keuchte Julius gegen den Wind an.

»Das müssen wir ihr wirklich mal beibringen«,

schimpfte Richard. »Wenn sie schon Alleingänge startet, dann soll sie bitte schön konkrete Angaben hinterlassen.«

Julius lachte und war froh, als sie endlich die Einfahrt zu *Hunter's Farm* erreichten. »Jetzt heißt es, auf der Hut zu sein.«

»Klaro«, antwortete Richard, der ganz offensichtlich eine bessere Kondition hatte als sein älterer Bruder. Er war kaum außer Atem. »Am besten, wir verstecken die Räder in dem Gebüsch da drüben. Oh, hallo, was haben wir denn da?«

»Georgs Fahrrad!«, rief Julius und platzierte sein Rad daneben. »Dann hatten wir also den richtigen Riecher.«

Richard verengte seine Augen zu Schlitzen und spähte Richtung *Hunter's Farm*. »Haben wir eigentlich einen Plan?«

»Wie sollten wir das?«, fragte Julius leise zurück. »Es ging doch alles viel zu schnell und wir wussten doch gar nicht, was uns hier erwartet.«

Julius hatte daran gedacht, sein Fernglas mitzunehmen. Die Morgendämmerung war noch nicht vorbei. Nebelschwaden hingen wie feine Schlieren aus Zuckerwatte über dem Gelände, aber inzwischen war es so hell, dass das Gasthaus schon zu erkennen war. Julius suchte das Gelände durch den Feldstecher ab. »Die Nachtwachen scheinen ihren Dienst schon beendet zu haben. Apropos Nachtwache: Warum ist es Georg wohl mitten in der Nacht so plötzlich in den Sinn gekommen, hierherzufahren? Ich meine, wenn sie die Idee gehabt hätte, einfach mal zu sehen, ob hier wieder irgendein nächtliches Spektakel stattfindet, dann hätte sie das doch gestern Abend mit uns besprochen.«

»Stimmt«, sagte Richard mit leiser Stimme. »Übrigens: Kannst du Georg irgendwo sehen?«

Julius senkte das Fernglas. »Nein, keine Spur von Georg und Tim.« Er ging in Gedanken noch einmal ihre Aufzeichnungen vom Vorabend durch. Gab es da einen Anhaltspunkt? Julius war ratlos.

Aufmerksam lauschend wie Luchse, schlichen Julius und Richard auf *Hunter's Farm* zu. Immer wieder sahen sie sich vorsichtig um und ließen ihre Blicke über das Gelände schweifen, auf dem sie in den letzten Tagen so viel Zeit verbracht hatten.

Es war gewagt, bis zur Schiffsgrube zu laufen, denn dort waren sie kaum vor Blicken geschützt.

Sie mussten sich sehr tief ducken. So konnten sie zumindest von den Gebäuden aus nicht gesehen werden, als sie sich jetzt von der anderen Seite näherten.

Sie wussten nicht, was sie erwartet hatten, aber sicher nicht das: Der Schiffsbug war verschwunden!

Hinter dem Bagger gingen sie für einen Moment in Deckung. Vor Aufregung waren sie außer Atem geraten und mussten sich erst einmal beruhigen.

»Was hat jetzt das zu bedeuten?«, flüsterte Julius. »Tolle Nachtwache. Hat ja viel gebracht!«

Um besser sehen zu können, wagte sich Richard auf das Trittbrett am Führerhaus und duckte sich hinter das Lenkrad. Von hier aus hatte er nun einen anderen Blick auf die Grube als vorher, und plötzlich ging ihm ein Licht auf.

»He, Julius«, flüsterte er kaum hörbar. »Ich weiß jetzt, wie es sein konnte, dass die Spuren nur aus dem Boot herausführen. Und ich weiß auch, warum der Bagger etwas verschoben wurde.«

»Sei leise!«, mahnte Julius. »Was meinst du?«

»Unsere vermeintlichen Wikinger wurden mit der Baggerschaufel in das Schiffswrack hinuntergelassen. Ganz einfach. Und mit den Zacken vorn an der Schaufel kann man auch ganz wunderbar in das Holz hacken, sodass es aussieht, als hätte jemand mit einer Streitaxt hineingehauen, die viel größer ist als die, die wir gefunden haben.«

»Die beiden, die wir gefunden haben«, erinnerte Julius, der die ganze Sache inzwischen ziemlich verwirrend fand. »Aber wo ist denn nur der Schiffsbug hin?«

Plötzlich erinnerte Richard sich an ihren Ausflug in den Ort und an den Bauarbeiter in der Telefonzelle. »Glaubst du, einer der Archäologen würde den Bagger bedienen?«

Julius zuckte die Schultern. »Keine Ahnung, aber ich glaube eher nicht. Du meinst, die Leute von der Baufirma selbst haben hier nachts ihr Unwesen getrieben? Aber wo sollten die denn die antiken Streitäxte herhaben?«

»Die können sie doch nur von den Archäologen haben«, zischte Richard. »Ich sag dir, die stecken alle unter einer Decke.«

»Ich weiß nicht«, erwiderte Julius nachdenklich. »Komm, schauen wir weiter.«

In einem großen Bogen huschten Julius und Richard nun auf die beiden Gebäude zu. Sie mussten vorsichtig sein, denn sicher würde auch hier gleich der Tag beginnen. Ein Blick durch die getönten Scheiben verriet ihnen, dass Ella bereits dabei war, einen Tisch für das Frühstück einzudecken.

»Mir wäre lieber, ich wüsste, wo dieser schreckliche Hund steckt«, wisperte Julius. »Ah, da ist er ja.«

Gerade kam nämlich auch Mr Jefferson in den Schankraum. Erik Blutaxt trottete hinter ihm her und ließ sich in seiner Stammecke nieder. Mr Jefferson rieb sich die Hände. So als hätte er gerade etwas zu seiner Zufriedenheit erledigt.

Plötzlich stieß Julius mit der Fußspitze gegen etwas. Vor ihm auf dem Boden lag Georgs Taschenlampe!

Wenigstens hatten sie Tim zusammen mit ihr in denselben Raum gesperrt. Das war für Georg ein kleiner Trost, wenn Tim ihr auch gerade keine große Hilfe war. Er hatte sich in eine Ecke zurückgezogen und schmollte demonstrativ. Wie hatte er sich nur so leicht überrumpeln lassen können! Ein blöder Anfängerfehler war das gewesen, sich mit einem Stück Wurst locken zu lassen, anstatt auf der Hut zu sein und seinem Frauchen zur Seite zu stehen!

Ein bitteres Lachen stieg Georg in der Kehle empor. Da hatte sie sich von einem »Wikinger« fangen lassen. Wie blöd! »Andererseits, Tim, wer kann schon von sich behaupten, von einem Wikinger entführt worden zu sein?«, sagte sie mit einem Anflug von Galgenhumor.

Doch Tim zog nur kurz das rechte Augenlid hoch.

»Du bist langweilig«, maulte Georg und begann, nun, da endlich durch den Lichtschacht Tageslicht in den Keller gelangte, den Raum in Augenschein zu nehmen. Vielleicht war etwas Nützliches zu finden, das sie weiterbrachte? Auf jeden Fall hatte man ihr zwei belegte Brote und eine Tasse Tee auf einen kleinen Tisch in der Ecke gestellt. Das fand sie sehr aufmerksam.

Georg deutete auf das Tischchen und grinste Tim an: »Das ist aber Stilbruch. Ein Wikinger hätte mir einen Humpen Most und ein Stück Fladen auf einem groben Keramikteller hingestellt.«

Georg stieg auf eine Truhe, die unter dem Lichtschacht stand, und zog sich an der Fensterkante hoch. Doch es war unmöglich, hinauszuschauen.

Georg konnte lediglich ein Stück Himmel erkennen, an dem noch der Morgendunst klebte. In dem Lichtschacht hatte sich altes Laub gesammelt und ein leises Rascheln verriet ihr, dass sich dort offenbar eine Maus häuslich niedergelassen hatte. Jetzt sind wir schon drei, dachte Georg, als ihr Blick an etwas anderem hängen blieb. Auf dem kleinen Fenstervorsprung lag ganz an der Seite, halb in einer aufgebrochenen Fuge verborgen, ein Schlüssel. Sie fischte ihn mit spitzen Fingern heraus und sprang wieder auf den Boden. Staub rieselte hinterher.

Die Truhe, auf der sie gestanden hatte, war ein schönes Stück aus solidem Eichenholz und mit ziselierten Beschlägen rund um das große Schloss.

Der Schlüssel wollte nicht in das verrostete Schloss gleiten. Das wäre ja auch ein zu schöner Zufall gewesen, wenn dies der Schlüssel zu dieser Truhe wäre, dachte Georg enttäuscht, als ihr eine Idee kam. Sie griff sich eines der Brote, nahm die Käsescheibe herunter und kratzte mit dem Finger etwas Butter vom Brot. Damit schmierte sie den Schlüssel ein und probierte es erneut.

Jetzt glitt der Schlüssel hinein und ließ sich,

wenn auch mit einigem Kraftaufwand, im Schloss drehen!

Als sie nun mit klopfendem Herzen den Deckel langsam anhob, sprang auch Tim auf die Pfoten und näherte sich neugierig der Truhe.

Ein unangenehmer Geruch strömte ihr entgegen, und da der Deckel in dem spärlichen Licht seinen Schatten auf das Innere warf, konnte Georg erst nicht erkennen, was sich in der Truhe befand. Erst als sie den schweren Deckel komplett aufgestellt hatte, sah sie es: Die Truhe war zur Hälfte gefüllt mit Gegenständen, die denen,

die hier bereits ausgegraben worden waren, sehr ähnlich sahen. Da waren verwitterte Keramikgefäße, Schnallen und andere grob geschmiedete Schmuckstücke und … mehrere Streitäxte!

»Nanu, Anne, bist du ganz allein?«

Erschrocken fuhr Anne herum. Sie war für einen Moment unaufmerksam gewesen und hatte ihren Onkel, der gerade die Zeitung hereingeholt hatte, gar nicht gehört. Sie hatte sich noch gar keine Erklärung zurechtgelegt. Was sollte sie nun sagen?

Doch in diesem Moment schrillte das Telefon und rettete sie.

»Geht das denn jetzt jeden Morgen so? Na ja, immerhin ist es nicht ganz so früh wie die letzten Male«, schimpfte Onkel Quentin, während er ins Wohnzimmer eilte, um das Gespräch anzunehmen.

Abwartend blieb Anne auf dem untersten Treppenabsatz stehen. Hoffentlich war nichts mit Julius, Richard und Georg passiert.

»Ich muss sofort zu *Hunter's Farm*«, erklärte Onkel Quentin, als er in den Flur zurückkam, und pfefferte die Zeitung auf die Kommode. Die würde er erst später lesen können. »Dabei wollte ich eigentlich heute gar nicht hin.«

»Warum nicht?«, fragte Anne.

Inzwischen war Tante Fanny aus dem Schlafzimmer gekommen.

»Nun, wir haben gestern im Gremium beschlossen, die Ausgrabungen für ein paar Tage ruhen zu lassen, bis wir entweder die Helfer davon überzeugen können, die Arbeit wieder aufzunehmen, oder Ersatz gefunden haben. Sie sind nämlich in Streik getreten, weil jemand sie eingeschüchtert hat.«

Das hatte Anne sich schon gedacht, aber sie hätte gern mehr Details gewusst. Zum Glück sprach ihr Onkel weiter. »Ich kann das in gewisser Weise verstehen, es hat wohl Drohbotschaften gegeben, auch wenn ich es für lächerlich halte, dass die Leute tatsächlich glauben, es handele sich um Botschaften der toten Wikinger.«

Tante Fanny zog sich den Gürtel ihres Bademantels fester. »Drohbotschaften? Was meinst du damit?«

Onkel Quentin druckste für einen Moment herum und überlegte, ob es schlau war, noch mehr Informationen preiszugeben. Aber Tante Fanny sah ihn eindringlich an.

»Nun, zwei Mitarbeiter haben vor ihrem Haus eine Streitaxt gefunden«, erklärte er schließlich.

Tante Fanny erschrak. »Und was war das eben für ein Anruf?«

Onkel Quentin seufzte. »Das war Mr Jefferson. Er war sehr aufgeregt und hat ziemlich wirr gesprochen, aber wenn ich ihn richtig verstanden habe, dann sind die Wachleute im Morgengrauen in seine Gaststube geflohen, weil sonderbare Gestalten im Morgennebel aufgetaucht seien, die ihnen gesagt hätten, sie würden sich zurückholen, was ihnen gehöre.«

»Er meint Wikinger?«, fragte Anne ungläubig und musste sofort an die merkwürdigen Spuren und die Streitäxte denken. Ob nun die Zeit gekommen war, Onkel Quentin von der Axt, die heute früh über der Haustür gesteckt hatte, zu erzählen?

Doch der sagte kopfschüttelnd: »Welch ein Humbug. Als ob die Wikinger eine Sprache sprechen würden, die man hier und heute verstehen würde! Die sprachen Altnordisch.« Er musste unweigerlich lachen. »Wie dem auch sei«, fuhr er fort. »Ich muss sofort aufbrechen. Fanny, es wäre sehr nett, wenn du mir eben noch eine Tasse Kaffee zubereiten würdest.«

Anne wagte nicht zu fragen, ob sie mitfahren dürfe, und war vor allem froh, dass ihr Onkel die Frage nach den anderen vollkommen vergessen hatte. Doch sie wusste, was sie zu tun hatte. In Windeseile verschwand sie in ihrem Zimmer und zog sich an. Dass Onkel Quentin noch eine Tasse Kaffee trinken wollte, gab ihr die Gelegenheit, sich in seinem Auto zu verstecken.

»Das kann jetzt nicht sein, oder?«, maulte Julius beinahe lautlos, als Richards Magen laut knurrte.

Richard machte ein verkniffenes Gesicht. »Ich kann nichts dafür. Das passiert, wenn man Hals über Kopf aufbricht, ohne vorher etwas zu essen.«

»Du verrätst uns noch!«, zischte Julius.

»Sag mir lieber, was wir jetzt tun sollen«, flüsterte Richard. »Nach Georg suchen oder die da drin beobachten?«

»Warum nicht beides?«, fragte Julius. »Ich bleibe hier auf dem Posten. Der Tisch wurde nicht nur für zwei gedeckt, ich bin neugierig, wer da noch zum Frühstück erscheint.«

»Georg wird es wohl nicht sein«, erwiderte Richard und hielt Georgs Taschenlampe in die

Höhe. »Ich werde mich mal weiter umsehen, aber verlass den Posten nicht. Nicht, dass ich dich nachher auch noch suchen muss.«

Julius staunte nicht schlecht, als kurz darauf vier Männer in der Gaststube erschienen. Auch durch das getönte Fensterglas waren sie schnell zu erkennen. Die gehörten zum Bautrupp! Aber hatte Ella nicht gesagt, sie seien von der Baustelle abgezogen worden?

Verdammt, wenn ich doch nur hören könnte, was sie besprechen, dachte Julius. Und dann verließ er allen Versprechungen zum Trotz doch seinen Lauschposten. Ihm war nämlich eine Idee gekommen.

Er schlich um das Haus herum und fühlte an der Sonnenterrasse, ob die Tür zur Toilette verschlossen war. Zufrieden stellte er fest, dass sie sich öffnen ließ. Genau, wie er es in Erinnerung hatte, gab es an der rückwärtigen Wand eine Tür, die zur Innentoilette führte. Diese war natürlich, wie er es erwartet hatte, abgeschlossen. Doch es gab darüber ein Oberlicht, und das stand einen Spaltbreit offen. Leise trug Julius einen kleinen Tisch, der neben dem Waschbecken stand, herbei und kletterte hinauf. Dabei hoffte er, das alte, klapprige Schätzchen möge unter seinem Gewicht nicht zusammenbrechen. Wenn ich doch so gelenkig wäre wie Richard, wünschte er sich, als er sich hinaufhangelte.

Es war wirklich schwer, sich durch das Fenster zu zwängen, und Julius war nahe daran, aufzugeben. Außerdem schürfte er sich an dem schadhaften Fensterrahmen gehörig die Hand. Es brannte wie Feuer, aber darauf konnte er jetzt keine Rücksicht nehmen.

Außer Atem schlich er zur Tür und ließ sich direkt daneben auf dem Boden nieder, um erst einmal tief Luft zu holen.

Dann erst wagte er es, in Zeitlupentempo die Klinke zu drücken und die Tür zentimeterweit zu öffnen.

Hoffentlich wittert Erik Blutaxt mich nicht, flehte Julius innerlich, denn er erinnerte sich, dass der Hund nicht weit von ihm unter der Bank döste. Er horchte angestrengt.

»Also, ihr zieht das Ding jetzt mit mir durch«, hörte Julius Mr Jefferson in scharfem Ton sagen. »Euer Chef hat es schließlich verbockt.«

»Aber hören Sie, Jonathan hier können Sie nun wirklich keinen Vorwurf machen«, sagte einer der

Männer. »Er ist kurzfristig eingesprungen im Bagger. Ihm hatte keiner was gesagt.«

»Ja, und deshalb hatte er nichts Besseres zu tun, als zu melden, dass er dieses Wrack freigelegt hat.« Das war wieder die Stimme von Mr Jefferson. »Pah, wisst ihr, wie viel Geld ich eurem Chef dafür bezahlt habe, dass genau das nicht passiert? Wisst ihr eigentlich, was wir hier schon alles an Fundstücken aus dem Boden geholt haben? Nicht zuletzt, als wir den neuen Brunnen gebohrt haben?«

Julius stockte der Atem. Mr Jefferson hatte also gewusst, dass sein Anwesen auf einer alten Wikingersiedlung stand? Und er hatte das Bauunternehmen bestochen, damit sie nichts davon verrieten und er so sein Bauvorhaben verwirklichen konnte? Was für ein Frevel!

»Es war ja auch ein gewagtes Spiel, das müssen Sie zugeben«, wandte einer der Männer ein.

Ein Knall war zu hören. Offenbar hatte Jefferson mit der Faust auf den Tisch gehauen. »Hat dich einer nach deiner Meinung gefragt? Der Plan war genial! Er stammte übrigens von meiner Nichte Ella, die mit eurem Chef verlobt ist. Vergesst das nicht. Nur seid ihr leider zu dumm gewesen, ihn umzusetzen.«

»Wie gesagt, Jonathan …«, fing wieder einer an, doch Jefferson fiel ihm ins Wort.

»Jonathan ist ein Idiot!«

»Schieb nicht alles auf mich!«, sagte einer – offenbar war es Jonathan – mit weinerlicher Stimme.

»Ihr könnt von Glück reden, dass Ella auch die Idee hatte, wie man die Wissenschaftler erst einmal wieder loswird«, fuhr Jefferson fort. »Es scheint ja zu klappen. Die sind erst mal weg. Wenn wir uns Mühe geben, können wir das Blatt vielleicht doch noch wenden. Ich habe sogar meine neue Markise eingerissen, um einen schlimmeren Sturm vorzutäuschen, als es eigentlich gegeben hat. Aber es war ein glaubwürdiges Indiz. Heute Morgen habe ich wie abgesprochen das nächste Puzzlestück eingefügt und im Felsenhaus angerufen. Der Wissenschaftler dort hat die Story geschluckt. Ihr seid geflohen, weil ihr von sonderbaren Gestalten bedroht worden seid.«

Julius stutzte. Offenbar war mit dem Wissenschaftler Onkel Quentin gemeint. Und Ella? Die hatte ihnen ja einen gehörigen Bären aufgebunden. Von wegen, die Männer von der Baufirma seien abgezogen worden.

»Trotzdem«, sagte einer der Männer. »Ich fand es nicht richtig, die Sachen zu zerstören. Ich meine, die sind viele Hundert Jahre alt und …«

Jetzt platzte Jefferson der Kragen. »Jetzt spiel hier nicht den Moralapostel! Meine Familie ist hier auch schon seit Jahrhunderten ansässig und ich habe verdammt noch mal das Recht, auf diesem Grund und Boden ein Hotel zu bauen. Das da ist der einzige Standort auf dem ganzen Gelände, wo sich der Untergrund für den Bau eignet. Kapierst du das?«

»Also, seid ihr weiterhin dabei?«, fragte nun Ella, woraufhin zustimmendes Gemurmel zu hören war.

Nur einer murrte, dass er sich ziemlich lächerlich dabei vorgekommen sei, mit diesen komischen Sandalen Spuren in den Boden zu trampeln.

Julius lehnte den Hinterkopf an die Wand und versuchte nachzudenken. Eigentlich hatte er nun gehört, was er hören wollte. Es war an der Zeit, abzuhauen. Sicher würde Richard schon nach ihm suchen.

Plötzlich hörte er Schritte herannahen, doch als er auf die Füße sprang, stieß er sich den Kopf am

Waschbecken und blieb für eine Sekunde stehen. In diesem Moment wurde auch schon die Tür aufgestoßen. »Nanu, wen haben wir denn da?«, sagte eine tiefe Männerstimme und vor Julius' Augen tanzte das rot-grüne Emblem der Baufirma.

Die Sensation

Das hätte sich Richard ja denken können, dass Julius nicht mehr an Ort und Stelle war, als er selbst unverrichteter Dinge zurückkam. Er hatte Georg nicht finden können.

Aber als er dann durch das Fenster spähte und beobachten musste, wie einer der Bauarbeiter Julius am Schlafittchen aus dem Toilettenraum zerrte, war er richtig sauer. Reichte es denn nicht, dass Georg spurlos verschwunden war? Und wieso waren da jetzt schon wieder die Leute vom Bautrupp? Hatte Ella nicht gesagt, die seien weg? Jetzt war guter Rat teuer!

In diesem Moment hörte er von hinten ein Motorengeräusch, und als er sich umdrehte, sah er ein wohlbekanntes Auto herannahen. Onkel Quentin. Gott sei Dank!

Aber sollte er sich einfach so zu erkennen geben? Vielleicht war es besser, wenn … Einer inneren Eingebung folgend, versteckte sich Richard hinter dem Blumenkübel neben dem Eingang. Und als Onkel Quentin auf den Eingang zusteuerte, machte er leise: »Pst!«

Onkel Quentin zuckte zusammen, entdeckte Richard jedoch sofort. Er zog die Augenbrauen hoch, verstand aber, dass er sich unauffällig verhalten sollte.

»Ich weiß nicht, wo Georg steckt, aber die halten Julius gefangen.« Richard machte eine Kopfbewegung Richtung Gaststube.

Onkel Quentin nickte kaum merklich und hob den Daumen zum Zeichen, dass er verstanden hatte. Dann betrat er hocherhobenen Hauptes das Gebäude.

Als Mr Jefferson Onkel Quentins Auto gehört hatte, hatte er den Männern befohlen, Julius umgehend im Hinterzimmer zu verstecken. Jetzt trat er mit ausgebreiteten Armen auf Onkel Quentin zu und begrüßte ihn überschwänglich freundlich. »Wie gut, dass Sie so schnell kommen konnten. Es ist wirklich unglaublich, was hier Nacht für Nacht passiert. Es ist, als ob ein Fluch auf diesem Ort lastet.« Theatralisch senkte Jefferson den Kopf.

»Ja, das finde ich auch«, erwiderte Onkel Quentin vollkommen ruhig. »Höchste Zeit, dass hier wieder Ruhe einkehrt.«

Ruckartig hob der Wirt den Kopf. »Dann sind

Sie also auch der Meinung? Wie gut. Es wäre wohl das Beste, alles wieder zuzuschaufeln und der Vergangenheit ihre Ruhe zu lassen. Wir dürfen doch niemanden gefährden, nicht wahr? Wissen Sie, ich wäre auch bereit, auf eine Unterkellerung meines Hotels zu verzichten, wenn damit die Vergangenheit ihren Frieden hat.«

Onkel Quentin setzte sich und legte seine Aktentasche vor sich auf den Tisch. »Sie haben vollkommen recht. Wir wollen doch niemanden gefährden. Deshalb möchte ich Sie als Erstes auffordern, meinen Neffen Julius freizulassen. Und falls Sie wissen, wo meine Tochter steckt, dann sollten Sie auch sie schleunigst herholen. Ich gebe ja zu, dass sie ein wenig vorlaut und oftmals sehr neugierig ist, aber Sie wissen sicher, dass Freiheitsberaubung strafbar ist.«

»Ich verstehe nicht …«, tat Mr Jefferson unwissend.

Julius, der im Hinterzimmer festgehalten wurde und dem sein Aufpasser eine kräftige Pranke auf den Mund drückte, versuchte, sich loszureißen, als er dies hörte. Doch all seine Anstrengungen waren vergeblich. Nur ein Stuhl schrappte über den Boden, als er ihm einen Tritt versetzte.

»Ich nehme an, mein Neffe befindet sich im Hinterzimmer«, sagte Onkel Quentin. »Lassen Sie ihn also bitte frei.«

Plötzlich kam Ella angestürzt und scheuchte die Bulldogge von ihrem Platz auf. »Pass auf!«, befahl sie dem Tier, das sofort die Zähne fletschte und vor Onkel Quentin in Position ging.

Doch Onkel Quentin ließ sich von Erik Blutaxt nicht einschüchtern, sondern blieb vollkommen ruhig, was Ella offenbar noch nervöser machte. »Hören Sie«, sagte er. »Ich habe zwar noch nicht vollkommen durchschaut, was für ein Spiel hier gespielt wird, aber ich weiß, dass Sie sich um Kopf und Kragen reden und sich immer weiter in die Misere bringen. Sie glauben doch nicht im Ernst, dass ich hierhergekommen bin, ohne Vorsorge zu treffen.«

»Wie meinen Sie das?«, fragte Mr Jefferson, wobei eine gewisse Besorgnis in seiner Stimme mitschwang.

Onkel Quentin sah auf die Uhr. »Nun, wenn ich nicht in den nächsten zehn Minuten daheim anrufe, werden meine Frau und meine Nichte Anne der Polizeiinspektion einen Bericht übergeben, in dem Sie als Schänder kulturhistorischer Stätten genannt sind, zusammen mit einigen Indizien, die ich schriftlich festgehalten habe. Sie wissen, dass das unter Strafe steht. Ebenso wie Freiheitsberaubung, wenn ich Sie noch einmal daran erinnern darf.«

Jefferson zögerte.

»Ich denke, wenn Sie sich jetzt kooperativ zeigen, werden wir eine Lösung finden«, machte Onkel Quentin einen letzten Versuch.

Seufzend ließ sich Mr Jefferson auf einen Stuhl nieder und stützte die Hände auf die Knie. »Können Sie mir das zusichern?«

Onkel Quentin hob beide Hände. »Ich werde tun, was in meiner Macht steht. Aber Sie müssen jetzt bitte endlich diesen Hund entfernen. Er stinkt aus dem Maul.«

»Schnuffi, komm her!«, befahl Mr Jefferson.

Ein Grinsen huschte über Onkel Quentins Gesicht. Hatte dieser Mann gerade wirklich Schnuffi zu diesem Koloss gesagt?

Richard, der mit Spannung das Geschehen beobachtete, sah, wie die Hintertür aufging und Julius hereingeführt wurde. Eine Minute später kam auch Georg schimpfend hereingestürmt, gefolgt von Tim. Jetzt entschied Richard, dass es an der Zeit war, sich selbst ebenfalls drinnen sehen zu lassen.

Gerade wollte er den Raum betreten, als er von hinten gepackt wurde.

»Anne! Musst du mich denn so erschrecken? Und wo kommst du so plötzlich her?«

»Blinder Passagier«, antwortete Anne kurz und grinste zufrieden.

Richard zog sie am Ärmel. »Komm, wir werden da drinnen gebraucht.«

Als Richard und Anne die Schankstube betraten und Mr Jefferson Anne entdeckte, klappte ihm die Kinnlade runter. Er starrte Onkel Quentin an. »Sie haben geblufft!«

Onkel Quentin, der selbst überrascht war, Anne hier zu sehen, ließ sich das aber nicht anmerken. »Nun, Mr Jefferson, Bluffen gehört zum Geschäft. Wer wüsste das besser als Sie?«

»Vater, du glaubst nicht, was ich da unten im Keller gefunden habe!«, rief Georg endlich. Sie war schon ganz nervös und konnte es nicht mehr abwarten, von ihrem Fund zu berichten. »Lauter Fundstücke aus der Wikingerzeit! Die Streitäxte, die stammen von ihm!« Georg zeigte auf Mr Jefferson.

»Ja, ich habe auch eine Menge interessanter Informationen mitbekommen«, mischte sich jetzt Julius ein und rieb sich die schmerzende Hand. »Ich denke, wir können ein schönes Puzzle zusammensetzen.«

»Bist du verletzt?«, fragte Onkel Quentin und zeigte auf Julius' Wunde.

»Halb so wild«, erwiderte der und fasste sich auch noch an den Kopf, wo eine Beule zu blühen begann.

Die Bauleute sahen verschämt zu Boden. Sie waren vollkommen unsicher, wie sie sich verhalten sollten.

Selber schuld, dachte Georg.

In diesem Moment ertönte ein merkwürdiges Geräusch und Richard stieg die Röte ins Gesicht. Es war sein Magen, der da geknurrt hatte.

»Darf Ella Ihnen vielleicht ein Frühstück bereiten?«, fragte Mr Jefferson und katzbuckelte vor Onkel Quentin.

Doch Onkel Quentin, der dieses kriecherische Verhalten eines Menschen, der nur auf seinen eigenen Vorteil bedacht war, missbilligte, lehnte dankend ab. »Ich denke, wir werden jetzt erst einmal zum Felsenhaus fahren. Noch heute werden die Leute vom archäologischen Institut die Arbeit wieder aufnehmen.«

»Aber ...«, protestierte Mr Jefferson.

Doch Onkel Quentin hieß ihn mit einer Handbewegung schweigen. »Ich habe gesagt, dass wir eine Lösung finden werden, und das werden wir.«

Indem sie nach draußen in die frische Morgenluft traten, sagte Onkel Quentin: »Nun sind die zehn Minuten verstrichen und ich habe nicht im Felsenhaus angerufen.«

»Du hast was?«, fragte Georg.

»Ach nichts«, sagte Onkel Quentin und lachte vor sich hin.

Georgs Sorge, ihr Vater könnte verärgert sein, weil sie sich in Gefahr gebracht hatten und er ihnen aus der Patsche hatte helfen müssen, war unbegründet. Im Gegenteil. Onkel Quentin war bester Laune, stellte den Freunden viele Fragen und war erstaunt, was sie alles herausgefunden hatten. Detail für Detail setzten sie alles zu einem großen Ganzen zusammen.

Wenige Tage später las Tante Fanny am Frühstückstisch die Überschrift vor: »Sensationeller Fund bei *Hunter's Farm*. Ausgrabungen schreiten gut voran. Freilichtmuseum geplant.«

»Und Mr Jefferson?«, fragte Anne sofort. »Was ist mit ihm? Geht er nun doch leer aus? Was ist denn nun der Deal?« Plötzlich tat ihr der Mann doch ein wenig leid.

Aber Onkel Quentin beruhigte sie. »Nein, natürlich nicht. Aber er wird das Hotel nicht so bauen können, wie er es geplant hat. Er wird einen Teil der Scheune zu einem kleinen Hotel umbauen. Natürlich hat er dort nicht so viel Platz und muss sich mit viel weniger Zimmern begnügen, als er ursprünglich geplant hatte. Dafür wird er an den Umsätzen des Freilichtmuseums beteiligt. Wie ein Pächter sozusagen.«

»Er könnte das Ganze doch auch vermarkten«, meinte Georg. »Er könnte einen kleinen Kiosk aufstellen und Wikingersouvenirs verkaufen.«

Onkel Quentin nickte zustimmend. »Das ist eine gute Idee, Georgina. Das solltest du ihm vorschlagen. Ich werde heute Nachmittag noch einmal hinfahren. Wenn ihr wollt, könnt ihr mitkommen.«

»Ja!«, riefen die Freunde durcheinander.

»Eine Frage habe ich noch«, sagte Julius. »Wie heißt eigentlich der eine Mitarbeiter mit den schwarzen Haaren?«

»Der heißt Erik«, antwortete Onkel Quentin und wunderte sich, dass die Freunde in schallendes Gelächter ausbrachen. Tim stimmte mit einem kräftigen Wuff-Wuff mit ein.

Enid Blyton

Fünf Freunde

Fünf Freunde reloaded –
Spannende Abenteuer für Kinder von heute!

Die Fünf Freunde – das sind Julian, Dick, Anne und George (die eigentlich Georgina heißt) sowie Timmy, der Hund. Sie schlittern von einem Abenteuer ins nächste – wo sie sind, ist einfach immer was los! Mit Köpfchen, Tricks und Tims Superspürnase lösen sie selbst den kniffligsten Fall.

Fünf Freunde erforschen die Schatzinsel
Band 1, 160 Seiten, ISBN 978-3-570-17109-7

Fünf Freunde auf neuen Abenteuern
Band 2, 160 Seiten, ISBN 978-3-570-17110-3

Fünf Freunde auf geheimnisvollen Spuren
Band 3, 160 Seiten, ISBN 978-3-570-17111-0

Fünf Freunde auf Schmugglerjagd
Band 4, 160 Seiten, ISBN 978-3-570-17112-7

Fünf Freunde bein Wanderzirkus
Band 5, 160 Seiten, ISBN 978-3-570-17136-3

Fünf Freunde auf der Felseninsel
Band 6, 160 Seiten, ISBN 978-3-570-17164-6

Fünf Freunde im Zeltlager
Band 7, 160 Seiten, ISBN 978-3-570-17165-3

Fünf Freunde geraten in Schwierigkeiten
Band 8, 160 Seiten, ISBN 978-3-570-17166-0

Fünf Freunde helfen ihren Kameraden
Band 9, 160 Seiten, ISBN 978-3-570-17167-7

Freunde auf großer Fahrt
Band 10, 160 Seiten, ISBN 978-3-570-17168-4

10299_10

www.cbj-verlag.de

Leseprobe

Enid Blyton®

FÜNF FREUNDE

auf neuen Abenteuern

Weihnachtsferien

Die letzte Schulwoche war herangekommen und alle Mädchen der Gaylands School freuten sich schon auf die Weihnachtsferien. Anne setzte sich an den Frühstückstisch und wedelte mit einem Brief, den sie eben erhalten hatte.

»Schau«, sagte sie zu ihrer Cousine Georgina, die neben ihr saß, »ein Brief von meinem Vater – und ich bekam doch erst gestern einen von Mutter und ihm.«

»Hoffentlich keine schlechten Nachrichten«, sagte George. Das Mädchen erlaubte es niemandem, sie Georgina zu nennen, und inzwischen hatten selbst die Lehrerinnen sich daran gewöhnt. Sie wirkte auch wie ein Junge mit ihrem kurzen, lockigen Haar und ihrem burschikosen Benehmen. Besorgt beobachtete sie Anne beim Lesen des Briefes.

»Ach, George, wir können in den Ferien nicht nach Hause fahren«, sagte Anne mit Tränen in den Augen.

»Mutter hat Scharlach, das ist ansteckend. Wir dürfen deshalb nicht heim. Ist das nicht schrecklich?«

»Das tut mir wirklich leid«, sagte George. Sie war genauso enttäuscht wie Anne, denn Annes Mutter hatte George und ihren Hund Timmy eingeladen, die Weihnachtsferien bei ihnen zu verbringen. Vieles war ihr versprochen worden, was sie niemals zuvor gesehen hatte – ein Weihnachtsspiel, der Besuch eines Zirkus, ein Familienfest unter einem schönen Weihnachtsbaum. Nun sollte aus alldem nichts werden.

»Was werden nur die beiden Jungen sagen?«, meinte Anne, die an ihre Brüder Julian und Dick dachte.

»Sag, hast du Lust, zu mir mit ins Felsenhaus zu kommen?«, fragte George. »Meine Mutter wird sich freuen, dich wieder bei uns zu haben. Wir hatten in den letzten Sommerferien doch so viel Spaß.«

»Einen Augenblick, George – lass mich erst den Brief zu Ende lesen und sehen, was mein Vater meint«, sagte Anne und nahm den Brief wieder zur Hand. »Arme Mutter, hoffentlich geht's ihr nicht zu schlecht.«

Sie las weiter und stieß dann einen Freudenschrei aus. George und die anderen Mädchen warteten vor Ungeduld zappelnd auf den Grund ihres Jubels.

»George! Wir – also ich und meine Brüder – sollen wieder bei euch wohnen, aber – o nein! wir bekommen einen Hauslehrer für die Ferien. Es soll jemand da sein, der auf uns aufpasst und deine Mutter entlastet, und weil Julian und Dick ziemlich schlechte Noten haben.«

»Ein Hauslehrer! Das ist ja das Letzte! Das bedeutet natürlich, dass ich auch Unterricht bekommen soll«, sagte George bestürzt. »Wenn meine Eltern mein Zeugnis sehen, heißt es büffeln. Ich bin ja schließlich auch das erste Mal in einer richtigen Schule. Kein Wunder, dass es da noch nicht so richtig klappt.«

»Das werden scheußliche Ferien, wenn dauernd ein Hauslehrer hinter uns herläuft«, meinte auch Anne trübsinnig. »Mein Zeugnis wird zwar ganz gut ausfallen, aber es macht doch überhaupt keinen Spaß, wenn ihr drei dann in den Ferien lernen müsst und ich dauernd allein bin. Ich könnte mich allerdings mit Timmy beschäftigen. Er wird wohl kaum Unterricht nehmen müssen.«

»Doch«, sagte George sofort, denn sie konnte den Gedanken nicht ertragen, dass ihr geliebter Hund Timmy jeden Morgen mit Anne auf und davon gehen sollte, während sie selbst mit Julian und Dick beim Lernen schwitzen müsste.

»Red doch keinen Unsinn, George, Timmy kann doch keinen Unterricht bekommen«, entgegnete Anne.

»Aber er kann dabeisitzen, während ich büffele«, sagte George. »Ich mag's, wenn er bei mir ist.«

»Das wird prima, wenn wir wieder zur Felseninsel hinüberfahren«, sagte Anne, als sie ein paar Tage später zusammen in der Bahn Richtung Küste saßen. Anne erinnerte sich nur zu gern an das aufregende Abenteuer in den Sommerferien.

»Das wird wohl nicht möglich sein«, sagte George. »Die See um die Insel ist im Winter sehr rau. Es wäre zu gefährlich, in dem Felsengewirr herumzurudern.«

»Ooch, schade«, sagte Anne enttäuscht.

»Im Winter gibt es bei uns keine Abenteuer zu erleben«, sagte George. »Es ist kalt und manchmal werden wir sogar eingeschneit – dann können wir noch nicht einmal ins Dorf hinuntergehen, weil der Seewind die Schneewehen so hoch auftürmt.«

»Na toll, das hört sich ja unheimlich aufregend an«, maulte Anne. Jetzt verpassten sie schon das versprochene Weihnachtsspiel sowie den Weihnachtszirkus und selbst aus einem Abenteuer wurde nichts. Echt langweilig.

»Genau, es ist furchtbar langweilig«, bestätigte George den Gedanken. »Man kann den ganzen Tag in der Stube sitzen oder Schnee wegschippen.«

Den Mädchen dauerte es viel zu lange, bis der Zug die Station erreichte. Aber schließlich fuhr er langsam in den Bahnhof ein und hielt an dem kleinen Bahnsteig.

»Hallo, George, mein Liebling! Guten Tag, Anne«, rief Georges Mutter, als die Mädchen am Bahnhof aus dem Zug sprangen, und umarmte die beiden.

»Danke, Tante Fanny, dass wir herkommen durften. Aber was sagt Onkel Quentin dazu? Wird er nicht genervt sein, wenn im Winter vier Kinder im Haus sind? Wir werden ihm doch nicht so gut wie im Sommer aus dem Weg gehen können.«

Georges Vater war Wissenschaftler. Er hatte wenig Geduld mit Kindern und alle hatten gehörigen Respekt vor ihm.

»Na ja, das werden wir schon irgendwie hinkriegen. Onkel Quentin arbeitet noch immer an seinem Buch«, sagte Tante Fanny. »Ihr müsst halt ein bisschen Rücksicht nehmen. Weißt du, es geht um eine geheime Theorie. Nach Abschluss der Arbeit soll die Sache der Regierung vorgelegt werden. Es ist also sehr wichtig, verstehst du?«

»Klar, Tante Fanny. Das klingt sehr aufregend«, sagte Anne. »Was ist das für eine geheime Theorie?«

»Das kann ich dir nicht erklären, meine Liebe«,

sagte die Tante lachend. »Ich kenne sie ja selbst nicht. – Steigt jetzt ein, es ist kalt hier draußen. Timmy sieht richtig gut aus, George.«

»Kunststück, ihm ist es auch sehr gut gegangen und er hat sich prächtig unterhalten«, sagte das Mädchen. »Wirklich. Er hat der alten Köchin die Pantoffeln zernagt …«

»Und hat die Katze jedes Mal, wenn sie sich im Stall blicken ließ, verjagt …«, rief Anne.

»Und einmal gelang es ihm, sich in die Speisekammer zu schleichen und eine ganze Portion Fleisch aufzufressen«, ergänzte George, »und einmal …«

»Ach du liebe Güte, George, ich fürchte, die Schule wird es ablehnen, dass du Timmy wieder mitbringst«, sagte ihre Mutter. »Bestimmt musste er nachsitzen, oder?«

Die Mädchen lachten. Sie waren glücklich und aufgeregt. Wie schön war es, ins Felsenhaus zurück-

zukehren. Morgen würden die Jungen kommen und dann war bald Weihnachten!

Am nächsten Morgen lenkte George den Pferdewagen zum Bahnhof und Timmy saß neben ihr. Anne konnte es kaum erwarten, bis der Zug im Bahnhof hielt. Sie lief den Bahnsteig entlang und suchte die Wagen nach Julian und Dick ab. Dann entdeckte sie die beiden. Sie schauten aus dem Fenster eines Wagens am Ende des Zuges und winkten.

»Julian! Dick! Da seid ihr ja endlich!«, rief Anne und umarmte ihre beiden Brüder. Timmy sprang an den beiden Jungen hoch und leckte abwechselnd einem nach dem anderen übers Gesicht. Er war ganz außer sich vor Freude – und Anne ebenfalls.

Die drei Geschwister standen freudestrahlend zusammen und redeten alle zur gleichen Zeit aufeinander ein. Plötzlich fiel ihnen auf, dass George verschwunden war.

»Wo ist denn George?«, fragte Julian. »Ich hab sie doch vorhin vom Zug aus gesehen.«

»Sie ist sicher zum Pferdewagen zurückgegangen«, sagte Anne. »Schnappt euer Gepäck, wir wollen George suchen!«

George stand neben dem Wagen und streichelte dem Pony den Kopf. Sie sieht traurig aus, dachte Anne.

Die Jungen stürmten auf sie zu. »Hallo, George!«, rief Julian und drückte sie an sich. Dick schlug ihr zur Begrüßung kräftig auf die Schulter. »George, alter Kumpel.«

»Was ist los?«, fragte Anne, die sich über Georges plötzliches Schweigen wunderte.

»Ich glaube, George fühlt sich ausgeschlossen!«, sagte Julian grinsend. »Komische alte Georgina.«

»Nenn mich bloß nicht Georgina!«, fauchte das Mädchen zornig. Die Jungen lachten.

»So ist's richtig! Immer noch der alte, grimmige George«, sagte Dick und gab ihr noch einen freundschaftlichen Klaps auf die Schulter. »Ach, George, es ist einfach toll, dass wir wieder da sind! Erinnerst du dich noch an unser spannendes Abenteuer im Sommer?!«

George wurde allmählich etwas munterer und zugänglicher und schließlich kletterten die vier Kinder auf den Wagen und verstauten das Gepäck.

»Ihr Mädchen habt doch großes Glück, dass ihr Timmy ins Internat mitnehmen dürft«, sagte Dick und tätschelte liebevoll den großen Hund. »In unsere Schule darf man keine Tiere mitbringen. Das find ich gemein!«

»Tom Miner hat mal weiße Mäuse gehalten«, erzählte Julian. »Aber eines Tages rissen sie aus und huschten über den Gang, gerade als unsere Internatsleiterin vorbeikam. Sie hat vor Schreck so laut geschrien, dass beinahe das ganze Haus zusammengefallen ist.«

Die Mädchen lachten über diese lustige Geschichte.

»Und Ken hatte Schnecken«, sagte Dick. »Aus irgendeinem Grund sind sie aus der Schachtel gekrochen und die Wände hochgeklettert. Wir haben uns fast totgelacht, als unser Erdkundelehrer Tom fragte, wo Kapstadt liegt, denn es war ganz einfach – eine Schnecke hatte es sich ausgerechnet auf diesem Punkt der Landkarte bequem gemacht!«

Wieder lachten alle. Wie schön war es doch, endlich wieder zusammen zu sein. Sie waren ungefähr gleichaltrig – Julian war zwölf, George und Dick elf und Anne zehn Jahre alt. Die Ferien und Weihnachten lagen vor ihnen. Kein Wunder, dass sie über alles, auch über den dümmsten Witz, begeistert lachten!

Die Jungen freuten sich sehr, ihre Tante wiederzusehen und waren erleichtert, als sie hörten, dass Onkel Quentin nicht zu Hause war. »Er ist fortgegangen, um sich die zwei oder drei Lehrer anzusehen, die sich auf seine Anzeige hin gemeldet haben«, erklärte sie. »Er wird wohl bald zurück sein.«

Die Jungen verzogen das Gesicht. Sosehr sie sich auf die Ferien im Felsenhaus freuten – die Sache mit dem Hauslehrer behagte ihnen ganz und gar nicht.

Aber erstmal warteten köstliche Rosinenbrötchen und ein Riesenkuchen auf sie, die die Köchin Joanna gebacken hatte. Onkel Quentin kehrte zurück, als sie gerade Berge davon verputzt hatten und mit dem Teetrinken fertig waren. Er schien zufrieden zu sein und begrüßte die beiden Jungen.

»Hast du einen Hauslehrer für uns gefunden?«, begann Anne, die merkte, dass die anderen vor Spannung schier platzten.

»Ja, ich habe einen«, sagte Onkel Quentin. Er setzte sich an den Tisch und Tante Fanny schenkte ihm Tee ein. »Ich sprach mit drei Bewerbern und hatte mich beinahe schon für einen von ihnen entschieden, als in letzter Minute noch ein weiterer

Mann kam. Er sagte, er habe gerade erst die Anzeige gelesen, und hoffe, dass es noch nicht zu spät sei.«

»Und ihn hast du genommen?«, fragte Dick.

»Ja«, sagte Onkel Quentin. »Er machte auf mich einen sehr klugen, gewandten Eindruck. Er hatte sogar schon von mir und meiner Arbeit gehört. Zudem ist er viel älter als die anderen Bewerber – das waren ziemlich junge Burschen – und er macht einen sehr zuverlässigen und energischen Eindruck. Er wird dir bestimmt gefallen, Fanny. Er passt gut hierher und ich kann mich abends mit ihm unterhalten.«

Das klang grauenhaft. Alle vier wünschten von ganzem Herzen, dass Tante Fanny und nicht Onkel Quentin den Hauslehrer ausgesucht hätte.

»Wann kommt er?«, fragte George.

»Morgen«, antwortete ihr Vater. »Ich erwarte von euch, dass ihr euch anständig benehmt und fleißig arbeitet. Euer Vater gibt für diese Nachhilfestunden sehr viel Geld aus. Ich zahle ein Drittel, weil auch George daran teilnehmen wird. Also streng dich an, George.«

George warf Anne einen neidischen Blick zu. Die Cousine war die Einzige, die verschont bleiben würde.

»Er kommt mit dem 10-Uhr-Zug und ihr werdet ihn abholen. Seid bitte pünktlich!«

Der neue Hauslehrer

Am nächsten Morgen schien die Sonne. Der Nebel, der den Himmel während der letzten Tage verhängt hatte, war verschwunden, und die Felseninsel lag klar und steil am Eingang der Felsenbucht. Die Kinder blickten sehnsüchtig zu der verfallenen Burg auf der Insel hinüber.

»Wenn wir nur mal hinüberkönnten«, sagte Dick. »George, das Meer sieht doch ganz ruhig aus.«

»Aber vor der Insel ist es wild und aufgewühlt«, sagte George. »Das ist immer so in dieser Jahreszeit. Meine Mutter würde uns bestimmt nicht gehen lassen.«

Sie zog bedauernd die Schultern hoch. »Kommt jetzt, wir müssen den Wagen herausholen und anspannen. Wenn wir die ganze Zeit hier stehen und zur Insel hinüberstarren, kommen wir sicher zu spät zum Bahnhof, und dann gibt's Ärger.«

Sie spannten das Pony an und fuhren los. Die Felseninsel verschwand hinter den Klippen, als sie landeinwärts dem Bahnhof näher kamen.

»Hat alles Land hier herum einmal deiner Familie gehört?«, fragte Julian.

»Ja, alles«, erwiderte George. »Jetzt gehört uns nichts mehr – außer der Felseninsel, unserem Haus und dem Bauernhof dort drüben, dem Felsenhof.«

Sie deutete mit der Peitsche hinüber. Hinter der mit Heidekraut bedeckten Dorfwiese erblickten die Kinder ein altes Bauernhaus.

»Wer wohnt denn da?«, fragte Julian.

»Nur ein alter, sehr netter Bauer mit seiner Frau«, antwortete George. »Wir können ja mal hinübergehen, wenn ihr Lust habt. Meine Mutter sagt, dass sie mit dem Hof nicht genug erwirtschaften, deshalb vermieten sie im Sommer Zimmer an Feriengäste.«

Am Bahnhof angekommen, blieben George und Anne mit Timmy bei dem Pony, und die Jungen eilten auf den Bahnsteig. Es stiegen nur wenige Fahrgäste aus.

Eine Frau mit einem Korb kletterte mühsam aus einem Wagen. Ein alter Herr stieg langsam und auf einen Stock gestützt die Wagenstufen hinunter. Keiner von ihnen konnte der neue Lehrer sein.

Doch halt, ganz am Anfang des Zuges sahen die Jungen einen etwas seltsam wirkenden Mann aussteigen. Er war klein und stämmig und trug einen Vollbart.

»Das muss Herr Roland sein«, sagte Julian zu Dick. »Komm, wir fragen ihn.«

Die Jungen gingen auf den Mann mit dem Bart zu. »Entschuldigen Sie bitte, sind Sie vielleicht Herr Roland?«, fragte Julian.

»Ja«, sagte der Mann. »Und ihr seid Julian und Dick, stimmt's?«

»Ja«, antworteten die beiden gleichzeitig. »Wir haben den Pferdewagen draußen stehen.«

»Das ist bestens«, sagte Herr Roland. »Sind die beiden anderen auch hier?«, fragte er, während sie den Bahnsteig entlanggingen.

»Ja, George und Anne sind draußen beim Wagen«, antwortete Julian.

»George und Anne?«, wiederholte der neue Hauslehrer verblüfft. »Ich dachte, die beiden anderen sind Mädchen! Ich wusste gar nicht, dass noch ein dritter Junge dabei ist.«

»Nein, nein, George ist ein Mädchen«, sagte Dick lachend. »Sie heißt eigentlich Georgina.«

»Hübscher Name«, sagte Herr Roland.

»George ist da anderer Meinung«, klärte Julian ihn auf. »Sie reagiert nicht, wenn man sie Georgina nennt. Sagen Sie lieber George zu ihr, Herr Roland.«

»Das werden wir sehen«, sagte Herr Roland kühl.

Julian sah ihn schnell von der Seite an.

»Ah, da sind ja die beiden kleinen Mädchen. Guten Tag, ihr beiden.«

George sah Herrn Roland nur finster an und sagte gar nichts. Anne lächelte ihn an und Herr Roland nickte ihr freundlich zu.

»Timmy, gib Herrn Roland Pfötchen«, sagte Julian. Das war eines von Timmys besten Kunststücken. Er konnte sehr schön Pfötchen geben.

»Ein Hund?«, sagte Herr Roland überrascht. »Davon hat euer Onkel gar nichts gesagt.«

»Timmy, gib Pfötchen«, wiederholte Julian.

Aber da drehte Timmy – betont langsam und verächtlich – Herrn Roland den Rücken zu und sprang auf den Pferdewagen. Sonst gab er immer jedem sofort Pfötchen, wenn es ihm befohlen wurde. Die Kinder schauten ihn überrascht an.

Alle Bände auf einen Blick

Fünf Freunde

... erforschen die Schatzinsel (Band 1)
... auf neuen Abenteuern (Band 2)
... auf geheimnisvollen Spuren (Band 3)
... auf Schmugglerjagd (Band 4)
... beim Wanderzirkus (Band 5)
... auf der Felseninsel (Band 6)
... im Zeltlager (Band 7)
... geraten in Schwierigkeiten (Band 8)
... helfen ihrem Kameraden (Band 9)
... auf großer Fahrt (Band 10)
... als Retter in der Not (Band 11)
... im Alten Turm (Band 12)
... jagen die Entführer (Band 13)
... verfolgen die Strandräuber (Band 14)
... wittern ein Geheimnis (Band 15)
... auf dem Leuchtturm (Band 16)
... im Nebel (Band 17)
... und das Burgverlies (Band 18)
... und die wilde Jo (Band 19)
... und der Zauberer Wu (Band 20)
... machen eine Entdeckung (Band 21)
... meistern jede Gefahr (Band 22)
... und das Höhlengeheimnis (Band 23)
... und die Juwelendiebe (Band 24)
... und die geheimnisvolle Formel (Band 25)
... und die Entführung (Band 26)
... und das versunkene Schiff (Band 27)
... und die schwarze Maske (Band 28)
... jagen die Spione (Band 29)
... auf Expedition (Band 30)
... und das Geheimnis der Statue (Band 31)
... und die geheimnisvolle Schatztruhe (Band 32)
... und die seltsame Erbschaft (Band 33)
... suchen den verschollenen Goldschatz (Band 34)
... im Dschungel (Band 35)
... und der verdächtige Professor (Band 36)
... entlarven den Betrüger (Band 37)
... und das Vermächtnis des Ritters (Band 38)
... und die verschwundene Erfindung (Band 39)
... und die versteckten Perlen (Band 40)
... und der geheimnisvolle Schneemensch (Band 41)
... und der rätselhafte Friedhof (Band 42)
... und der gefährliche Wassermann (Band 43)
... und die geheimnisvolle Burgruine (Band 44)
... retten die Felseninsel (Band 45)